并无一字无来历

周啸天 著

四川人民出版社

图书在版编目（CIP）数据

并无一字无来历 / 周啸天著. -- 成都：四川人民
出版社，2025.1. -- ISBN 978-7-220-13803-4

Ⅰ. I207.22

中国国家版本馆 CIP 数据核字第 20243W1U42 号

BINGWU YIZI WU LAILI

并无一字无来历

周啸天　著

责任编辑	刘姣娇
封面设计	张　科
版式设计	张迪茗
责任校对	刘　静
责任印制	周　奇

出版发行	四川人民出版社（成都三色路 238 号）
网　　址	http://www.scpph.com
E-mail	scrmcbs@sina.com
新浪微博	@四川人民出版社
微信公众号	四川人民出版社
发行部业务电话	（028）86361653　86361656
防盗版举报电话	（028）86361653
照　　排	四川胜翔数码印务设计有限公司
印　　刷	四川机投印务有限公司
成品尺寸	145mm×210mm
印　　张	9.875
字　　数	230 千
版　　次	2025 年 1 月第 1 版
印　　次	2025 年 1 月第 1 次印刷
书　　号	ISBN 978-7-220-13803-4
定　　价	58.00 元

目录

导言

一　说诗词

在我们的文学遗产中，古代诗词占有极其重要的地位。

横向看，中西古典文学的比较，西方（欧洲）以叙事类（再现的）小说戏剧为主，自古希腊神话、荷马史诗及圣经文学开始，向来如此，人们谈到西方（欧洲）文学，言必称莎士比亚、巴尔扎克；我国则以抒情类（表现的）诗文尤其诗歌见长，素有"诗国"之誉，从诗经楚辞、八代唐诗到宋词元曲，大半部中国文学史主要是诗史，所以人们谈到中国古代文学，言必称屈、陶、李、杜。

欧洲的语文以文艺复兴断限，以前为古文，以后为今文。以前的诗文原作，而今除专家外是不能直接读懂和赏鉴的。而我国古代诗词却不同。自谓"只能用散文的资料做点打油诗"的周作人，抨击古文甚力，却提倡学生读古诗。他在《读古诗》《唐诗易解》等随笔中谈道：语体文和古文在系统上关系不密切，韵文则是相连的，除不押韵的自由诗外，自诗经至词曲、弹词、歌谣，都重平仄押韵，语法也没有散文那么差得远。从前坊本古诗注解，如《唐诗解颐》，遇见难懂的字面，双行小注，平常意义可懂的字句就简直什么也不加，如"秋水才添四五尺，野航恰受两三人"、"无边落木萧萧下，不尽长江滚滚来"、"两岸猿声啼不住，轻舟已过万重山"，当作口语读下去就可以懂。韩愈的"山石荦确行径微，黄昏到寺蝙蝠飞。升堂坐阶新雨足，芭蕉叶大栀子肥"云云，除"荦确"需要注解外，七都文从字顺，可以理会，若是拿他的大文《原道》来读，便不是这么简单了。试想整整一千二百年前，唐朝天宝时代诗人巨作，我们现在还能念得，而且从它的原文里直接享受它的好处，这是世界各国所没有的。更追溯上去,周朝的《诗经》中有些诗也可以懂得。文艺复兴时代相当于我国的元明,相对唐宋已很晚近,更不用说周汉了。三千年前的诗歌至今还可以从原作直接鉴赏,岂不是国人很大的幸福么?岂不是世界的美谈么?

纵向看,出现在我国历史上的诗歌雄踞文坛的时代,在某种意义上是不可复出的。古代诗词在今天已成为一种规范和范本。今日文艺生活之丰富多彩,自为古人无从梦见;而古人曾经有过的快乐,今人往往亦有隔膜,或神往。今人一月不读一首诗,已算不得怎样遗憾;如一月不看电视,试问感觉又将如何?而诗在古人,如电视之于今人,也曾经是一种日常生活的需要。唐人离不开诗,宋人离不开词,就像今人之离不开影视;诗人和词人之为人崇拜,也曾如歌星影星之为人崇拜。诗词在古代,曾是最富于群众性的文艺样式。诗词在审美价值外,甚至还有很高的社会应用价值。

一首诗可以成就一个进士,如朱庆馀之《闺意》一题《近试上张水部》,事载《云溪友议》。一首诗也可以使人终身不仕,如孟浩然之《岁暮归南山》,说见《唐摭言》。

类似传闻不一而足,未必全据事实,但仍可反映一代风气。古代诗人确乎非常重视其创作的社会影响,反馈往往及时。《集异记》所载王之涣等"旗亭画壁"的故事向来脍炙人口,无烦费辞,单说小有名气的周朴,也有一段佳话。朴自爱"禹力不到处,河声流向西"两句,偏有骑驴者和他开玩笑,佯诵为"河声流向东",使他奋力追之数里,以作重要更正。这种傻劲儿,今之人恐不屑为。官本位的时代,诗人的荣誉却超乎主宰一方的权威,张祜《题孟处士宅》即明白宣称:"孟简虽持节,襄阳属浩然!"比李白写"屈平辞赋悬日月,楚王台榭空山丘"还要勇敢。连强盗拦得诗人,也只好佩服,请他继续走路(《唐诗纪事》载李涉事)。

至少在唐以前诗歌不靠刊物流布,不叫人默默吞咽。它传唱于牛童、马走、儿童、婿妇之口，题写于道观、禅寺、山程、水驿之间。地方官员、寺院住持皆有设置诗板，敬请名流题留新诗的习惯；而路边的芭蕉叶与青石面，则是诗人即兴发表作品的"诗刊"；不用编辑揄扬，无须传媒炒作，佳作不胫而走，劣诗自行淘汰……那诚然是一个令后世诗人神往的时代。

作品的传世与不传，固然有赖自身的艺术力量，而同时还有一个历史际会的重要条件。"床前明月光，疑是地上霜"，就诗而论，又能好到哪里去呢？又能叫新诗人佩服到哪里去呢？然而它从产生之日起即不胫而走，尔后代代相传，毛子间口口相授，任何权威无法禁止，势必还要流传下去。新诗，固然将在文学史上写下自己的篇章，但也不必振振有词道新诗的历史不长，便是其不如旧诗传诵的原因。我们岂能指望不能流传当世、深入人心的作品，一千年后突然家传户诵？"是有命焉，不可幸而致也"（韩愈），应该正视和承认，那个属于诗的黄金时代是不可复制的，那个时代产生的杰作，已成为一种典范，至今仍能给我们以巨大的艺术享受。

回过头来，说说什么是诗。我们的古人早在汉代以前就对此有很深的认识。《说文》云："诗，志也。从言，寺声。"这一解释，当依据于更早的《尚书》。《尚书·尧典》说："诗言志，歌咏言，声依永，律和声，八音克谐，无相夺伦，神人以和。"《毛诗序》进一步发挥道："诗者，志之所之也。在心为志，发言为诗。情动于中而发于言，言之不足故嗟叹之，嗟叹之不足故永歌之，永歌之不足，不知手之舞之，足之蹈之。"几段堪称经典的文字，一例释诗为"志"，也就是将诗的中心内容归结为人的情志；而诗的文学功能，则是情志的释放、发抒以及沟通，所谓"志之所之"、"在心为志，发言为诗"。所以，诗者释也，人秉七情，应物斯感，心有千千结，须得释而放之，然后始得其平。而散文从一开始（无论卜辞、铭文，还是《尚书》），其中心内容都是事实，而其功能则是记录。古人还进一步认识到诗歌、音乐、舞蹈在审美特征上的同一性，所谓"诗言志，歌咏言，声依永，律和声""嗟叹之不足故永歌之，永歌之不足，不知手之舞之，足之蹈之"，这种同一性就是节奏。总之，诗是一种凝练的、节奏感极强的抒情性文学体裁。朱光潜认为，一切纯文学作品，多少都有几分诗的素质。（《诗论》）

诗词是情绪释放的产物，故始于兴会。西人云："诗始于喜悦，止于智慧。"所谓喜悦亦即兴会。作诗最难得的就是兴会淋漓，这是一种状态，一种感觉，一种创造性情绪，一种巅峰体验，是诗词创作的原动力，又称灵感、兴致、兴趣，你就说它是诗之灵魂也可以。陈衍《石遗室诗话》云："东坡兴趣佳，每作一诗，必有一二佳句。"便是说东坡饶有兴会，故每作必有佳句。兴会并非空穴来风，它一定来自独特的生活阅历、独到的生活感悟以及新鲜事物的刺激。抛开了独特阅历、独到感悟不写，写作就会不在状态。知堂老人说，没有灵感而作诗，就像没有性欲而做爱。不幸得很，这样扫兴之事，在古今诗词创作领域不是太少，而是太多。严羽说："唐人好诗，多是征戍、迁谪、行旅、离别之作，往往能感动激发人意。"（《沧浪诗话·诗评》）空间开阔，万象新奇，不但皆供诗材，尤能激发思绪。唐人郑綮自谓"诗思在灞桥风雪中驴子上"，讲的也是这个道理。

辨别一首诗的真伪、好坏，分水岭就在这里，如果读之让人入迷，让人玩之无穷、味之无极，那么它一定是真诗、好诗。如果读之兴趣索然，味同嚼蜡，那么它一定是伪诗、劣诗。

"小子何莫学乎诗"，自孔子对弟子强调诗教以来，这话在我们这个"诗国"一直被人自觉不自觉地信奉着。询问对方孩子背得几首古诗，至今仍是家长见面谈话的一项内容。"春蚕到死丝方尽，蜡炬成灰泪始干"，已超出作者原意，广泛地被引为献身精神之象征。"莫愁前路无知己，天下谁人不识君"一类诗句，在"同学录"上仍是激动人心的赠言。古老的"赋诗言志"的传统，至今还在延续。

不仅如此。二十世纪五四运动以后，曾经有一段时间，人们认为诗词乃至汉字已走到尽头。又有一段时间，人们认为毛泽东诗词就是传统诗词最后的辉煌。事实证明，这其实是低估了汉字与诗词的生命力，也低估了后人对汉字、对诗词接受喜悦的程度及驾驭之能力。开放之年，值辞章改革之大机。于时思想解放，文禁松弛，诗家取题日广，创获尤多，诗词旧体，活力犹存，且在中国内地及香港、台湾地区和海外华人中拥有比新诗更为广大的读者群。作家王蒙甚至将传统诗词比作一棵大树，谓直干虽成，而生机犹旺，仍在添枝加叶，踵事增华，仍是"老树著花无丑枝"。

诗不能当饭吃，也不解决就业问题，也不能指望用来改造社会。诗的用处不在那些地方。诗如江上之清风、山间之明月，填不饱肚子，却能陶冶人的情操，使人成为诗性的人。往小处说，可以更好地欣赏人生，有助于化解人生的痛苦。往大处说，可以按照美的规律去从事创造。我们能够不学诗吗？

二 说赏析

在孔子时代，诗的作用原是很大的。"诗可以兴，可以观，可以群，可以怨。迩之事父，远之事君。多识于鸟兽草木之名。"（《论语·阳货》）"不学诗，无以言。"（《论语·季氏》）它不仅有审美兴发之作用，还有很强的传授知识和政治教化功用，是学习博物知识与外交辞令的工具书。而随着社会的发展，文化分工的细密，诗的作用就远不那样宽泛。对于今日的读者，学诗的首要目的乃在于欣赏。马克思认为产品只在使用中得到最后实现，鉴赏对于文艺作品——包括诗，乃是不可缺的一个环节。鉴赏的作用，举其荦荦大端有三：

一是美育的作用，包括陶冶美的情操和提高美的鉴赏力两个方面。

美的情操的养成，很大程度上取决于能否脱离短浅的现实功利的纠缠。而欣赏文艺作品，在这方面的潜移默化作用是很大的。不能想象，一个"抗尘容而走俗状"，连起码意义的文艺作品都不能欣赏的人，可臻于心灵美的境地。黄庭坚有句名言，说士三日不读书"对镜觉面目可憎，向人则语言无味"（《东轩笔录》），其原因就在于此。而诗歌这种较纯粹精微的文学种类，对于陶冶性情，增进美育，效果尤大。"一个人不喜欢诗，何以文学趣味就低下呢？因为一切纯文学都要有诗的特质。一部好小说或是一部好戏剧都要当作一首诗看。诗比别类文学较谨严、较纯粹、较精微。如果对于诗没有兴趣，对于小说、戏剧、散文等的佳妙处也终不免有些隔膜。不爱好诗而爱好小说、戏剧的人们大半在小说和戏剧中只能见到最粗浅的一部分，就是故事。""诗是培养趣味的最好的媒介，能欣赏诗的人们不但对其他种类的文学可有真确的了解，而且也绝不会觉到人生是一件干枯的东西。"（朱光潜《谈读诗与趣味的培养》）卢梅坡《雪梅》诗云："有梅无雪不精神，有雪无诗俗了人。日暮诗成天又雪，与梅并作十分春。"这是诗歌陶情愉性作用的一个最为形象的写照。

我是不主张"苦读"的人，对引在下面的这段话深表赞同：

没有人必须尽义务去读诗、小说或其他可以归入纯文学之类的各种文学作品。他只能为乐趣而读。

有的人根本不提一本书的可读性如何，他们完全没有注意到：文学本身是一种艺术。它不是哲学，不是科学……它是一种艺术，而艺术是为了欢愉。（《书与你》）

据说夏承焘教导弟子也有"乐读"之说，精神与此不谋而合。我从小爱好古代诗词，就因为感到这是一件乐事。尤其是在十年动乱插队落户期间，它给我很多慰藉和快乐。那时，欣赏的方法只有一条，就是背诵。背诵是"笨"办法，它的好处，又被程千帆治学格言说尽："背诵名篇，非常必要。这种办法似笨拙，实巧妙。它可以使古典作品中的形象、意境、风格、节奏等都铭刻在自己脑海中，一辈子也磨洗不掉。因而才可能由于对它们非常熟悉，而懂得非常深透。"（《詹詹录》）

对于现代人才，审美鉴赏力是一项不可缺少的能力。文艺欣赏更需要这种鉴赏力。"知音其难哉！音实难知，知实难逢。"（《文心雕龙·知音》）"对于非音乐的耳朵，最美的音乐也没有意义，对于它，音乐并不是一个对象。"（马克思《1844年经济学哲学手稿》）但这种知音的能力亦即鉴赏能力，并不全然是天生的，很大程度得靠后天的学习，而最有效的学习方法，就是审美欣赏之实践。正如学习游泳不能单靠书本一样，提高鉴赏力也不能仅凭读点文艺理论可以奏效，具体的阅读和欣赏才是不二法门。因而诗歌欣赏本身，也就造就着具有诗美感受力和鉴赏力的主体。

二是对于写作技巧，可以提供有益借鉴。

搞文艺创作，生活基础、思想修养和写作技巧三者缺一不可。而学习写作技巧又不能指望任何《写作指南》，有效的办法仍是向典范的作品学习，向古典作家学习。韩愈以"沉浸醲郁，含英咀华"为"作为文章"之前提（《进学解》）。况周颐《蕙风词话》论作词云：

学填词，先学读词。抑扬顿挫，心领神会。日久，胸次郁勃，信手拈来，自然丰神谐畅矣。

读词之法，取前人名句意境绝佳者，将此意境缔构于吾想望中，然后澄思渺虑，以吾身入乎其中而涵咏玩索之。吾性灵与相浃而俱化，乃真实为吾有而外物不能夺。

两宋人词宜多读、多看，潜心体会。

作为一种写作学习方法，这里讲的又不局限于填词一道。《红楼梦》第四十八回（"慕雅女雅集苦吟诗"）中林黛玉教香菱学近体诗，说："你们因不知诗，所以见了这浅近的就爱；一入了这个格局，再学不出来的。你只听我说，你若真心要学，我这里有《王摩诘全集》，你且把他的五言律一百首细心揣摩透熟了，然后再读一百二十首老杜的七言律，次之再李青莲的七言绝句读一二百首；肚子里先有了这三个人做底子，然后再把陶渊明、应、刘、谢、阮、庾、鲍等人的一看，你又是这样一个极聪明伶俐的人，不用一年工夫，不愁不是诗翁了。"那香菱照着办，很快作诗就上路了。鲁迅也说过，大作家的全部作品都告诉着我们怎样写。所以"熟读唐诗三百首，不会吟诗也会吟"，这话是不会过时的。

此外，对于从事美学和文学研究的人，这是一项必不可少的基本训练。

文学研究尤其文学批评，欣赏仍是不可或缺的基本环节。就文学遗产而言，西方最发达的部类是再现型的戏剧小说，中国最发达的部类是表现型的古典诗词。美学家朱光潜、李泽厚等，不约而同地告诫文学青年，对西方文学要读它的戏剧小说，对中国文学要读古典诗词。二十世纪三十年代，有人将鉴赏与研究作了截然的划分：

　　原来鉴赏与研究之间，有一个绝深绝峭的鸿沟隔着。鉴赏者可以随心所欲地说这首诗好，说那部小说是劣下的，说这句话说得如何的漂亮，说那一个字用得如何的新奇与恰当；也许第二个鉴赏者要整个地驳翻了他也难说。研究者却不能随随便便的说话；他要先经过严密的考察和研究，才能下一个定论，才能有一个意见。譬如有人说，《西游记》是丘处机做的，他便去找去考，终于找出关于丘处机的《西游记》乃是《长春真人西游记》，并不是叙说三藏取经，大圣闹天宫的《西游记》。那么这部《西游记》是谁做的呢？于是他便再进一步，在某书某书中找出许多旁证，证明这部《西游记》乃是吴承恩做的，于是再进一步，而研究吴承恩的时代，生平与他的思想及著作。于是乃下一个定论道："今本《西游记》是某时的一个吴承恩做的。"这个定论便成了一个确切不移的定论。这便是研究！(郑振铎《研究中国文学的新途径》)

此文所谓"研究"，实是狭义的一种，即考据，并不包含文学批评。作为文学研究，考据的目的在于提供准确可信的资料以进行进一步的研究，如文学批评和文学史的研究。而由考据到批评，鉴赏实为不可缺少的中间环节。这其间并不存在"绝深绝崭的鸿沟"。为什么"感情已经冰结的思想家，即对于诗人往往有谬误的判断和隔膜的揶揄"(鲁迅《诗歌之敌》)呢？其根本原因在于他并不能鉴赏，而用了对待科学的方法对待诗歌，等同于"一个植物学家"、"一个地质学家"、"把文学当作一株树，一块矿石一样的研究的资料"(均见郑振铎文)。

鉴赏力是文学研究者必备的一种功力，缺乏这种功力，甚而致有"文盲"之讥。"价值盲的一种象征是欠缺美感；对于文艺作品，全无欣赏能力。这种病症，我们依照色盲的例子，无妨唤作文盲。""训诂音韵是顶有用、顶有趣的学问，就只怕学者们的头脑还是清朝朴学时期的遗物，以为此外更无学问，或者以为研究文学不过是文字或其他的考订。朴学者的霸道是可怕的。圣佩韦在《月曜论文新编》第六册里说，学会了语言，不能欣赏文学，而专做文字学的功夫，好比向小姐求爱不遂，只能找丫头来替。不幸得很，最招惹不得的是丫头，你一抬举她，她就想盖过了千金小姐。有多少丫头不想学花袭人呢？"(钱锺书《释文盲》)

那么，欣赏或鉴赏何以能成为文学研究的一个中间环节呢，根本一点在于，欣赏或鉴赏虽然带有很强的情感的因素，在这方面它近于创作；

同时也并未排除知解和评判的成分，这一方面又近于批评。那么，考据、欣赏、批评三者间的关系究竟如何呢？为了省词，这里先引用行家的话：

> 考据所得的是历史的知识。历史的知识可以帮助欣赏却不是欣赏本身。欣赏之前要有了解。了解是欣赏的准备，欣赏是了解的成熟。……就了解说，这些历史的知识却非常重要。例如要了解曹子建的《洛神赋》，就不能不知道他和甄后的关系；要欣赏陶渊明的《饮酒》诗，就不能不先考订原本中到底是"悠然望南山"还是"悠然见南山"。
>
> 了解和欣赏是互相补充的。未了解不足以言欣赏，所以考据学是基本的功夫。但只是了解而不能欣赏，则只是做到了史学的功夫，却没有走进文艺的领域。……好比食品化学专家，把一席菜的来源、成分以及烹调方法研究得有条有理之后便袖手旁观，不肯染指。……我以为最要紧的事还是伸箸把菜取到口里来咀嚼、领略领略它的滋味。(朱光潜《谈美》)
>
> 我们不但说了个"好"就算，还要说得出好在哪里，不但说个"不好"就算，还要说得出不好在哪里。这样才够得上称得上文艺鉴赏。(叶圣陶《文艺作品的鉴赏》)
>
> 从程度上说，鉴赏是批评的第一阶段，鉴赏在认识过程上比较批评的程度浅，我们考察一种艺术品时，必然是由鉴赏才精于批评的。……一个艺术爱好者，绝不应该止于鉴赏，应该做进一步的批评，因为只有批评，才能认识艺术的真面目，才能对艺术有正确的评价。(征农《批评和鉴赏的区别是怎样的》)

总之，考据是了解的基础。只有在深入了解的基础上，方能进一步品味作品，进入鉴赏；进一步便是做出"好"与"不好"的评判，探究其所以好、所以不好的缘由，这便进入批评。所以，考据——鉴赏——批评，实为文艺研究的三个层次。鉴赏是其间不可少的中间环节。

鉴赏与批评虽然是两码事，但二者并无截然的鸿沟。甚至可以说，无批评的鉴赏和无鉴赏的批评一样是不可思议的。"赏析"一词之所以广泛得以应用，正在于它于此有所发明。究其出处，乃在陶渊明诗。《移居》诗云："奇文共欣赏，疑义相与析。"约而言之曰"赏奇析疑"，曰"赏析"。可知"赏"与"析"原为二事，赏即欣赏，是感性直观的、审美的，析即评判，是理性分析的、思辨的，但二者又可互相渗透融合无间。"赏析"一词较之通常所谓的欣赏、鉴赏，在揭示欣赏与批评之关系上，似乎更加深刻，更能显示欣赏活动的此项本质特征。

三　说七讲

大量事实告诉我们，赏析确乎是因人而异的，在这方面诗歌较之小说戏剧尤为显然。情况千差万别，但大致还是可以理出一些头绪。

有的差异是由于了解得不够或误会引起的。汉儒说诗，以为《关雎》是写后妃之德，与今人将其还原为情诗来读，那审美感受与评价自然是差之天远。近人黄裳《珠还记幸》中记载了一件有趣的往事。他托人请李一氓写字，得到一首诗，云："电闪雷鸣五十春，空弹瑶瑟韵难成。湘灵已自无消息，何处更觅倩女魂。"他猜这诗作于十年动乱中，是首披着美丽外衣的政治诗，香草美人，寄托的是对革命理想的重重追怀求索之情。后见李一氓自己的说明，才知是首悼亡诗，此仿李商隐体，虽属无题，实可解说："第一句指一九二六年潘汉年同志参加革命到一九七七年逝世；第二句指工作虽有成绩而今成空了；第三句指死在湖南不为人所知；第四句指其妻小董亦早已去世。说穿了，如是而已，并无深意。"于是才知道自己的猜测错了。于是对此诗，便有了新的认识，理解要切实得多。

至于由人们的出身教养、生活阅历、知识结构、心理素质的不同所形成的鉴赏趣味和鉴赏力的差异，从而导致鉴赏的不同，那是更为普遍的现象。诚如石油大王不懂捡煤渣老婆子的辛酸，一般的农夫，谁又懂得《梁甫吟》呢。就戏曲而言，湖北人爱的二黄，四川人未必感兴趣；四川人喜欢的高腔，湖北人也未必十分欣赏。老年人读《三国演义》津津有味，年轻人对《红楼梦》更易入迷。就诗而言，一般读者偏爱唐音，但不少学者就深嗜宋调（那是严羽指责为"以学问为诗"的）。同属流浪者之歌，旧时士大夫雅好"何日归家洗客袍"的吟咏，现代读者却欣赏"何其臭的袜子，何其臭的脚"的歌唱……如此纷繁复杂，几乎令人莫衷一是。

但有一个事实是不容忽略的，那就是鉴赏趣味的广狭与鉴赏力的高低往往是成正比。艺术上的"偏食"，会导致审美力的贫弱；而真正博雅的鉴赏者，其心驰神往不一定非"阳春白雪"不可，他倒往往能兼做"下里巴人"的知音。唐代诗豪刘禹锡，就很能领会巴渝乡土民歌妙诣，并加工创作《竹枝词》，为七言绝句增添了一大专体，繁荣了风俗人情绝句的创作，不失为对唐诗宝库的一大贡献。新诗前驱者之一的刘大白，对旧诗的造诣也极深，少作《眼波》诗云："眼波脉脉乍惺忪，一笑回眸恰恰逢；秋水双瞳中有我，不须明镜照夫容。"虽属戏笔，可见精妙。但他却识得那首人们认为不值一晒的张打油《咏雪诗》（诗云："宇宙一笼统，古井黑窟窿；黄狗身上白，白狗身上肿。"）在描写上自有好处："四顾茫茫，一白无际，只剩得古井一个黑窟窿，越见得宇宙的一笼统了。第三句虽只平常；但是第四句一个肿字，却下得绝妙。从这一个肿字，衬出上句黄狗身上的白，是肿的白；而本句白狗身上的肿，是白的肿。真能活画出浑身是雪的两条狗来！"（刘大白《旧诗新话》）

最煞风景的，是不知"诗有别趣，非关理也"，诗有别法，非同文也，而引起对诗与诗人隔膜的批评。例如不知离形得似，夸饰恒存，而指责杜甫"霜皮溜雨四十围，黛色参天二千尺"（《武侯庙柏》），写树围与高度不成比例（沈括《梦溪笔谈》）；强解李白"白发三千丈"（《秋浦歌》）之"三千丈"为头发之总长；不知通感为何事，而派宋祁"红杏枝头春意闹"（《玉楼春》）为"流毒"：

> 若红杏之在枝头，忽然加一"闹"字，此语殊难着解。争斗有声谓之"闹"，桃李争春或有之，红杏"闹春"，予实未之见也。"闹"字可用，则"吵"字、"斗"字、"打"字皆可用矣。
>
> （李渔《窥词管见》）

不知诗人可以"视通万里"，而讥杜牧"千里莺啼绿映红"（《江南春》）为失真："千里莺啼，谁人听得？千里绿映红，谁人见得？若作十里，则莺啼绿红之景，村郭、楼台、僧寺、酒旗，皆在其中矣。"（杨慎《升庵诗话》）不知绝句多偏师取胜。即小见大，须睹影知竿，而骂杜牧"东风不与周郎便，铜雀春深锁二乔"（《赤壁》）为"措大不识好恶"（许顗《彦周诗话》），这些批评在当时或后世留下许多争端。赏析不同，以至于此，似乎真是主观随意的事体，无怪要被排出文学研究的领域了。

事情并不这样简单。即从前举若干例子大体可以看出，其间又并非无是非、高下可言；并非可以各是其是，毫无标准。"生理趣味（如食性）可以说是'趣味无争辩'，而审美趣味恰恰相反，它要求一种普遍必然有效性。你觉得美的地方，他觉得不美，就必然引起争辩。因为它要求普遍的赞同。尽管人们的审美趣味各有不同，标准也不一样，但却不妨碍人们按照其社会意义作高下优劣的评价，因为它所体现的已经不是个人的生理要求，而是社会文化心理现象。"（《美学教程》，中国社科出版社）作为一种审美、认识活动，赏析也存在一定的规律性，这里当然有自由，但自由出于对必然的把握。诗词赏析，需要相当的历史知识和文化修养，专广的诗学知识和相当的生活体验，及大量的阅读欣赏之实践。而欣赏一定之法，存乎其中，虽然它并不像少林寺的拳术或中医中药的祖传秘方那样容易传授，却也可得而言之。诗词欣赏活动，大致上可以分为七个层面，依次为：一、识字（诗词语汇的知识）；二、知人（对于作家的了解）；三、论世（必要的历史知识）；四、诗法（基本的诗学常识）；二、会意（相应的生活体验）；六、吟诵（因声求气的玩味）；七、比较（大量的赏析实践）。

清代桐城派于文章主张考据、义理、辞章的结合，赏析亦如之。知人、论世均属考据的范畴，识字也含有相当的考据成分。识字、诗法和会意均程度不同地有着义理和辞章的考究，而吟诵与比较，则又非上述三项所能完全包容。

七个层面在欣赏活动中，完全是一个有机的整体。作为这个整体的不同层面，它们在本书中的排列顺序，主要根据主体（读者）在欣赏过程中的一般"操作"程序而定，即此而论，也容许因人而异。总之，这种排列并不反映它们本身层次的高低，换言之，这种排列顺序具经验性质，不具有唯一确定性。如果按作品的审美结构层次（文字声音表象层、历史内容层、象征意蕴层）作对应的划分，这七个层面，有的属于同一层次，有的属于不同层次，在阅读欣赏中起着不同的作用。大致而言，识字、诗法、吟诵三项，属于文字声音表象层；知人、论世两项，属于历史内容层；会意项属于象征意蕴层；比较项体现作品与环境的关系。

识字、诗法、吟诵，偏重于对作品本身的感悟，涉及诗词创作"话语"及话语规则问题，属于文学内部范畴；知人、论世，偏重于对作家、时代的认知，具有实证性质，属于文学外部范畴；而会意，则偏重于读者的自由发挥，属于接受美学范畴。它们在方法上的相互补充和联系，是缺一不可的。

就读者的审美心理要素而言，则这七个层面又可分为两类，一、识字、知人、论世、诗法、比较过程中，认知和理解的因素，占有较大成分；二、吟诵和会意中，情感与想象的因素，则比重较大。两种类型不仅共济互用，而且彼此间没有不可逾越的鸿沟。本书将结合具体实例，分七讲演说一番。倘能使读者粗知诗词赏析之门径，并有意识运用于诗词赏析之实践，作者将十分欣慰。"诗无达诂"这一古老话题，庶几不可尽信，读者在对诗词反复涵咏的过程中，必能得到求是知新的愉快。

第一讲　识字

在不懂音符的人听来，音乐不过是声歌弦管之会而已，什么音色、调门、节奏、旋律，他全无所解。对这样的人谈音乐，无异"对牛弹琴"。同理，对于一个不能从抽象的文字符号体认出诗歌意象或生活形象的人，也无从谈赏析。要学好一门课程，须从它的 ABC 开始，如小学生之识字发蒙。赏析之道也须由此入门。

仿照汪曾祺的话说，有人说这首诗不错，就是语言差点，这话是不能成立的。就好像说这幅画画得不错，就是色彩和线条差一点；这个曲还可以，就是旋律和节奏差一点这种话不能成立一样。语言不好，这首诗肯定不好。可以说，写诗就是写语言。首先须得有词儿。没有词儿，就会茶壶里装汤圆，肚子里有，却倒不出。词儿，换句话说，就是语汇。不少人动辄侈谈意境，却很少注意到语汇。事实上，没有语汇，何来意境！

诗词的语言，生造是不好的。杜甫说："清词丽句必为邻"（《戏为六绝句》），这就是说，好的语言有两种，一种叫清词，一种叫丽句。清词就是不琢之句，单纯、质朴、口语化；丽句则是雕琢之句，密致、华丽、书面化。一般说来，民歌偏于清词，文人诗偏于丽句；汉魏陶诗偏于清词，六朝诗人偏于丽句；李白偏于清词，李贺、李商隐偏于丽句；韦庄偏于清词，温庭筠偏于丽句，等等。但也没有截然的鸿沟，大体而言，古代诗人大多是清词与丽句相济为用，其效果往往相得益彰。

清词是一种天籁，没有太多的加工，黄庭坚称之为"自作语"。如"思君如流水"（徐干）、"高台多悲风"（曹植）、"池塘生春草"（谢灵运）、

"风吹柳花满店香，吴姬压酒劝客尝"（李白）、"弯弯月出挂城头，城头月出照梁州。凉州七里十万家，胡人半解弹琵琶"（岑参）、"多少事，昨夜梦魂中"（李煜）、"不如向帘儿底下，听人笑语"（李清照），等等。这样的天然好句，得力于爱好口语和学习民歌，不识字人也知是好言语，不须要详加讨论。

丽句则是锤炼、雕琢、推敲、意匠经营的结果，讲究较多。丽语当然也可以自作，如"小白长红越女腮"（李贺）、"小山重叠金明灭"（温庭筠），其中杂以辞藻或精美名物。更多的情况，用黄庭坚的话说，则是"无一字无来历"。也就是说，措语有一定的来历——来自书本、来自古人、来自成语，经过作者含英咀华，推敲锤炼，是读书受用的结果。昔人称饱学为"腹笥甚广"，意思是读书多、语汇贮存量大，故语言能力强。辛弃疾作词，《论语》《孟子》《诗序》《左传》《庄子》《离骚》《史记》《汉书》《世说新语》《文选》以及李杜诗，都是他措语的源泉。贺铸则自称，一旦激情奔放，便觉古人于笔下奔命不暇。读诗不明白措语的来历，就会莫名其妙，因为其中积淀了某些特定的意蕴。这是本章要着重讨论的。

一　无一字无来历

鲁迅先生说："文艺本应该并非只有少数的优秀者才能鉴赏，而是只有少数的先天的低能者所不能鉴赏的东西。……但读者也应该有相当的程度。首先是识字，其次是有普通的大体的知识，而思想与情感，也须达到相当的水平线。否则，和文艺即不能发生关系。"（《鲁迅全集（七）·文艺的大众化》）

周作人在赞美古代诗词易读易解，至多加点衬语和一二替代语意思便明了的同时，又强调"也有些诗句很是平易，但却并不易懂，此乃是由于诗词的措辞特别之故。例如韦庄的一首《金陵图》：'江雨霏霏江草齐，六朝如梦鸟空啼。无情最是台城柳，依旧烟笼十里堤。'为什么'六朝如梦'，为什么'无情最是台城柳'，这需要另外说明补充，在于文字的表面之外"（《唐诗易解》），这就讲得很全面了。

文学形象与诗歌意象都是靠文字表达的，不能完全"不涉理路，不落言筌"，识字是须参透的第一关。"首先是识字"，鲁迅这里所谓"识字"是一般意义上或起码意义上的。对于诗词鉴赏来说，"识字"这个问题就远不那么简单，有时不是单靠字典辞书可以解决问题的。

由于诗歌从来就有种种形式、结构上的特殊要求，在语言词汇上与散文也有较显著的区别。诗歌较多保留着前代诗人运用过的语汇，较多地运用一些古典或不通用的词，在中外古典诗歌都是一种通常的现象。在英语诗歌中，这甚至是诗与散文的一大区别。如名词：散文用"peasant"（农夫），诗则用"swain"（乡下年轻人，乡下情郎）；散文用"wave"（浪）；诗则用"ɔiuow"；散文用"wife"（妻），诗则用"spouse"（配偶）等等。又如形容词：散文用"lonesome"或"lonely"（寂寞的），诗则用"lone"；散文用"unlucky"（不幸的），诗却用"hapless"；散文用"foolish"（愚蠢的），诗却用"fond"等等。而动词：散文用"said"（说），诗用"quoth"；散文用"listen"（听），诗用"list"；散文用"worked"（工作），诗则用"wrought"等等。属于不同系统的语汇，产生的语感自然也不完全一样。

在我国古典诗词中，存在类似的现象，前人称之"妆点字面"。宋人沈义父在《乐府指迷》中说：

> 炼句下语，最是要紧。如说桃，不可直说破桃，须用"红雨"、"刘郎"等字；说柳，不可直说破柳，须用"章台"、"灞岸"等字。又用事，如曰"银钩空满"，便是书字了，不必更说

书字；"玉箸双垂"，便是泪了，不必更说泪。如"绿云缭绕"，隐然鬓发；"困便湘竹"，分明是簟。

这段话将借代字，或"妆点字面"，作为一种修辞方法简单地肯定、推广，曾招致清人（如四库馆臣、王国维等）的非议，但它却指出了古典诗词在用语上存在的一种相当普遍的现象，就是"妆点字面"能产生一种美感，对于这种现象不能简单地、一概地予以抹杀。

尽管古代诗歌语言也逐代丰富更新，但其中仍然保留有大量前人的诗歌语言材料，而形成一些相对稳定的特殊的诗歌语汇。这些语汇，由于历史的积淀，而被赋予特定的含义，能形成特定的诗歌意象。而后人常常借这些具有现成意义和习惯用法的语词，以表达某种特定的思想感情，从而形成现代思路。这种特殊的诗歌语汇，较之借代字或"妆点字面"的运用，实在要普遍得多。如果读者对这种语汇无所知晓，就很难懂透，未能懂透而事赏析，就只能是扪烛扣盘，似是而实非。

举个最简单的例子，如"千门万户"一词，出现在古典诗词里面，那就不是千家万户那个意思。这词有一个出处，即《汉书·郊祀志》的"建章宫千门万户"。在古诗人笔下，这个词也就通指宫殿而言了。读者宜联系上下文仔细揣摩，切勿望文生义。如李德裕《长安秋夜》："万户千门皆寂寂，月中清露点朝衣。"说的便是偌大宫室俱已静寂，而自己身负重任独不得眠。刘禹锡《台城》"万户千门成野草，只缘一曲后庭花"，则是说故园宫殿荒芜，乃缘陈隋君王之淫佚。有时省作"千门"，如卢照邻《长安古意》"啼花戏蝶千门侧"，即宫门侧，杜牧《华清宫三绝句》"山顶千门次第开"，即华清宫门次第开。有时亦省作"万户"，如王维《凝碧池》诗"万户伤心生野烟，百官何日再朝天"，即伤心宫室遭此战乱。杜甫《春宿左省（门下省）》"星临万户动"，即言宫室高入星空。像这种用语，表面上没有疑难，今选本亦多不注，是极易误会的。读者不能确认，理解上先有偏差，欣赏也难免隔膜。

如上所述，古代诗人笔下的诗歌语汇，有相当一部分是前人留下的语言材料。由于历史的积淀，这些诗歌语汇往往具有某种特定的含义，能够形成某一特定的诗歌意象。古代诗人常借用前人这种具有现成意义和习惯用法的语汇来表达某种特定的思想感情，此即所谓现成思路。对于这种诗歌语汇与现成思路的无知，往往会导致对古代诗词的误读。

> 黄河远上白云间，一片孤城万仞山。
> 羌笛何须怨杨柳，春风不度玉门关。（王之涣《凉州词》）

这是一首几乎尽人皆知的唐人绝句，然而对其旨趣的解会却不一致。明杨慎以为是"言恩泽不及边庭，所谓君门远于万里"，看来是首讽刺之作了。这样解释"春风不度玉门关"，实未免于牵强。究其缘故，盖在不曾"识字"。这首诗即有一现存思路，只在"孤城"、"杨柳"、"玉门关"等字面之间。"孤城"作为一个诗歌语汇，有其特定含义。它往往与征夫之离绪相关，高适《燕歌行》之"孤城落日斗兵稀"兴起下文"铁衣远戍辛勤久，玉箸应啼别离后"，以及王维《送韦评事》"遥知汉使萧关外，愁见孤城落日边"俱可参证。而"杨柳"一词有两个意涵，均与离别攸关。一是汉唐时均有折杨柳送别的风俗，以"柳"音谐"留"也。王之涣本人即有《送别》诗云："杨柳东风树，青青夹御河；近来攀折苦，应为别离多。"二是笛曲中有《折杨柳》，曲调内容为伤别，乐府《横吹曲辞·折杨柳歌辞》云"上马不捉鞭，反折杨柳枝。蹀座吹长笛，愁杀行客儿"是也。于是诗词中出现"杨柳"一词，往往积淀有惜别的感情内容。最后是"玉门关"一词，亦与征夫离思有关，《后汉书·班超传》云："不敢望到酒泉郡，但愿生入玉门关。"而"春风不度玉门关"云，正是班超话的转语。李白"秋风吹不尽，总是玉关情"（《子夜吴歌》），王昌龄"孤城遥望玉门关"（《从军行》），所言"玉门关"皆关征夫离情。诗中这些具有特定含义的语汇，就构成一现成思路，能激发具有一定文化素养的读者进行某种定向联想，强有力地表现出戍边者的乡怨。对于这一点，宋人似较明人更能切实体会。范仲淹有一首著名的《渔家傲》，词云：

> 塞下秋来风景异，衡阳雁去无留意。四面边声连角起，千嶂里，长烟落日孤城闭。　　浊酒一杯家万里，燕然未勒归无计。羌管悠悠霜满地。人不寐，将军白发征夫泪。

词中"千嶂里，长烟落日孤城闭"、"羌管悠悠霜满地"，均化用王之涣诗——"一片孤城万仞山"、"羌笛何须怨杨柳"等，只是把征夫别恨明确点出而已。

诗词中离别的表现形态是千差万别的，而与离情别绪相关的语汇也极为丰富。"孤城"、"玉门关"蕴涵的别绪是属于征夫一类人的，同样性质的还有"关山月"。《乐府解题》："关山月，伤离别也。"特别是表现征夫思家、思妇怀远之情。"关山"与"月"二词在边塞诗词中经常可见，无不含蓄此意味。如徐陵《关山月》"关山三五月，客子忆秦川"，王褒《关山月》"关山夜月明，秋色照孤城"，卢思道《从军行》"关山万里不可越，谁能坐对芳菲月"，王维《陇头吟》"陇头明月夜临关，陇上行人夜吹笛"，王昌龄《从军行》"更吹羌笛关山月，无那金闺万里愁"，《出塞》"秦时明月汉时关，万里长征人未还"等。林庚先生说，"这个'月'、这个'关'、这个'山'，从秦汉一直到唐代，其中积累了多少人的生活史，它们所能唤起的生活感受的深度与广度，有多么普遍的意义！且不说一首完整的诗，就仅仅'关'、'山'、'月'三个字连在一起，就会产生相当形象的联想。"

若涉及游子之离思，则有"浮云"、"落日"、"转蓬"一类语汇。"浮云"一词见汉古诗"浮云蔽白日，游子不顾反"，苏李诗"仰视浮云驰，奄忽互相逾。风波一失所，各在天一隅"，故此词多用于友人朋辈间。李白《送友人》"浮云游子意，落日故人情"，杜甫《梦李白》"浮云终日行，游子久不至"，韦应物《淮上喜会梁州故人》"浮云一别后，流水十年间"，皆系其例。

还有"春草（或芳草）萋萋"一词也与游子思归相关。须识得此词出自"王孙游兮不归，春草生兮萋萋"（《楚辞·招隐士》），方才会得崔颢《黄鹤楼》"芳草萋萋鹦鹉洲"句不仅是写眼前所见之景，而且由眼前所见春回大地的景象而兴发感动，产生出一段游子思乡的情绪，此即宋人所谓"萋萋芳草忆王孙，柳外楼高空断魂"（秦观），故紧接便有"日暮乡关何处是，烟波江上使人愁"的浩叹。至于苏东坡"枝上柳绵吹又少，天涯何处无芳草"（《蝶恋花》）的"芳草"则另有出处，那就是屈原《离骚》中灵氛的告吾："何所独无芳草兮，尔何怀乎故宇！"据说朝云在惠州歌此二句便泪落衣襟，她显然是把东坡比屈原，而不像某些选本所注，认为是"揭示了封建社会做妾的女性怕遭遗弃的忧虑"（见陈迩冬《苏东坡诗词选》）。据说朝云死后，东坡终身不复听此词（《林下词谈》），正是"朱弦已为佳人绝"（黄庭坚句）的意思了。

"碧云"一词，则与情亲间之相思有关。语出江淹"日暮碧云合，佳人殊未来"。例如杜牧《寄远》"前山极远碧云合，清夜一声白雪微"，范仲淹《苏幕遮》"碧云天，黄叶地，秋色连波，波上寒烟翠"，晏几道《鹧鸪天》"碧云天共楚宫遥"，王实甫《西厢记》"长亭送别"一折中的"碧云天，黄花地，西风紧，北雁南飞"等。至于李益《鹧鸪词》："处处湘云合，郎从何处归"之"湘云"，亦即"碧云"。

"秋风"一词则往往兴起倦宦思归之意，出典在《晋书·张翰传》"（翰）因见秋风起，乃思吴中菰菜、莼羹、鲈鱼脍，曰：'人生贵得适志，何能羁宦数千里以要名爵乎！'"张籍《秋思》的"洛阳城里见秋风，欲作家书意万重"，即言因秋风而起挂冠归去之意，不得已而作家书。戴叔伦《题稚川山水》的"行人无限秋风思，隔水青山似故乡"，亦指欲归之思。雍陶《和孙明府怀故山》"夜半见月多秋思","秋思"亦即"秋风思"也。

至于"归雁"一词所蕴含的思归之意,适用范围更为广泛。武后一朝有七岁女子《送兄》诗云:"所嗟人异雁,不作一行归。"明点思归之意。李涉《润州听暮角》"惊起暮天沙上雁,海门斜去两三行"所表现的,就蕴藉得多,然仔细品味,那不正是诗人有家未归,而天涯海角越走越远的写照吗?韦应物、刘禹锡、赵嘏各有闻雁诗,措意皆同。古人认为秋雁南飞不越衡山回雁峰,诗人钱起依据于此,由归雁想到其栖息地——潇湘,又从而联想到湘灵鼓瑟的神话传说,及瑟曲《归雁操》,于是写成一首朦胧的诗:

> 潇湘何事等闲回,水碧沙明两岸苔。
>
> 二十五弦弹夜月,不胜清怨却飞来。(钱起《归雁》)

诗意初读似迷离惝恍,但只要把握住"归雁"这个关键的语汇,即能"识字",则不难体味诗中借充满客愁的旅雁所表现的,无非是诗人宦游他乡的羁旅之思。关于诗词中各种鸟类所包含的特定含义,有贾祖璋《鸟与文学》一书可资参考。最典型的实例,是辛弃疾《贺新郎》(别茂嘉十二弟)的前数句:"绿树听鹈鴂。更那堪、鹧鸪声住,杜鹃声切。啼到春归无寻处,苦恨芳菲都歇。算未抵人间离别。"姑节录夏闳分析(原文见《唐宋词鉴赏集》)如下:

> 暮春鸟声是触发感情的诱因,后面积蓄的是有关这三种鸟名的诗文传说的种种复杂内含。"绿树听鹈鴂……苦恨芳菲都歇",融化《离骚》"恐鹈鴂之先鸣兮,使夫百草为之不芳"成句,明寓时机蹉跎,众芳衰歇意。鹧鸪,据说"多对啼,志常

028

南向，不思北徂"（《埤雅》）。它的鸣声有自呼、有"钩辀格磔"、有"行不得也哥哥"诸说，还有一说是"但南不北"（《北户录》引《广志》）。在历来诗人的心目中，这是一种特别使南来的北人伤心的鸟。"山鹧鸪，尔本此乡鸟，生不辞巢不别群。何苦声声啼到晓。啼到晓，惟能悲北人，南人惯闻如不闻。"（白居易《山鹧鸪》）至于杜鹃，流传极广的神话传说此鸟是蜀国望帝失国后魂魄所化，又名怨鸟，"夜鸣达旦，血渍草木，凡鸣皆北向也。"（《禽经》）鸣声若曰："不如归去。"诗人用以寓寝国乡土之恨者不胜缕举。徽钦失国，俘死异域；中原沦丧，故乡久违；和战纷纭，国是莫定。"恨别鸟惊心。"触绪纷来，即目之情可感，因袭之义抑亦可思，以三和鸟声兴起，作者的深衷苦情固已溢于言表。

于是我们大致上可以了悟，为什么我们的古代诗歌以凝练含蓄为其一大特色。这事与特殊的诗歌语汇大有干系。正由于一些诗歌语汇能够引起读者的定向联想，所以我们的诗人常能以精练的文字表达出无限深长的意思，近人李叔同有一首歌词《送别》，就运用了这一传统的做法，颇有意趣：

长亭外，古道边，芳草碧连天；晚风拂柳笛声残，夕阳山外山。

歌词的开头运用了一连串与离别相关的古代诗歌语汇，诸如长亭、古道、芳草、杨柳、笛声、夕阳、山外山……无不勾起读者对于离别情事的联想，可以说是浮想联翩，在并未涉及具体离别情事前就把别情渲染得浓浓的了。作者受旧体诗词的濡染很深，所以在运用这种手法上也很到家。这歌曲对受过传统文化熏陶的人，极易产生共鸣之效用；而对于并不"识字"的青少年，则不免有几分隔膜了。有人说诗词文字质地稠密，诗词文字是半透明文字，这一事实显然与历史积淀而产生出特殊语汇那一事实是联系着的。

通观上述诗歌语汇，便会发现，这些语汇都有一个较早的出处，并由此规定了其基本的含义，是通过世代诗人的沿用，积淀了某种特定意蕴的。而古代诗词创作常用的手法——用典，也就是源源不断产生这类语汇的"工厂"。"用典故成语乃是古代诗文的通例。春秋战国之文引典是《诗》、《书》、传说，以前的积累不多，本身即成典故。汉代起用典渐多。魏晋六朝便大量运用这一积累。以后的作品，若不熟悉典故成语，很难读出滋味，甚至难懂用意。望文生义往往出错。文学语言有继承性，不用典故成语是不可能的。用得太多了，陈词滥调堆砌成篇，当然不好，那就板滞不能生动了。以上所说，自陆机、沈约、刘勰以来，即为读书人常识，所以很少有详细说明的（多仗口授）。评文常依此为基础而论列己见。今人读古人文不可以不注意古人不说的常识。"（金克木《说八股》）仔细区分，可将用典分为两类：一为语典，即就语言形式言，是前人曾经运用过的；一为事典，即其出处与某一故事有关。无论哪一种，只要是用典，就可以使读者就其语源或事源，发生定向的联想，从而大大丰富诗意感受。唐人张旭《山中留客》诗：

山光物态弄春晖，莫为轻阴便拟归。
纵使晴明无雨色，入云深处亦沾衣。

此诗不但有情致而且有意味，要充分体会这意味，便须识得"沾衣"二字语有出典，即陶潜《归园田居》："道狭草木长，夕露沾我衣。衣沾不足惜，但使愿无违。"从而可会张诗末二句的潜台词。李白《山中与幽人对酌》：

两人对酌山花开，一杯一杯复一杯。

我醉欲眠卿且去，明朝有意抱琴来。

能否充分领略个中风趣，也要看你是否知"我醉欲眠"句与"抱琴"云云皆有出典。《晋书·隐逸传》云："（陶）潜不解音声，而畜素琴一张，无弦，每有酒适，辄抚弄以寄其意。贵贱造之者，有酒辄设。潜若先醉，便语客：'我醉欲眠，卿可去'。其真率如此。"对照出典，更觉李白诗隽永有味。可见"识字"，即追寻诗语的来历，一则可使我们对诗意理解正确，再则能使我们充分玩味诗词的丰富含意——那含意往往是潜藏在字面以下的。

岳飞《满江红》发端即云："怒发冲冠，凭栏处，潇潇雨歇。抬望眼，仰天长啸，壮怀激烈。"看来只是直抒胸臆，未有补假。其实措语颇有来历，读者容易忽过。首先"怒发冲冠"出自《史记·刺客列传》写荆轲将辞燕入秦时，饯宴座中人"发尽上指冠"一语，可以假定此词作于出征之际，词中有以"虎狼之秦"暗喻金邦之意，而主人公誓死与强虏抗战到底，以身许国之意亦悠然可会。进而读者便会觉得连"潇潇雨歇"一语亦神似易水之歌，颇壮勇士之行色。再就是联系魏晋故事，须知"长啸"是用来抒发语言难以传达的情怀的方式，可以"如数部鼓吹"的，由此可想其壮怀之激烈！

一般说来，事典容易本认，而语典则较难分别。因为前人胜语，一经诗人化用，多如自己出。未识来历，固然无碍理解。然而一经拈出来历，会平添许多兴味。读诗者能否"猎微穷精"，多赖于此。如李益《度破讷沙》云"平明日出东南地，满碛寒光生铁衣"，看似信口道出，其实顺便改造了乐府诗句。"日出东南地"即《陌上桑》"日出东南隅"，暗关征戍者在西北也。"寒光生铁衣"出《木兰诗》"朔气传金柝，寒光照铁衣"，再联系下文"将军百战死，壮士十年归"，读来平添多少意味。苏颋《汾上惊秋》：

北风吹白云，万里渡河汾。

心绪逢摇落，秋声不可闻。

这首诗表现极为空灵，从字面上几乎把握不到什么实在的东西。然前二句乃出自汉武帝《秋风辞》："秋风起兮白云飞"、"泛楼船兮济汾河"，概括地暗示着汉武帝到汾阴祭后土的历史往事，表现了作者对唐玄宗时代的某种现实的殷忧，即汉武帝所谓"欢乐极兮哀情多"。"安史之乱"中岑参有《虢州后亭送李判官使赴晋绛得秋字》诗云"君去试看汾水上，白云犹似汉时秋"，亦与苏诗同致，不过完全是时事的嗟伤了。像这类诗句，不知来历，总觉归趣难求。

韦应物《长安遇冯著》诗，有云："问客何为来，采山因买斧。"不识古典者，以为这是直说，是即事好句，赞叹道："你们的语言真可怕，竟常常如此因生活的美而成为永久。"（艾青《诗论》）其实这里的语言全是有书本来历的，并非直接取自生活。"采山"语出左思《吴都赋》"煮海为盐，采山铸钱"，"买斧"化用《易经·旅卦》："旅于处，得其资斧，我心不快。""采山因买斧"大意是说冯著来长安是想采山发财，但只得到一片荆棘，还得买斧斫除，言其谋仕不遇心中不快。诗趣在俏皮，并非在"生活之美"。望文生训，难免误会。俞平伯先生说：

> 直说和用典是古诗常用的两种方法，如不能分辨，诗意便不明白，有时两两密合，假如当作直说看，那简直接近白话；假如当作用典看，那又大半都是典故，所谓无一字无来历。

以杜甫《题张氏隐居》为例（诗云："之子时相见，邀人晚兴留。霁潭鳣发发，春草鹿呦呦。杜酒偏劳劝，张梨不外求。前村山路险，归醉每无愁。"）指出"之子"、"鳣鲔发发"、"呦呦鹿鸣"并见毛诗，而"鹿鸣"原诗就有宴乐嘉宾之意，岂不贴切。杜康是造酒的人，"张公大谷之梨"见于潘岳《闲居赋》。诗中用"杜酒"、"张梨"本此，言酒本是我们杜家的，偏劳你来劝我；梨本是你们张府的，待客当然现成。用典造成风趣，又蕴藉不觉。如此精微之论，全有赖于识字。

　　用语用事之能丰富诗意，往往因为它事实上是一种"节用"，借助读者的文化知识，能以片言兼包余意。比如王昌龄《巴陵送李十二》云："山长不见秋城色，日暮蒹葭空水云。"薛涛《送友人》："水国蒹葭夜有霜，月寒山色共苍苍。"虽节用《诗经》"蒹葭"一语，却能兼包"蒹葭苍苍，白露为霜"以下"所谓伊人，在水一方。溯洄以之，道阻且长，溯游从之，宛在水中央"的诗意，以传达友人远去，思而不见的怀恋情绪。曹操《短歌行》"青青子衿，悠悠我心"二句，节取自《诗经·郑风·子衿》，兼用其下"纵我不往，子宁不嗣音"二句含意，暗示自己与所思贤才有故旧情谊，稍含责己之意。"呦呦鹿鸣，食野之苹。我有嘉宾，鼓瑟吹笙。"四句则节取自《诗经·小雅·鹿鸣》，且兼含其下"吹笙鼓簧，承筐是将，人之好我，示我周行"意思，表示自己渴望礼遇贤才，"人有以往善我者，我则置之于周之列位。"（郑玄笺）曹植《杂诗》"高台多悲风，朝日照北林"二句，则出自《诗经·秦风·晨风》"鴥彼晨风，郁彼北林"，为的是使人联想起以下"未见君子，忧心钦钦"二句，烘托怀人之情。

　　秦观《鹊桥仙》"此情若是久长时，又岂在朝朝暮暮"，"朝朝暮暮"，读者向来只作朝夕相处之意解会，殊不知它还是宋玉《高唐赋》"朝为行云，暮为行雨，朝朝暮暮，阳台之下"的节语，犹如"云雨"暗示做爱一样，"朝朝暮暮"不但指朝夕共处，而且意味着性爱。所以这两句更深一层的意思是：如果双方真个是铭心刻骨地相爱，又何必非同床共枕而后快呢！换言之，也就是把性爱升华到纯情的境界，认为只有这样才算得地久天长。

　　此外还有拉杂使用古人语句的情况。如《西厢记》第二本第一折

033

〔混江龙〕"系春心情短柳丝长，隔花阴人远天涯近"，假使读者不知"人远天涯近"出自朱淑真《生查子》，还不妨碍体会曲意的话，那么，他至少应该知道前句是出于唐人何希尧《柳枝词》"飞絮满天人去远，柳条无力系春心"，否则便不能很好地玩味曲意。

　　特殊的诗歌语汇，在古代诗词的创作和欣赏中是一种普遍的现象。但这并不等于说诗人在创作时都是有意识地借助前贤，拾人牙慧。更多情况恰恰相反，乃是由于含英咀华，浸淫较深，而出以潜在意识，运用而不自觉。像北宋词人贺铸那样自认"吾笔端驱使李商隐、温庭筠奔命不暇"，亦多在有意无意间。所以在作者一面，即使"说者无心"，在读者亦须"听者有意"。朱自清说得是：

　　　　有些人看诗文，反对找出处；特别像陶诗，似乎那样平易，给找了出处到损了它的天然。钟嵘也曾从作者方面说过这样的话；但在作者方面可以这样说，从读者的了解或欣赏方面说，找出作品字句篇章的来历，却一面教人觉得作品意味丰富些，一面也教人可以看出哪些才是作者的独创。固然所能找到的来历，即使切合，也还未必是作者有意引用；但一个人读书受用，有时候却便在无意的浸淫里。作者引用前人自己尽可不觉得；可是读者得给搜寻出来，才能有充分的体会。（《评古直〈陶靖节诗笺定本〉》）

　　向来治诗，笺注之学颇盛，是有其深刻原因的。
　　昔人熟悉古典，"识字"并非突出问题，然已需作注。今人阅读古代诗歌，也就更离不开前人笺注，是为"识字"之不二法门。许多今注、简注本，多解释词意而不注来历，在帮助"识字"方面局限颇大。所以具有相当文化程度的读者，不妨多参考较好的笺注本，以其对诗词用语来历探寻用力较勤，非贵远贱近之意也。

二　因病致妍

闻一多曾经将格律体诗歌创作比作戴着脚镣跳舞。古典诗词基本是格律化的。即使在近体诗诞生之前，诗歌亦以齐言为主，普遍用韵；近体诗产生之后，骈偶和声律（平仄）的讲求尤为严格。而前人的诗词创作，与其说是不自由的，不如说是从必然中求得自由的。这就使诗歌与散文在写作上有某些特别的现象。

诗词中同义词范围较散文为宽。比方说，散文中"船"的同义词。便是"舟"和带有"舟"这个偏旁部首的一些词，而"帆"、"桡"、"桨"等，只不过是船体之部分的名称，一般不能用来代"船"。在诗词中，这种借代不但可行，而且是大量运用的。如"潮平两岸阔，风正一帆悬"（王湾《次北固山下》），"唱桡欲过平阳戍，守吏相呼问姓名"（元结《欸乃曲》），"横塘双桨去如飞，何处豪家强载归"（吴伟业《圆圆曲》）等，其中"帆"、"桡"、"桨"均用如"船"的同义词了。又如"年"的同义词，在散文中有"载"、"岁"、"秋"等，但如"客舍并州已十霜，归心日夜忆咸阳"（刘皂《旅次朔方》），"世事一场大梦，人生几度新凉"（苏轼《西江月》）中"霜"、"凉"等字亦作"年"的同义词假用，便只能是诗词中所有的特殊现象了。

这些同义字的运用，也许原本是出于平仄粘对及押韵的考虑，有时是不得已而用之，但实际效果远非如此消极。撇开韵脚配合不谈，"风正一帆悬"所传达的一帆风顺的意境，就比写作"风正一船行"要好得远；江上有白帆给人的印象更为鲜明而优美，它那竖直的形体与大江的平面对比，相得益彰，表现出极宽阔的空间感，也无可替代。"客舍并州已十霜"的"霜"字所强调出的人生几度星霜的兴叹意味，若改成"年"字便没有了，而是成了纯客观的时间观念。同时"霜"字还表明作诗时是

035

在当年的秋冬之交。这样，本来是出以必然的考虑，结果反而获得了自由，或增加了语汇的形象性，或丰富了诗词的意蕴，可以说是因病致妍了。

至于借代字和"妆点字面"，如以"金波"代月亮，以"银海"代雪景，以"芙蓉"代羽帐，以"玉箸"代眼泪，以"菱花"代铜镜等，尤有妙用。周汝昌先生在《宋百家词选注》序中讲过一番通达的话，大有助于诗词鉴赏：

如果你在咏梅词中见了"红萼"二字，不必认为"萼"真是植物学上定义的那个部分，它其实是因为此处必须用入声，故而以"萼"代"花"。你看见大晏词"晚花红步落庭莎"，不必认为晏先生院里真是种的莎草，其实不过因为"草"是上声，不能在此协律押韵。这种例子多极了，难以尽列。由于"地"是仄声，所以有时必须考虑运用"川"、"原"、"沙"……这些字（平川、平沙，其实就是说平地而已）。

然而艺术这个东西是奇怪的，说以"萼"代"花"，以"蟾"代"月"，原是由于音律而致，但是一经改换，马上比原来的用意增出了新的色彩和意味来。所以关系又不是单方面的。由这里可以看见炼字、选词的异常复杂的内涵因素。王国维提出作词写景抒情，病在于"隔"，凡好的词都是不隔的。这道理基本上应该说是对的，但事情也很难执一而论百。周邦彦写元宵佳节有一句"桂华流瓦"，批评意见是说这境界蛮好，可惜以桂花代月，便觉"隔"了。不过，看不到"桂"字引起的"广寒桂树"的美丽想象，看不到"华"字引起的"月华"境界联想，看不到"流"字引起的"月穆穆以金波"的妙语出典，那就会要求艺术家放弃一切艺术思维，而只说大白话。

诗词语汇"无一字无来历"的现象，只是问题的一面，而另一方面，习惯亦是诗歌的大敌，创新的问题，即使在诗词语汇方面，也仍然是一个重要的值得注意的问题，在这方面，诗歌比散文表现得似乎更为突出。

散文的词句最忌生造，在诗中，生造词句当然也不好，但诗人可以创造一些，要做到新而不生，其间分寸应由诗人自己掌握。例如李商隐《无题》："隔座送钩春酒暖，分曹射覆蜡灯红。""蜡灯"，一般只说"蜡烛"，这里说成"蜡灯"是为了适合平仄，读者并不觉得他是生造。（王力《略论语言的形式美》）

不善押韵的人，往往为韵所困，有时不免凑韵。善于押韵的人正相反，他能出奇制胜，不但韵用得很自然，而且因利乘便，就借这个韵脚来显示立意的清新。……李商隐在他的《锦瑟》诗中用了蓝田种玉的典故，如果直说种玉，句子该多么平庸呵！由于诗是先押韵的，他忽然悟出一个"玉生烟"来，不但韵脚问题解决了，不平凡的诗句也造成了。（同上）

明代戚继光《盘山绝顶》诗云："但使雕戈销杀气，未妨白发老边才"，句中以"边才"代称边人即征夫，乃是为了押韵的缘故，读者亦不觉得他是生造。反而觉得这个新词另有一层人才的含义。

诗词写作因难见巧、出奇制胜的情况，确乎是大量存在的，特别是在那些富于独创性的诗人笔下。唐代诗人李贺就是一个绝好的代表。他在诗歌造语上就生避熟的重要一法即借代。《雁门太守行》末云："报君黄金台上意，提携玉龙为君死。"以"玉龙"代"剑"，不仅因为有宝剑为龙所化的传说，而且更是为了与全诗神话色彩很浓的意境相协调的缘故。《北中寒》云："百石强车上河水。"这里的"水"实是"冰"，然而用"冰"字，则完全没有原句那种令人惊异不置的效果了。《南园》诗云："长腰健妇偷攀摘，将喂吴王八茧蚕。"这里诗人本来的意思也许是要写"细腰"吧，而"长腰"与"健妇"结合，就再不是"楚腰纤约掌中轻"的姿态了。这也许更接近农村采桑女的实际，形象十分新鲜。要之，它们绝不同于那些熟套的借代，如"玉箸"代泪，"友于"代兄弟之类，而是自铸新词，为一篇或一句之警策的。

古代诗歌中常用的谐音双关手法造成字面上的隐语，也须附带谈谈。这种手法是有意通过联想，巧用别字，言在此而意在彼，读者不可不知。

青荷盖绿水，芙蓉葩红鲜。

郎见欲采我，我心欲怀莲。（《子夜四时歌》）

诗中女主人公自比荷花，将结莲子，暗示爱的滋生。其中"芙蓉"谐音双关"夫容"，"莲"谐音双关"怜"，读者不可只作本字认了，还须识得音同义异的"别字"，才能对诗意有确切的把握。六朝小乐府还有《青阳度》云："下有并根藕，上生并头莲。"其"藕"字亦应读作"偶"，"莲"亦应读着"怜"。此外，以"思"双关"丝"，如"绩蚕初成茧，相思条女密"（《作蚕丝》）；以"晴"双关"情"，如刘禹锡"东边日出西边雨，道是无晴却有晴"。再看以下一首绝句：

井底点灯深烛伊，共郎长行莫围棋。

玲珑骰子安红豆，入骨相思知不知？（温庭筠《南歌子》）

此诗由双关语构成的谜面极多，"烛"当读作"嘱"；游戏之一的"长行"（双陆）应读作游子的"长行"；"围棋"音同"违期"；"入骨相思"既是指嵌入骰子的红豆（即相思子），又是指女方的一片痴情。如果不识字，怎样欣赏这些诗呢！

三　古今言殊

最初的文字是刻在甲骨上的，不那么方便，务求简净，这使古代言、文一开始就走上分离的道儿。诗歌脱离口头创作阶段，即有了"写诗"这么回事的时候，诗歌语言也日趋书面化。然而，由于传神写照的需要，或诗人一时兴之所至，仍有不少口头语言，被采用于笔端。这些口语乃至方言，从单字（多为语助）到短语，并未成为文言常用词汇，不见于雅诂故训。当时人们口耳相传，闻者意会。久而久之，"古今言殊，四方谈异"（王充《论衡》），它们就显得字面生涩而义晦，或字面熟悉而义别，如果读者不知其义或望文生义，便会导致隔膜和产生误解。这些被称为"诗词曲语辞"的词汇，也应属于我们所说的"识字"范畴。"姊妹弟兄皆列土，可怜光彩生门户"（白居易《长恨歌》）的"可怜"，意为可喜、可羡，便非今日口语中"可怜"之意。"昼号夜哭兼幽显，早晚星关雪涕收"（李商隐《重有感》）的"早晚"，意为何时，含有盼望的意味，便不能作"早迟"的判断意解。"泥盆浅小讵成池，夜半青蛙圣得知"（韩愈《盆池》），"圣得知"即先知，如通灵显圣然，今似无此语。

与文言常用词比较，语辞的运用显得更为灵活，如"谁家"一词：

> 谁犹云甚，此可就姓甚名谁之恒言，推得其义。家与价同，为估量某种光景之词，与个字相近。谁家，犹如今日苏杭语之啥个，亦犹云什么已。杜甫《少年行》云："马上谁家白面郎，临阶下马坐人床。不通姓字粗豪甚，指点银瓶索酒尝。"此谁家字语气激切，乃是詈辞，犹今云什么东西。《西游记》剧十二云："谁家一个黄口孺子，焉敢骂我！"文义亦同。若解为某家郎或某家孺子，语气未免不合。《牡丹亭·惊梦》云："良辰美景奈何天，赏心乐事谁家院！"此谁家字语气沉重，乃是悲语。谁家院犹云什么院落，意言尚成什么院落也，故与奈何天相对。此非臆测，上句云："似这般都付与断井颓垣"，下文云："便赏遍了十二亭台是枉然"，俱其明证。若解为某一家之院，则纡缓而不切矣。（张相《诗词曲语辞汇释序言》）

这类语辞大量散见于唐诗宋词尤其元曲之中（因为曲尤以入俗为本色），

前人旧注重在典实，不多涉及。《西厢记》各注本，始重方言，然尚非专书。近人张相有意汇集解说，积十余年心力，成《诗词曲语辞汇释》一书，为读者索解提供了方便。他所下功夫，是将诗词曲相同语辞，加以汇集，综合各证，运用"体会声韵"、"辨认字形"、"玩绎章法"、"揣摩情节"、"比照意义"等训诂方法，予以释义，一义不足概括时，则设别义，多义。是一部材料翔实，持说严谨，价值很高的工具书，足供阅读欣赏古代诗词者参考。

说罢"识字"，顺便想到一个问题。那就是，习作旧体诗词，难过的一关既非格律（句格、音律），亦非用韵。这些问题只要短期学习，通过范作的玩味，或韵书的翻检，是大致可以解决的。最难的，也是最基本的一关，还是诗词语汇问题，即"识字"问题。那是非精熟古典到了然于心的地步不可，这一点在昔人，是不成问题的，对于阅读古典诗歌不多的当今读者，则无从相比。杜甫强调精熟《文选》，李商隐的"獭祭"，从根本上说，都含有一个通晓语汇的问题。读得多了，熟了，大量的诗词语汇便会沉积在你的潜意识中，一旦诗兴大发，头脑兴奋，平素潜伏的这些语汇便会活跃起来，为你所用，那便是所谓文如万斛泉流，不择地而出了。这不是到作诗时，才去翻书拼凑可以奏其功效的。

四 赏析示例

归园田居 （东晋）陶渊明

种豆南山下，草盛豆苗稀。

晨兴理荒秽，带月荷锄归。

道狭草木长，夕露沾我衣。

衣沾不足惜，但使愿勿违。

这首诗写作者归田后的生活与心态，内容家常，语言清浅，和一般田园诗并无二致。细细玩味，其内涵、意蕴却很深邃，这与诗的措语攸关，值得讲一讲。

　　"种豆南山下，草盛豆苗稀"二句，常常被人误解，以为作者初归田园，不谙农活，豆苗长势不好。其实有乡下生活经验的人都知道，豆类是一种很贱的作物，只要在田边地角挖个坑，撒上一点草木灰，点上豆子，便有收成。所以这两句说的，不是那个意思，而另有一个来源。汉代杨恽得罪罢官后，作《拊缶歌》云："田彼南山，芜秽不治；种一顷豆，落而为萁。人生行乐耳，须富贵何时！"《汉书》颜师古注，引张晏说："芜秽不治"言朝政荒乱，豆的"零落"，喻己之见放。陶诗"种豆南山下"，就是"田彼南山"的直译；"草盛豆苗稀"就是"荒秽不治；种一顷豆，落而为萁"的意译。

　　接下来"晨兴理荒秽"，表面看是纪实。但"荒秽"一词来自杨诗，按张晏说指朝政荒乱，"理荒秽"三字就成了一句重话，不只是除草护苗那个表面的意思，而相当于拨乱反正的说法。作者看来，社会的混乱是由于人们放弃了农业这个根本而无谓地争斗，是长期战乱导致了田园的荒芜和生产力的破坏。而"人生归有道，衣食固其端"，解决温饱才是硬道理，发展生产才是硬道理。这也表明，作者认为生当乱世，洁身自好躬耕田园，不失为一种可取的选择。倡导自食其力的生活方式，不失为救治"荒秽"的一帖良药。

　　"带月荷锄归"一句是神来之笔。起早归晚，劳动是辛苦的，然而人的心情却是充实的。"种豆得豆"，劳动不但收获豆子，还收获愉快。诗中人的愉快不是直接说出的，而是通过"带月"二字流露出的。诗中的"带月"，和所谓"披星戴月"的"戴月"，同音而一字之差，意味有着微妙不同。"戴月"，只是说头顶月光，说了一个事实；"带月"，却是说月亮和人做伴，不仅说了事实，还说出一种心境。有一首儿歌这样唱道："月亮走，我也走，我和月亮手牵手。"表现出人与自然的和谐，田园与山水的和谐，充满诗味，很有意境。所谓神来之笔，是一种美的发现，是不可传授的。

当然，"理荒秽"不是一件轻而易举之事，这是要付出代价的。"道狭草木长，夕露沾我衣"，既是农村生活的写照，又是一个象征。走在长满杂草的山间小道上，不免被夜露打湿衣裳。是写照，所以亲切。又是象征，所以耐味。象征什么呢，象征归田所付出的代价。而这样的代价，比起参加劳动的收获来说，又算得了什么呢。作者是心甘情愿的，所以结尾说："衣沾不足惜，但使愿无违。"

由于陶渊明这样一说，"衣沾"或"沾衣"这一措语，也就具有了一种象征性。唐人张旭《山行留客》诗云："山光物态弄春晖，莫为轻阴便拟归。纵使晴明无雨色，入云深处亦沾衣。"诗人告诉朋友说，要得到游山的乐趣，怎么能够害怕打湿衣裳呢？套用马克思的话说，只有在那崎岖小路的攀登上，不怕露水打湿衣裳的人，才有希望达到光辉的顶点。

于是读者看到，陶渊明《归园田居》的象征意蕴，部分来自沿用杨恽诗的措语从而包含了杨恽的某些诗意；张旭《山行留客》的象征意蕴，又部分来自沿用陶诗的措语从而包含了陶渊明的某些诗意。所以古典诗词的浅貌深衷，与其措语部分地具有来历这一事实，是紧密相关的。

| 按语 |

不知道"种豆"二句和"荒秽"一词来自杨恽诗，对这首诗你就只能读到一个很浅的层面。而知道了张旭《山行留客》的"沾衣"的措语，来自这首诗，则张诗读起来就多一重意味。

入朝洛堤步月 （唐）上官仪

脉脉广川流，驱马历长洲。

鹊飞山月曙，蝉噪野风秋。

这首诗是上官仪在高宗朝为相时,在东都洛阳于早朝的途中写成的。什么是早朝呢?简单说,这是古代宫廷的一种上早班的制度。唐代立国之初,百官早朝并没有待漏院可供休息,必须在破晓前赶到皇城外等候。东都洛阳的皇城依傍洛水,城门外是天津桥。天津桥入夜落锁,断绝交通,到天明才开锁放行。放行之前,百官都在洛堤上等候,宰相便是他们的领队。

早朝是勤政的体现,宰相的地位特殊,"一人之下,万人之上"的他,在"入朝洛堤步月"的途中心境应该是复杂的。怎么说呢?使命感、责任感、辛勤感、自豪感和荣誉感并存吧。

"脉脉广川流,驱马历长洲",这两句写半夜入朝的情景。"川流"指洛水,"长洲"指洛堤。这应该是下半月的情景,只有这样的日子,才会有"步月"之事。月光相伴,诗人的兴致就比平时为高。想一想,如果是月黑夜,或雨夜,诗就多半写不成了。"驱马"二字,当然有辛苦的感觉。"广川流"的"广"字、"长洲"的"长"字一方面也助长了辛苦的感觉,另一方面,又表现诗人胸襟的开阔。而"脉脉"二字,来自古诗的"盈盈一水间,脉脉不得语"(《迢迢牵牛星》)。有人说,这是以男女喻君臣,暗示皇帝对自己的信任。那么,其中包含着的自豪感和荣誉感,也是不言而喻的了。

"鹊飞山月曙,蝉噪野风秋",这两句是紧扣月色的写景——月色、秋风都是实有的,"鹊飞"可能是由鸟声引起的想象,"蝉噪"则比较出人意料,细考则语出有自。所以,这两句又不仅仅是写景。曹操诗云:"月明星稀,乌鹊南飞,绕树三匝,何枝可依。"(《短歌行》)为"鹊飞"句所本。而曹操原诗是有为相者思慕贤才之意的,所以他下文还有"山不厌高,海不厌深,周公吐哺,天下归心。"而上官仪的地位,正决定了他的心情,与曹操是相通的。所以"鹊飞山月曙"不仅仅是写景,也是抒怀——抒发宰相登进明选公、执政治世的情怀。陈代诗人张正见诗云:"寒蝉噪杨柳,朔吹犯梧桐。……还因摇落处,寂寞尽秋风。"(《赋得寒树晚蝉疏》）为"蝉噪"句所本。而张诗原意有讽喻寒士失意不平之意，而这种情况在任何时代都有，唐初概莫能外，上官仪用诗句表明，作为宰相，他也注意到了这一点。发现问题才谈得上解决问题，言下就有一种使命感和责任感。

上官仪对唐诗的主要贡献是属对。他曾经把对仗的规律总结为"六对"、"八对"。"鹊飞山月曙"二句对仗就非常工整，可谓铢两悉称。有人说它写"洛堤晓行，风景如画"（俞陛云）。单从写景的角度看，也是佳句。也有人说它"音响清越，韵度飘扬"（胡震亨）。这是从音韵和婉的角度来赞美的。它措语精纯自然，而意境又很深邃，所以不但是作者的得意之句，而且不失为唐诗上乘的佳句。

据载，上官仪形貌昳丽，算得上一个美男子。他在公元七世纪的那个月光下的清晨作成这首诗后，在洛堤上按辔徐行，并高声讽吟，如神仙中人，引得百官翘首望之，歆羡不已。今天读这首诗，还能感到诗人那种志得意满的情态。

| 按语 |

　　弄清了"脉脉"、"鹊飞"、"蝉噪"等措语的来历，你才懂得这首诗的内涵和深致。

观猎　（唐）王　维

风劲角弓鸣，将军猎渭城。
草枯鹰眼疾，雪尽马蹄轻。
忽过新丰市，还归细柳营。
回看射雕处，千里暮云平。

不过一次普通的狩猎活动，却写得激情洋溢，豪兴遄飞。本篇艺术手法，几令清人沈德潜叹为观止："章法、句法、字法俱臻绝顶。盛唐诗

中亦不多见。"（《唐诗别裁》）

诗开篇就是"风劲角弓鸣"，未及写人，先全力写其影响：风呼，弦鸣。风声与角弓（用角装饰的硬弓）声彼此相应：风之劲由弦的震响听出；弦鸣声则因风而益振。"角弓鸣"三字已带出"猎"意，能使人去想象那"马作的卢飞快，弓如霹雳弦惊"的射猎场面。劲风中射猎，该具备何等手眼！这又唤起读者对猎手的悬念。待声势俱足，才推出射猎主角来："将军猎渭城"。将军的出现，恰合读者的期待。这发端的一笔，胜人处全在突兀，能先声夺人，"如高山坠石，不知其来，令人惊绝"（方东树）。两句若倒转便是凡笔。

渭城为秦时咸阳故城，在长安西边，渭水北岸，其时平原草枯，积雪已消，冬末的萧条中略带一丝儿春意。"草枯"、"雪尽"四字如素描一般简洁、形象，颇具画意。"鹰眼"因"草枯"而特别锐利，"马蹄"因"雪尽"而绝无滞碍，颔联体物极为精细。三句不言鹰眼"锐"而言眼"疾"，意味猎物很快被发现，紧接以"马蹄轻"三字则见猎骑迅速追踪而至。"疾"、"轻"下字俱妙。两句使人联想到鲍照写猎名句："兽肥春草短，飞鞚越平陆"，但这里发现猎物进而追击的意思是明写在纸上的，而王维却将同一层意思隐然句下，使人寻想，便觉诗味隽永。三四句初读似各表一意，对仗铢两悉称；绎绎方觉意脉相承，实属"流水对"。此二句与诗人的"暮云空碛时驱马，秋日平原好射雕"（《出塞作》），俱属名言，可以参读。

以上写出猎，只就"角弓鸣"、"鹰眼疾"、"马蹄轻"三个细节点染，不写猎获的场面而猎获之意见于言外；再则射猎之乐趣，远非实际功利所可计量，只就猎骑英姿与影响写来自佳。

颈联紧接"马蹄轻"而来，意思却转折到罢猎还归。虽转折而与上文意脉不断，自然流走。"新丰市"故址在今陕西临潼县，"细柳营"在今陕西长安县，两地相隔七十余里。此二地名俱见《汉书》，诗人兴会所至，一时汇集，典雅有味，原不必指实。言"忽过"，言"还归"，则见返营驰骋之疾速，真有瞬息"千里"之感。"细柳营"本是汉代周亚夫屯

045

军之地，用来就多一重意味，似谓诗中狩猎的主人公亦具名将之风度，与其前面射猎时意气风发、飒爽英姿，形象正相吻合。这两句连上两句，既生动描写了猎骑情景，又真切表现了主人公的轻快感觉和喜悦心情。

写到猎归，诗意本尽。尾联却更以写景作结，但它所写非营地景色，而是遥遥"回看"向来行猎处之远景，已是暮霭沉沉。此景遥接篇首。首尾不但彼此呼应，而且适成对照：当初是风起云涌，与出猎紧张气氛相应；此时是暮云笼罩，与猎归后踌躇容与的心境相称。写景俱是表情，于景的变化中见情的消长，堪称妙笔。七句语有出典，古匈奴人以善射者为射雕手，见《史记·李将军列传》；又《北史·斛律光传》载北齐斛律光校猎时，于云表见一大鸟，射中其颈，形如车轮，旋转而下，乃是一雕，因被人称为"射雕手"。此言"射雕处"，有暗示将军的膂力强、箭法高之意。诗的这一结尾摇曳生姿，饶有余味。

综观全诗，半写出猎，半写猎归，起得突兀，结得意远，中两联一气流走，承转自如，有格律束缚不住的气势，又能首尾回环映带，体合五律，这是章法之妙。诗中藏三地名而使人不觉，用典浑化无迹，写景俱能传情，至如三四句既穷极物理又意见于言外，这是句法之妙。"枯"、"尽"、"疾"、"轻"、"忽过"、"还归"，遣词用字准确锤炼，咸能照应，这是字法之妙。

| 按语 |

　　诗中的"新丰市"、"细柳营"，表面看来，只是两个地名，须知其俱出《汉书》，暗用汉事，方才能体会其为将军传神的好处。"射雕"二字也有出处，将军当日并不一定射到了雕，而有此二字，方见其人膂力与神勇。

北齐二首 （唐）李商隐

一笑相倾国便亡，何劳荆棘始堪伤。

小怜玉体横陈夜，已报周师入晋阳。

巧笑知堪敌万机，倾城最在著戎衣。

晋阳已陷休回顾，更请君王猎一围。

　　这两首诗是通过讽刺北齐后主高纬宠幸冯淑妃这一荒淫亡国的史实，以借古鉴今的。

　　第一首前两句是以议论发端。"一笑"句暗用周幽王宠褒姒而亡国的故事，讽刺"无愁天子"高纬荒淫的生活。"荆棘"句引典照应国亡之意。晋时索靖有先识远量，预见天下将乱，曾指着洛阳宫门的铜驼叹道："会见汝在荆棘中耳！"这两句意思一气蝉联，谓荒淫即亡国取败的先兆。虽每句各用一典故，却不见用事痕迹，全在于意脉不断，可谓巧于用典。但如果只此而已，仍属老生常谈。后两句撇开议论而展示形象画面。第三句描绘冯淑妃（"小怜"即其名）进御之夕"花容自献，玉体横陈"（司马相如），是一幅秽艳的春宫图，与"一笑相倾"句映带；第四句写北齐亡国情景。公元 577 年，北周武帝攻破晋阳（山西太原），向齐都邺城进军，高纬出逃被俘，北齐遂灭。此句又与"荆棘"映带。两句实际上具体形象地再现了前两句的内容。淑妃进御与周师攻陷晋阳，相隔尚有时日。"已报"两字把两件事扯到一时，是着眼于荒淫失政与亡国的必然联系，运用"超前夸张"的修辞格，更能发人深省。这便是议论附丽于形象，通过特殊表现一般，是符合形象思维的规律的。

　　如果说第一首是议论与形象互用，那么第二首的议论则完全融于形象，或者说议论见之于形象了。"巧笑倩兮，美目盼兮"，是《诗经》中形容美女妩媚表情的。"巧笑"与"万机"，一女与天下，轻重关系本来一目了然。说"巧笑"堪敌"万机"，是运用反语来讽刺高纬的昏昧。"知"实为哪知，意味尤为辛辣。如说"一笑相倾国便亡"是热骂，此句便是冷嘲，不议论的议论。高纬与淑妃寻欢作乐的方式之一是畋猎，在高纬眼中，换着出猎武装的淑妃风姿尤为迷人，所以说"倾城最在著戎衣"。这句仍是反语，有潜台词在。古来许多巾帼英雄，其飒爽英姿，确乎给人很美的感觉。但淑妃身着戎衣的举动，不是为天下，而是轻天下。高纬迷恋的不是英武之姿而是忸怩之态。他们逢场作戏，穿着戎衣而把强大的敌国忘记在九霄云外。据《北齐书》载：周师取平阳（晋阳），帝猎于三堆，晋州告急。帝将返，淑妃更请杀一围，从之。在自身即将成为敌军猎获物的情况下，仍不忘记追欢逐乐，还要再猎一围。三四句就这样以模拟口气，将帝、妃死不觉悟的淫昏性格刻画得入木三分。

尽管不著议论，但通过具体形象的描绘及反语的运用，即将议论融入形象之中，批判意味仍十分强烈。

第一首三四两句把一个极艳极亵的镜头和一个极危急险恶的镜头组接在一起，对比色彩强烈，产生了惊心动魄的效果。单从"小怜玉体横陈"的画面，也可见高纬生活之荒淫，然而，如果它不和那个关系危急存亡的"周师入晋阳"的画面组接，就难以产生那种"当局者迷，旁观者清"的惊险效果，就会显得十分平庸，艺术说服力将大为削弱。第二首三四句则把"晋阳已陷"的时局，与"更请君王猎一围"的荒唐行径作对比。一面是十万火急，形势严峻；一面却是视若无睹，围猎兴浓。两种画面对照出现，令旁观者为之心寒，从而有力地表明当事者处境的可笑可悲，不着一字而含蓄有力。这种手法的运用，也是诗人巧于构思的具体表现。

| 按语 |

作者是用典的好手。讽刺帝王淫昏亡国，措辞每涉故事。"一笑"暗用周幽王宠褒姒而亡国的故事。"荆棘"二字则出于晋人索靖预见天下将乱，国将不存之叹。"倾城"、"倾国"本出汉李延年歌，指美人，而字面上则使人联想到国家的倾覆。以上语汇的运用，与冯淑妃的身份大都切合。

满庭芳·夏日溧水无想山作 (宋) 周邦彦

风老莺雏，雨肥梅子，午阴嘉树清圆。地卑山近，衣润费炉烟。人静乌鸢自乐，小桥外、新绿溅溅。凭阑久，黄芦

苦竹，拟泛九江船。　　　年年，如社燕；飘零瀚海，来寄修
椽。且莫思身外，长近尊前。憔悴江南倦客，不堪听急管繁
弦。歌筵畔，先安簟枕，容我醉时眠。

此词作于知溧水时（1093—1096），作者正当中年，经历宦海沉浮。无
想山在县南十八里，一名禅寂院，中有韩熙载读书堂，词记游抒怀。

上片写江南初夏景色。一起三句就是名言，抓住了江南初夏物候特
征。作者信手拈来小杜"风蒲猎猎雏老"、老杜"红绽雨肥梅"诗句，铸为
联语，对仗极工。"老"、"肥"二字皆形容词作动词活用，便觉词气飞
动；二字既概括了从春至夏，禽鸟与果实的生长过程，又暗示了时光的
流逝。"风"、"雨"切合梅雨季节天气，既表春归，又为后文山居潮湿伏
笔。"午阴嘉树清圆"句抓住了夏日树冠茂密、而正午日头当顶的特点，
"嘉树"、"清圆"两个造语都新鲜可人，奄有陶诗"蔼蔼堂前林，中夏贮
清阴"之意。

"地卑山近"二句，写溧水地低，而无想山草木茂密，又值梅雨季
节，所以空气潮湿。二句之妙在于不但写潮湿，还写出到底如何潮
湿——"费"字见烤干不易，"烟"字见生火不旺，皆具体生动。"人静
乌鸢自乐"三句，写晴明天气中的快乐，乌鸢故是"自乐"，而人则乐其
所乐。而晴天看水，更觉"新绿"之妙。"凭阑久"三句回应上文"地卑
山近"，化用《琵琶行》"住近湓江地低湿，黄芦苦竹绕宅生"，而以被贬
江州的白居易自譬，同时生出泛舟遣兴之想。

下片抒漂泊宦游倦思。"年年"四句又生一喻，以迁徙不定的燕子自
比，谓出京后的这几年，曾教授庐州，又到过荆州，而今居溧水，一如
燕子之寄人篱下，有一种未能找到归宿的感觉。"瀚海"活用，指大海。
"且莫思身外"二句，化用杜诗"莫思身外无穷事，且尽尊前有限杯"，
接"拟泛"句，有耽玩以遣兴之意。

"憔悴江南倦客"二句，再用《琵琶行》诗意，谓遣兴归遣兴，但外来的刺激也可能引起迁谪之意。所谓"不堪听急管繁弦"，即化用"却坐促弦弦转急"到"江州司马青衫湿"诗意，因无迹，所以人皆知"黄芦苦竹"用白诗，不知此处亦承前用白诗也。"歌筵畔"三句语出《南史·陶潜传》"潜若先醉，便语客：我醉欲眠卿可去"，而意不同，谓对酒当歌，不过借以麻痹自己，故须先安排簟枕，逃避以梦也。

此词大量熔铸前人诗语，因词中以乐天自比，故多用其句，信手拈来、有意无意，有一气呵成之妙。盖作者自具生活感兴，满心而发，一反故态，是写不是做，虽多用语，却不为语累，近于诗、远于赋，故读来尤有清空之感，而无质实之态。

| 按语 |

作者写这首词时，是有一首《琵琶行》在心中缭绕的，好在他以兴会驾驭唐人语汇，如自己出。较之他隐括刘禹锡《金陵五题》而成的《西河》一词，在措辞上更臻化境。

水调歌头·舟次扬州和杨济翁周显先韵 (宋) 辛弃疾

落日塞尘起，胡骑猎清秋。汉家组练十万，列舰耸层楼。谁道投鞭飞渡，忆昔鸣髇血污，风雨佛狸愁。季子正年少，匹马黑貂裘。　　今老矣，搔白首，过扬州。倦游欲去江上，手种橘千头。二客东南名胜，万卷诗书事业，尝试与君谋。莫射南山虎，直觅富民侯。

此词约作于淳熙五年 (1178)，时作者由大理少卿出领湖北转运副使，溯江西行。舟次扬州时，与友人杨济翁 (炎正)、周显先有词作唱和，此词即其一。周生平未详。杨为有名词人，其原唱《水调歌头》(登多景楼) 存于《西樵语业》中，为忧愤时局、感慨"报国无路"之作。作者在南归之前，曾在山东、河北地区从事抗金活动，重过扬州，又读到友人伤时的辞章，他心潮澎湃，遂写下这一首抚今追昔的和韵词。

词的上片是"追昔"。作者的抗金生涯开始于金主完颜亮发动南侵时期，词亦从此写起。古代北方少数民族统治者常在秋高马肥的时节犯扰中原，"胡骑猎清秋"即指完颜亮 1161 年率军南进事。前一句"落日塞尘起"则先造气氛。从意象看：战尘遮天，本来无光的落日，便显得更其惨淡。这就渲染出敌寇甚嚣尘上的气焰。紧接二句则写宋方抗金军队坚守大江。以'汉家"与"胡骑"对举，自然造成两军即将接仗，一触即发的战争气氛。写对方行动以"起"、"猎"等字，属于动态的；写宋方部署以"列"、"耸"等字，是偏于静态的。相形之下，益见前者嚣张，后者镇定。"组练（絓甲纟红袍，指军队）十万"、"列舰"、"层楼"，均极形宋军阵容盛大，有一种决胜的信心感。以下三句进一步回忆当年完颜亮南进溃败被杀事。

完颜亮南进期间，金上层统治集团内部分裂，军事上复受挫折，士气动摇。当完颜亮迫令金军三日内渡江南下时，却被部下所杀，中止了这次战争。"谁道投鞭飞渡"三句即书其事。句中隐含三个故实：《晋书·苻坚载记》载前秦苻坚南侵东晋，曾不可一世地说"以吾之众，投鞭于江，足断其流"，结果一败涂地，丧师北还。《史记·匈奴传》载匈奴头曼单于之太子冒顿作鸣镝（即"鸣髇"，响箭），命令部下说："鸣镝所射而不悉射者斩之"，后在一次出猎时，冒顿以鸣镝射头曼，他的部下也跟着发箭，头曼遂被射杀。"佛狸"，为北魏太武帝拓跋焘的小字。他南侵中原受挫，被太监杀死。作者融此三事以写完颜亮发动南侵，丧于内乱，事与愿违的史实，不仅贴切，又出以问答，更觉有化用自然之妙。

宋朝军民敌忾同仇，而金国有"离合之衅"可乘，在作者看来这是恢复河山的大好时机。当年，这位二十出头的义军掌书记就策马南来，使义军与南宋政府取得联系，以期协同作战，大举反击。"季子正年少，匹马黑貂裘"，正是作者当年飒爽英姿的写照。苏秦字"季子"，乃战国时著名策士，以合纵政策游说诸侯佩六国相印。他年轻时曾着"黑貂裘"西入秦。作者以"季子"自拟，乃是突出自己以天下为己任的少年锐进之气。于是，在战争风云的时代背景上，这样一个"锦襜突骑渡江初"（《鹧鸪天》）的少年英雄亮相，显得虎虎有生气，与下片搔白首而长叹的今"我"判若两人。

过片即转为"抚今"。上片结句才说到"年少"，这里却继以"今老矣"一声长叹，其间掠过了近二十年的时间跨度。这里的叹老又不同一般文人喜欢叹老嗟卑的心理，而是类乎"时易失，心徒壮，岁将零"（张孝祥《六州歌头》），属于深忧时不我待、老大无成的志士之苦。南渡以来，作者长期被投闲置散，志不得申，此时翘首西北，"望中犹记、烽火扬州路"（《永遇乐》），真有不胜今昔之感。

过片三短句，情绪够悲怆的，似乎就要言及政局国事，但却没有，是"欲说还休"。此下只讲对来日的安排，分两层。一层说自己，因为倦于宦游，想要归隐田园，种树置产。三国时吴丹阳太守李衡在龙阳县汜洲种柑橘，临死时对儿子说："吾州里有千头木奴，不责汝衣食，岁上一匹绢，亦可足用耳。"（见《三国志·吴书·孙休传》注引《襄阳记》）此处化用李衡语，既饶风趣，又故意表现出一种善治产业、善谋衣食的精明口吻。然联想作者"求田问舍，怕应羞见，刘郎才气"（《水龙吟》）的词句，不难体味这里隐含的无奈、自嘲及悲愤的复杂情绪。说"欲去"而未去，正表现出作者内心的矛盾。二层是劝友人。杨济翁原唱云："忽醒然，成感慨，望神州。可怜报国无路，空白一分头。都把平生意气，只做如今憔悴，岁晚若为谋？"其彷徨苦闷，可谓与弃疾相通。作者故而劝道：你们二位（"二客"）乃东南名流，腹藏万卷，胸怀大志，自不应打算归隐如我。但有一言还想与君等商议一下：且莫效李广那样南山习射，只可直取"富民侯"而已。《史记·李将军列传》载，李广曾"屏野居蓝田南山中射猎"，"广所居郡闻有虎，尝自射之"。《汉书·食货志》："武帝末年悔征伐之事，乃封丞相为富民侯。"李广生不逢高祖之世，未尽其才，未得封侯；而"富民侯"却能不以战功而取。此谓朝廷"偃武修文"，放弃北伐，致使英雄无用武之地，其意不言自明。无论说自己"倦游欲去江上，手种橘千头"也好，劝友人"莫射南山虎，直觅富民侯"也好，都属激愤语。如果说前一层讲得较为平淡隐约，后一层"莫射"、"直觅"云云，语意则相当激烈明显。分两步走，便把一腔愤懑尽情发泄出来。

词前半颇类英雄史诗的开端，然而其壮词到后半却全无着落，反添落寞之感，通过这种跳跃性很强的分片，有力表现出作者失意和对时政不满的心情。下片写壮志消磨，全推在"今老矣"三字上，行文腾挪，用意含蓄，个中酸楚愤激，耐人寻味，词情尤觉沉着。愤语、反语的运用，也有强化感情色彩的作用。

| 按语 |

辛弃疾作词，也非常喜欢在文献中发掘语料，前人谓之"掉书袋"。鉴赏其词，必须多借助于有关稼轩词的笺注。

作为欣赏对象的诗词作品，并不是一个简单的系统，而具有多层次结构。欣赏活动也不是一个单一的心理过程，它是分步骤而完成的。首先是形式的把握和形象的感受，其次是内容的理解，进而是意蕴的探求。如果说识字功夫属第一步的话，那么，进一步理解内容，便离不开知人论世。总之，它们都是探求作品意蕴所必要的准备阶段。

知人论世虽然紧密关联，但仍可析为二事。本章先说知人。

一　不知其人可乎

《孟子·万章下》云："颂其诗读其书，不知其人可乎?"对这个问题，不同的文学研究派别有不同的回答。

文学创作与欣赏，存在作者、作品、读者三大要素。三者都可以作为研究的本位。根据研究对象择重点不同，形成了不同的文学研究派别和方法。持作家本位的实证主义批评，将文学研究等同于考据，着重对作品产生的背景的探究；持作品本位的结构主义和形式主义批评，则着重对作品的语言结构的探究；而持读者本位的接受美学理论，强调作品的未定性，更多着重于作品的功能的研究。各种方法站在自己的立场上，都有理有效。但如果各执一偏，相互排斥，那显然与系统论的方法相违背。在"知人"这个问题上，尽管不同的文学研究派别看法不一样，但在实际欣赏活动中，"知人"构成一种欣赏的前提条件，是无法否认的。

当然，文学作品情况千差万别，很难执一而论。"知人"的必要程度，也应视具体对象而定。

"诗言志"（《尚书·尧典》），"在心为志，发言为诗。情动于中而形于言"（《毛诗序》），很早人们就认识到诗歌这种体裁，是以表现或抒情为特征的。在我国古代诗词中，抒情主人公的形象多为诗人自我形象，或间接地、或多或少地带有诗人的影子。"不知其人可乎"这个问题，答案是不言而喻的。

不仅我国传统的文艺批评一向重视"知人"，西方的文艺批评几乎也不谋而合。如近代法国文论家申徒白吾便以为研究作品应当先从作者的人格、状态、遗传、境遇、生涯诸方面着手，通过这"媒层"，方可洞悉作品的意蕴。唯西方现代新批评派反对这种方法，认为作者生平事迹除了帮助我们了解某些用词含义和私人生活的影射，没更多的用处。比如大谈济慈如何在花园里听到夜莺的歌声，与我们评价《夜莺颂》这首诗实在无甚相干。（参赵毅衡《新批评——一种独特的形式主义文论》）这种反对意见虽然确实刺中了某些考据成癖或为考据而考据的文艺批评的痛处，却有较大片面性。因为即便都是诗歌，其表现形态也有千差万别，不可执一而论。

就某些抒发常人较普遍情感的诗作如李白《静夜思》："床前明月光，疑是地上霜。举头望明月，低头思故乡。"或具有较明显的象征意义的诗作如王之涣（一作朱斌）《登鹳雀楼》："白日依山尽，黄河入海流。欲穷千里目，更上一层楼。"不了解作者生平的确无妨于欣赏。然而更多的情况则是诗人的创作具有某种特定环境、特定的人事关系，抒发一种特殊的思想感情，诗作具有艺术个性。因此，如果读者对作家生平一无所知，对于创作的背景一无所知，那么他对于这一作为个体创作的精神产品，很可能是一知半解，甚至于产生误会。倘使他仍对此津津乐道，便成一则笑话所说的瞎子品味鱼汤，而不知鱼尚未丢进锅内。青年朋友未具"知人"之明而误会古代诗词的例子所在皆有，似不必小题大做，多加揶揄。然而名家忽略了知人说诗，闹出笑话来，那影响就不一样了。李白、杜甫两大诗人交谊甚厚，颇有诗歌往还，这在今天稍有文学史知识的读者也有所了解。因为杜年辈晚于李，故杜赠李之诗作尤多，如《与李十二白同寻范十隐君》《赠李白》，金圣叹在他的名著《杜诗解》中解道：

> 眠何必共被？行何必携手？此殆言己（杜甫）无日无夜不教侯（李白）作诗。读他日"重与细论"之句，盖先生之教之，不信然哉！
>
> 读"飞扬跋扈"之句，辜负"入门高兴"、"侍立小童"二语不少。先生不惜苦口，再三教戒，见前辈交道如此之厚也。

金圣叹居然不知李、杜年辈之少长，也太不可思议。其误会或许由误解杜甫"不见李生久，佯狂真可哀"（《不见》）二语而来。然古人称呼"生"亦有"先生"的意思，与称呼年轻人为"生"，不能混为一谈。忽略知人论世，而一味主观会意，忽略考据而欲阐发义理之精微，就难免说错话。

二　风格即其人

闻一多论唐诗颇有妙语，如说："淡到看不见诗了，才是真正孟浩然的诗，不，说是孟浩然的诗，倒不如说是诗的孟浩然，更为准确。"（《孟浩然》）诗如其人，虽然在孟浩然表现尤为突出，却也是一种普遍的规律。因为文学创作是个体的创作，作品贵有个性，玩味诗词，关键之一也在寻绎其艺术个性。"风格即其人"，艺术个性又关乎作家的性分学养。"不有屈原，岂见离骚。"（刘勰）所以要读《离骚》，必须先读屈原传记，知道他的人生见解，两度流放的政治经历，与其内心的深刻矛盾。有了这些知识准备，这篇光彩陆离的长诗，也就不难入门了。如能解乎此，昔人名作在我们读来必更赏心悦目。

熟知诗人的生活环境，对于解诗有莫大帮助。古往今来那些大自然的伟大歌手，往往得故乡山水形胜之助。英国诗人华兹华斯的家乡，便是著名的风景区，以至于有人认为不亲见华氏故乡之湖山，便不能彻底了解何以会产生这样一位诗人，也很难彻底明了他的写景诗的深邃意蕴。同样，读者如果对"山水观形胜，襄阳美会稽"有比较真切的体认，便能更为领会孟浩然其人与其诗。如果读者不仅了解襄阳的自然景观，而且了解襄阳的人文环境，那么他的领会便会更加亲切更加深入。

> 人事有代谢，往来成古今。
>
> 江山留胜迹，我辈复登临。
>
> 水落鱼梁浅，天寒梦泽深。
>
> 羊公碑尚在，读罢泪沾巾。（《与诸子登岘山》）

只要知道孟浩然早年的生活环境，便不难察觉生在奋发有为的时代，而又深恋隐逸之趣的诗人那灵魂的骚动与困惑。

李清照生长于济南（今属山东），故居在柳絮泉旁，今归趵突泉公园，有纪念堂。济南古称历城，自古就是一个泉流满地、风景如画、人文荟萃的所在。女词人的灵性不但来自天赋，也来自地赋。其次，她幸运地生在北宋时代，比朱熹年长四十六岁，那时女性还没有太多的压抑。与蔡文姬一样，她出生在学者家庭，又是独生女儿，得以受到充分的文化教育。因而李清照早年作词，主要取材于其感情生活及对大自然的喜爱，或表现少女少妇对爱的憧憬和恋爱的陶醉，很是放得开，至如"绛绡缕薄冰肌莹，雪腻酥香，笑语檀郎，今夜纱厨枕簟凉。"（《采桑子》）时人谓其"作长短句能曲尽人意．轻巧尖新，姿态百出，闾巷荒淫之语，肆意落笔，自古缙绅之家，能文妇女，未见如此无顾藉也。"（王灼《碧鸡漫志》卷二）而其才华也颇受丈夫赵明诚的敬重．故其少作中虽然也有孤独的烦恼，离别的感伤．其实是"少年不识愁滋味"（辛弃疾《丑奴儿》）的。

"靖康之难"的到来，使李清照的命运发生了急剧变化，她遭遇了丧夫之痛；接下来．眼睁睁看着耗尽半生心血收集的大量文物被丢、被烧、被抢、被盗；同时，满怀恐惧地承受着政治流言的压力；后来是再婚和离异，其间还有家庭暴力的滋扰，弄得声名狼藉，疲不可支。你须知女词人生平前后生活状况的巨大反差，才能设身处地地体会诸如"如今憔悴，风鬟雾鬓，怕见夜间出去。不如向帘儿底下，听人笑语。"（《永遇乐》）"守着窗儿，独自怎生得黑？梧桐更兼细雨，到黄昏、点点滴滴。这次第、怎一个愁字了得？"（《声声慢》）一类名句内涵的沉重。

每一个诗人都具有特殊的个性，每一个诗人都有其独特的魅力。认识一个诗人的个性和特殊魅力，对于解读他的作品是大有帮助的。

不妨以宋代的苏东坡为例，具体谈谈这个问题。作为一个极具人格魅力的大家，苏东坡的魅力大致来自四个方面：

其一，在政治上，苏东坡是一个原则性很强，不肯偷合取容的人。他从青年时代就锐敏地感觉到宋朝百年无事背后的危机，主张改革。从他后来在地方官任上所表现的施政才能看，如果担任执政大臣，也应是有所作为的。不幸的是，在北宋激烈的新旧党争中，他独持政见，前不合于王安石，后不合于司马光，不肯作政治投机，因而始终未能走出这两大人物的阴影，所谓"既生瑜，何生亮"，也是无奈。

其二，在生活上，苏东坡是一个亲和力很强，富于情调的人。"苏子瞻泛爱天下士，无贤不肖欢如也。尝言：'上可陪玉皇大帝，下可以陪卑田院（养济院）乞儿。'"（《况生随钞》）如生今世，可为"爱心大使"。他的朋友很多，品类不一，不管什么人，都和他谈得来。"东坡平生不耽女色，而亦与妓游。凡待过客，非其人，则盛女妓丝竹之声，终日不辍，有数日不接一谈，而过客私谓待己之厚。有佳客至，则屏妓衔杯，坐谈累夕。"（《茶余客话》）也就是说，东坡待客，非其人，则请"三陪"；遇可人，则自己陪。皆大欢喜。他谈吐诙谐，喜欢打趣人。有人以咏竹诗请教于他，有"叶垂千口剑，干耸万条枪"，东坡大笑道："诗虽好，可惜十根竹竿，只挑得一个叶儿。"解诗本来无须数学，但用刀剑形竹，实在太煞风景，不妨指其一端，反过来煞煞风景，极具机锋。他的政治生涯相当坎坷，但心态平和，阅历丰富，精神充实，感觉快活。无论环境多么险恶，总是持审美观照的态度来玩味生活，修炼到宠辱不惊的境界，颇得力于佛学与《庄子》。

其三，在文艺上，苏东坡是一个天才，一个无所不通的人。古代笑话说，明代有个叫陆宅之的，"每语人曰：'吾甚爱东坡。'或问曰：'东坡有文、有赋、有诗、有字、有东坡巾，君所爱何居？'陆曰：'吾甚爱一味东坡肉。'闻者大笑"（浮白斋主人《雅谑》）。其实陆宅之的话也不大错，因为苏东坡本人正是一个美食家。

其四，在事务上，苏东坡是一个实干家，一个政绩卓著的人。他一生中在京为官时间累计不过十年左右，大部分时间是在外地任职。他的为官生涯充满务实的精神，在处理实际事务中，他是一个很有本领的人，办了不少有益于人民的兴利除弊的事，他在各地都重视兴修水利，组织过各类救灾和赈济工作。在从事公益事业和政绩卓著这一点上，李、杜都不能与苏东坡相比，他们固然是没有机会，不过，假使有了机会，是否有处理实际事务的才干和耐心，也还是未知数。总之，苏东坡的为人，既有极其实际的一面，又有非常超脱的一面；既有十分认真的一面，又有十分随和的一面，而在这种矛盾的统一中，表现出他不同寻常的魅力。

了解诗人的生平事迹，常能使读者体会到其诗作的味外味。因为你知道了东坡平生经历，乐观坚忍的禀性，及其所受禅宗思想的影响，所以你能充分玩味其诗词中表现的那一分性情与学养。"我本无家更安往，故乡无此好湖山。"（《望湖楼醉书》）这是熙宁五年（1072）在杭州所作。

"自笑平生为口忙，老来事业转荒唐。长江绕郭知鱼美，好竹连山觉笋香。"逐客何妨员外置，诗人例作水曹郎。"（《初到黄州》）这是元丰二年（1079）责授检校水部员外郎黄州团练副使时所作。（按：梁代何逊、唐代张籍、北宋孟宾于皆做过水部郎官，诗人引以解嘲。）"罗浮山下四时春，卢橘杨梅次第新。日啖荔枝三百颗，不辞长作岭南人。"（《食荔枝》）这是绍圣二年（1095）谪贬岭南所作。"为报先生春睡美，道人轻打五更钟。"（《纵笔》）这是绍圣元年（1094）在惠州所作。——钟声与春睡何关，而加关联，且曰"轻打"，恐惊梦，何等体贴人情。据说为了这首诗，他又付出过一定代价：时相"章子厚（惇）曰：'苏子瞻尚尔快活'，乃贬昌化（海南）"。（王文诰《苏诗话》引《舆地广记》）"九死南中吾不恨，兹游奇绝冠平生。"（《六月二十日夜渡海》）这是元符三年（1100）渡琼州海峡时所作。读者仍然可以从中辨认出那个逆来顺受、乐观旷达的主人公的形象——这便是苏东坡。

"东坡自海外归，人问其迁谪艰苦。东坡曰：'此骨相所招。小时入京师，有相者曰：一双学士眼，半个配军头。异日文章虽当知名，然有迁徙不测之祸。今悉符其语。'"（《瑞桧堂暇录》）"心似已灰之木，身如不系之舟。问汝平生功业，黄州惠州儋州。"（《自题金山画像》）这是东坡总结一生遭际之作，纵有悲怆，终归平和。

"天下几人学杜甫，诗中定合爱陶潜。"（刘东父集东坡诗句）苏东坡一生得力于陶渊明处甚多。自从汉末天命观发生动摇，魏晋时代的个性觉醒，诗人们走出了旧的悖谬，却又陷入新的困境。从"十九首"到曹植、阮籍，诗中充满先生之嗟，诗人在苦苦思索生命的价值和人生的意义，但走不出人生的苦闷，严重的心态失衡困扰着曹植、阮籍乃至左思。陶渊明用他的实践和诗歌，第一次对这些问题做出了明确的答复，对生命的价值和人生的意义做出了肯定的答案。他从回归自然，参加劳动，享受亲情，从事创作中找到了生命的价值和人生的意义，并提出了他的社会政治理想，以内心的充实与贫乏动乱的现实相对立，找到了心理的平衡。"他是个非常和平的田园诗人。他的态度是不容易学的，他非常之穷，而心里很平静，毫不为意，还是'采菊东篱下，悠然见南山'，这是何等的自然。现在有钱的人在租界里雇花匠种数十盆菊花，便作诗，叫作'秋日赏菊效陶彭泽体'，自以为合于渊明的高致，我觉得不大像。"（鲁迅《魏晋风度与文章及药及酒之关系》）

苏东坡知扬州时曾和陶《饮酒诗》二十首，贬谪岭南时又和《归园田居》八十九首。黄庭坚《跋子瞻和陶诗》云："子瞻谪岭南，时宰欲杀之。饱吃惠州饭，细和渊明诗。彭泽千载人，东坡百世士。出处虽不同，风味乃相似。"

假使我们深知诗人之性分，乃至知道其生平交游，有时便能读其诗如临其境，如见其人，如闻其声，体会到诸多别趣。例如李白诗中有一首流传极广，艺术生命经久不衰的小诗——《赠汪伦》：

　　李白乘舟将欲行，忽闻岸上踏歌声。
　　桃花潭水深千尺，不及汪伦送我情。

有人评这首诗好在"有真情实感"。殊不知好诗无不具有真情实感，所以不必说；而这首诗突出的成功之处也不在所谓真情实感，而在于一种李白式的特殊风趣，可以说，它在短短四句诗中，活脱脱地刻画出了两个不拘俗套的人。这就需要读者不但熟知李白，还应知道与此诗直接相关的汪伦其人。

汪伦是唐时泾县村民，曾以美酒招待李白。袁枚《随园诗话补遗》载，汪伦曾捎信欺以其方："先生好游乎，此地有十里桃花；先生好饮乎，此地有万家酒店。"李白欣然而至，他这才说："桃花者，潭水名也，并无桃花；万家者，店主人姓万也，并无万家酒店。"引得李白大笑，并住了好几天。这故事不一定真实，但却很能反映李白与汪伦的性格与交情，不仅仅可助谈资。关于《赠汪伦》这首诗，人多乐道其三四句，往往忽略其一二句的风趣和作用。其原因就在于忽略了这两个"活"人。"李白乘舟将欲行",就要离开桃花潭,却不像是要在此告别谁,陶然忘形的他是兴尽而返。又从下句的"忽闻"可知,这汪伦的到来是不期而至的。这样的送别,在前人之作中罕有。

"忽闻岸上踏歌声",人未到而声先达,欲行的李白却已心知来者是谁,所来何事,手中何所携了。俗话说:"来得早不如来得巧",汪伦就是来得巧。以下的事,诗人不再说也不必说,因为读者可以发挥想象了,那自然是饯别场面,一个"劝君更尽一杯酒",另一个则"一杯一杯复一杯"了。不说则妙在省略、含蓄。不辞而别的李白固然落落大方,不讲客套;踏歌欢送的汪伦则既热情,又不流于伤感。短短十四字就写出两个乐天派,一对忘形交。这忘形正是至情的一种表现。因而李白不仅以汪伦为故人,而且引为同调,所以他要高度评价汪伦的友情。

三四句以本地风光作譬:"桃花潭水深千尺,不及汪伦送我情。"以水长比情长,是诗人们常用的比喻;而说水深不及情深,就显得新颖。所以清人沈德潜赞美说:"若说汪伦比于潭水千尺,便是凡语,妙语只在一转换间。"此外,古人写诗,一般忌讳在诗中直呼姓名,以为无味。而这首诗自呼其名开始,又呼对方之名作结,反而显得直率、亲切和洒脱,很有情味。突破送别诗的感伤格调和传统手法,此诗正充分表现了李白的艺术个性,从而获得不朽的艺术魅力。由此例可以看到,知人对于透彻地玩味诗意具有何等重要的意义。

熟知其人,我们还可从一些看似寻常的诗作中发现奇崛与艰辛:

> 我宿五松下,寂寥无所欢。田家秋作苦,邻女夜春寒。跪进雕胡饭,月光明素盘。令人惭漂母,三谢不能餐。(《宿五松山下荀媪家》)

须知这首貌似无奇的五言诗,是少年时游维扬、不逾一年散金三十

065

万的李白，在晚年时所作。我们不能像论者通常认为的那样，以为此诗仅仅表现了诗人对劳动人民的感情，那太肤浅了。此诗实际上反映了诗人思想上的巨大转变。他是深深懂得了"田家秋作苦，邻女夜舂寒"，因而这位往昔大呼"烹羊宰牛且为乐，会须一饮三百杯"的豪放洒脱之士，面对这样一餐寻常茶饭，竟深深地羞惭起来，这就令人尤觉感动。杜甫《丽人行》中以较多篇幅描写了杨氏姊妹在曲江边上大摆排场，所设的一席考究、丰盛的筵宴，用的是犀箸、水精盘，摆的是紫驼、素鳞及各种山珍海味，令人眼花缭乱。尽管那群贵妇并不能吃（"犀箸厌饫久未下"），但送膳的太监们还忙个不停，从夹道将山珍海味络绎不绝地送来（"御厨络绎送八珍"）……如果读者知道写这首诗的人，当时处在"饥饿动即向一旬，鹑衣何啻联百结"的境地，那么这段对奢侈的宴席的描写，读来岂不更为有味。

运用"知人"的方法读诗，往往能洞悉诗人用心，从而发微。仍以李白为例，他的《将进酒》在提到"古来圣贤皆寂寞，惟有饮者留其名"之后，即说到"陈王"曹植。然而以饮著名的人物甚多，何以只举曹植呢？比方说，为什么不举耽酒更深，而又著了《酒德论》的刘伶呢？（李贺《将进酒》末尾正是提到他："劝君终日酩酊醉，酒不到刘伶坟上土。"）只要知道李白自命不凡，好以管仲、诸葛亮一类高级人物自比（"自言管葛竟谁许"），那么他在此以政治上自视甚高而备受排斥压抑的一代诗人与名王的曹子建自喻，也就不足为奇了。于是读者便从这篇劝酒歌中体味到一种浓郁的政治忧愤，不至于视为一般的人生感喟了。年辈较李白早，写出"欲济无舟楫，端居耻圣明"、"永怀愁不寐，松月夜窗虚"的诗人孟浩然，虽终生不仕，功名心毕竟很强。李白《赠孟浩然》却写道：

吾爱孟夫子，风流天下闻。

红颜弃轩冕，白首卧松云。

醉月频中圣，迷花不事君。

高山安可仰，徒此挹清芬。

这首诗似有溢美之嫌。然而读者只要知道李白一生嗜酒，爱月，迷花，戏万乘若僚友，便可知诗中的孟浩然更多地染上了诗人自我色彩，或者说将孟浩然理想化了。

息夫人的故事为唐诗人所乐道：据史载，楚王为掳息妫而灭息国，息妫入楚宫后生二子，却始终不说话。杜牧《题桃花夫人庙》云："至竟息亡缘底事？可怜金谷坠楼人。"强调息夫人屈从的一面。王维《息夫人》一诗却云："看花满眼泪，不共楚王言。"强调其消极反抗的一面。有人联系到王维在作诗三十余年后，也落到息夫人一样的命运，在国难中做了叛军俘虏，尽管心怀旧恩，却又求死不得，仅能抱着矛盾悲苦的心情苟活下来。则可知其早年诗中同情息夫人，也不完全出于偶然。

如果读者能像熟悉朋友一样熟悉诗人，那么有很多看似奇谲的现象也都不难索解。如李贺，我国诗史上以鬼才著称的艺术个性相当独特的诗人，他作诗风格诡奇幽艳，绝类楚骚。与他同时的杜牧就曾以"时花美女"、"牛鬼蛇神"来譬喻他的诗品。有人竟认为他和他的诗歌"不可无一，不可有二"。如果读者不仅注意到这个诗人的心高命短，而且注意到他曾做过以"掌君臣版位，以奉朝会祭祀之礼"的奉礼郎，仿效《楚辞·九歌》写过不少神弦曲之类迎送神灵的歌诗这一事实的话，则其诗风的形成也就有以致之，可得而说，而不足深怪了。李贺为奉礼郎，时年二十初过，正是其创作生命的旺盛时期，他的多数名作，都成于此后。在唐代大诗人中，担任过这种品位不高，职司独特的人，确乎又是独一无二的。"风格即其人"，在李贺身上似乎可能得到另一种解释。

三　云鬟玉臂也堪师

　　世间有所谓"就事论事"的办法，现在就诗论诗，或者也
可以说是无碍的罢。不过我总以为倘要论文，最好是顾及全篇，
并且顾及作者的全人，以及他所处的社会状态，这才较为确凿。
要不然，是很容易近乎说梦的。（鲁迅《题未定草》）

　　论诗须知人，而知人须顾及作者全人，最好的办法，除了研究作者
传记，便是了解作家的全部作品（不仅是"全篇"）。否则容易以偏概全，
不可能达到真知。以陶渊明为例，如果只看他有二三十首"饮酒"诗，
便断言他真的是个酒徒；或看他口口声声"归去来兮"，见山爱菊，便以
为他浑身静穆，完全是个隐者，那就不免扪烛扣盘，未喻于日。其实陶
渊明本是关心政治，有强烈是非观感、好恶分明的人，他的诗固有"时
鸟变声喜，良苗怀新穗"（陈毅《吾读》）的内容，也有金刚怒目式的作品，
如咏精卫、刑天、三良、荆轲等。故辛弃疾说他"风流酷似，卧龙诸葛"
（《贺新郎》）。此外他还是好几个孩子的慈祥父亲和一个毫不乏味的情人，
写过《闲情赋》，十九世纪匈牙利裴多菲的著名情诗"我愿意是树"、"我
愿意是急流"那种温柔的想象与手法，他早已尝试过了：

　　　　愿在衣而为领，承华首之余芳；悲罗襟之霄离，怨秋夜之
　　未央。……愿在木而为桐，作膝上之鸣琴；悲乐极以哀来，终
　　推我而辍音。……

　　还有他的《责子诗》，是很见作者性情的：

白发被两鬓，肌肤不复实，虽有五男儿，总不好纸笔。阿舒已二八，懒惰故无匹。阿宣行志学，而不爱文术。雍端年十三，不识六与七。通子垂九龄，但觅梨与栗。天运苟如此，且进杯中物。

　　黄庭坚跋："观靖节此诗，想见其人，慈祥戏谑可亲，俗人便谓渊明诸子皆不肖，而渊明愁叹见于诗耳，所谓痴人前不得说梦也。"说他戏谑，极能了解这诗的意味，又说慈祥，则又将其神气都揣摩出来了。只有善于知人，才能神会陶寺。

　　唐诗人学陶者甚多，成绩显著者莫若王维，他耽好自然，笃爱情亲的一面也颇近渊明。但他那富贵闲人式的生活又使他不全知于陶，特别不能理解《乞食》。那其实是一首很好的诗：

　　饥来驱我去，不知竟何之；行行至斯里，叩门拙言辞。主人解余意，遗赠岂虚来。谈谐终日夕，觞至辄倾杯。情欣新知欢，言咏遂赋诗。感子漂母惠，愧我非韩才。衔戢知何谢，冥报以相贻。

　　贫士叨扰知己，图一醉饱，诗人毫不讳言，本色率真，也正见其宁乞食"不为五斗米折腰"之可贵。王维不能理会，批评道："一惭之不忍而终身惭乎。"这一轻率的讥议，使后来读者很不舒服，有人反唇相讥："此与腐鼠之吓何异？然三户伤心，亦为一惭耳。"（黄廷鹄）而有人联系渊明当时处境和思想，解道："愧非韩才，时代将易，英雄无聊。……淮阴能辅汉灭项，乃能报漂母，不然竟漂之恩，亦何由报哉！板荡陆沉之叹，寄托于此。"（黄文焕《陶诗析义》）渊明作诗时是否有此意识，不得而知。但这样知人论诗，至少提供了一个新的角度，较王维深刻得多。

一个活生生的人，其性格是丰富复杂的组合；而一个成熟的诗人，其风格决不单一。对于一个诗人，我们固然应该有大的把握，如杜甫说李白"飞扬跋扈"、自己"沉郁顿挫"、岑参为"好奇"、孟浩然有"清诗"、王维是"秀句"等，便是如此；同时也应该有完整的观念，才不至于对诗人有片面的理解，隔膜的揶揄。即以杜诗而言，那些描叙兵戈乱离，表现忧国忧民，风格沉郁顿挫的"诗史"式作品，固然占有极其重要的地位，却也不乏流连光景、怜爱儿女、充满人情味的篇章，忽略这点亦不足以知杜甫。他的含情脉脉的《月夜》，还有稍涉香艳之句呢：

> 今夜鄜州月，闺中只独看。
>
> 遥怜小儿女，未解忆长安。
>
> 香雾云鬟湿，清辉玉臂寒。
>
> 何时倚虚幌，双照泪痕干。

金人元好问论诗，贬抑秦观诗道："拈出退之山石句，始知渠是女郎诗。"清人薛雪持异议，在《一瓢诗话》中写道："先生休讪女郎诗，山石拈来压晚枝。千古杜陵佳句在，云鬟玉臂也堪师。"其中用作反证的，正是这首著名的情诗。

四　说本事诗

古人作诗填词，往往有特定的写作背景，涉及具体的人事关系，知与不知，对于理解欣赏，关系很大。此亦"知人"之重要一端。唐人孟棨有感于此："抒怀佳作，讽刺雅言，虽著于群书，盈厨溢阁，其间能事兴咏，尤能钟情，不有发挥，孰明厥义？"于是采录传闻近是者，编为

《本事诗》。所谓本事，也就是关于诗歌写作缘起的事实或故事。观孟棨所录本事，虽事出有因，但已有明显的加工痕迹，已近小说家言。尽管如此，由于时代较近，知人较真，唐诗人逸事，多赖以存，对于后人理解欣赏有关诗作有不少启发帮助，故为谈艺者所不废。

孟棨之后，作者蜂起，尤其宋代以下，众多诗话著作中，专辑诗人本事及包含有较多本事记载者，不可胜数，其中收罗较备较富者，如宋计有功《唐诗纪事》、魏庆之《诗人玉屑》及近人唐圭璋《宋词纪事》（先此有张宗《词林纪事》）、王文才《元曲纪事》，均有助知人赏析，极可参考。

除却专书，其实大量零星本事是散见于史书传记、野史稗乘及诗人序跋之中的。读诗者能处处留意相关材料，必多获益。如中唐诗人朱庆馀名作：

> 洞房昨夜停红烛，待晓堂前拜舅姑。
> 妆罢低声问夫婿，画眉深浅入时无？

这首诗写闺情，极富生活气息，诗中新娘婚后第一次拜见公婆前的忐忑不安的心理，被描绘得惟妙惟肖，其人如呼之欲出。但此诗原题为"近试上张水部"，就分明给我们暗示了作诗之本事——原来这是一首科举考试前的投献之作。因而其寓意也昭然若揭："洞房昨夜停红烛"者，喜举进士（即被推荐到长安应试）也；"待晓堂前拜舅姑"者，将见主考大人也；"妆罢低声问夫婿"者，以所作诗文请教于名流也；"画眉深浅入时无"者，能否获主司之赏识也。这样，读者于赞美作者善写闺情之外，不是又别有一番会心么？倘若你能进而找出张水部（张籍）的答词："越女新妆出镜心，自知明艳故沉吟。"（《酬朱庆馀》）两相参读，不是更为愉快吗？同样，如果我们能从《渡汉江》这个诗题，联想到宋之问身世，知道这乃是他从泷州贬所逃归，途经汉江时所作，其实也就发掘出一则本事。于是对"近乡情更怯，不敢问来人"的心情，也会有更多的体贴同情。

知人论诗，往往有这样一个心理流程，即：赏诗——知人——赏诗。故善读诗者往往能从诗的关键字句中悟到不见文字的作诗本事，穷追不舍，多方证明，从而纠正旧说之误，或考订出作品准确的写作时间。如李白《南陵别儿童入京》一诗，前人多据题中"南陵"（今安徽南陵）二字断定天宝元年李白游泰山后携子女南下，移家南陵，由此入京。但有人注意到"白酒新熟山中归，黄鸡啄黍秋正肥"所述为北方之景，"会稽愚妇轻买臣"所切为任城（今山东济宁）与刘氏决离之事，认为李白乃由鲁入京。于事实有所发明，则此诗读来尤觉有味。又如《宣州谢朓楼饯别校书叔云》一诗，向来凑合"饯别"，结合"校书"讲者，总觉扞格难通。詹锳根据较早版本和别的旁证，判断此诗题应作《陪侍御叔华登楼歌》，正确地将"蓬莱文章建安骨"一句解作汉代诗文，而与校书郎职司无关。这就辨明此诗本事，是李白赠著名古文家李华，而不是送别李云的诗篇，一通百通，使得全诗读来句句落实，语气飞扬，绝无滞碍，更其赏心悦目。考据先于义理，知人有助赏诗，于此也可以得到佐证。

我国古代文学固然以抒情、表现类文体最发达，但与现代诗歌相比，古代诗歌却又往往具有较多的叙事、再现成分。这就是说，在再现类文学得到长足发展的同时，以表现为特征的诗歌，其职司也就更加专一；而在再现类文学未获得充分发展时，诗歌反兼有再现的成分。现代诗歌中的人称可以失去具体的指称意义，如《天狗》中"飞奔"、"狂叫"的"我"，读者不会将它等同于郭沫若本人。而古代诗歌中的人称则不然，如《羌村》三首、《北征》《春望》中的"我"，则完全是诗人自己。

诗的观念也并非一成不变，万古如斯。正是由于上述缘故，文学史家们常常能根据诗人作品的某些字句加以编年，或作为研究诗人生平的重要材料。而古代诗人的自述或忆昔之作，也便成为我们知人的最好的材料。例如李白《忆旧游寄谯郡元参军》《赠张相镐》《流夜郎赠辛判官》

等诗，杜甫《壮游》《昔游》等诗，其中不仅可以看到诗人个人生活，还可看到当时的社会情况，由于是夫子自道，读来更觉亲切。高适《别韦参军》写道：

> 二十解书剑，西游长安城。举头向君门，屈指取公卿。国风冲融迈三五，朝廷礼乐弥环宇。白璧皆言赐近臣，布衣不得干明主。归来洛阳元负郭，东过梁宋非吾土。兔苑为农岁不登，雁池垂钓心长苦。……

从此诗我们大体可以了解诗人早年流落不偶的遭逢和心情，从而在读到他的"拜迎官长心欲碎，鞭挞黎庶令人悲"（《封丘作》）、"战士军前半死生，美人帐下犹歌舞"（《燕歌行》）一类同情士卒人民，与岑参尚武好勇的倾向不同的杰作时，也就能知其所以然了。因此，对这类诗作予以充分注意，也是很重要的。如果有人能将古代诗人自述生平的诗篇和诗句加以汇编，以飨读者，那将是一件很有意义的事。

五　赏析示例

将进酒 （唐）李　白

君不见黄河之水天上来，奔流到海不复回。君不见高堂明镜悲白发，朝如青丝暮成雪。人生得意须尽欢，莫使金樽空对月。天生我材必有用，千金散尽还复来。烹羊宰牛且为乐，会须一饮三百杯。岑夫子，丹丘生，将进酒，杯莫停。与君歌一曲，请君为我倾耳听。钟鼓馔玉不足贵，但愿长醉不复醒。古来圣贤皆寂寞，惟有饮者留其名。陈王昔时宴平乐，斗酒十千恣欢谑。主人何为言少钱，径须沽取对君酌。

五花马，千金裘，呼儿将出换美酒，与尔同销万古愁。

《将进酒》原是汉乐府短箫铙歌的曲调，题目意译即"劝酒歌"，故古辞有"将进酒，乘大白"云云。这首李白"填之以申己意"（萧士赟《分类补注李太白诗》）的名篇，旧说均以为作于天宝间去朝之后（约752）。据今人考证，李白曾两入长安，此诗当为开元间一入长安以后（约736）所作。诗人时与友人岑勋在嵩山元丹丘的颍阳山居为客，三人尝登高饮宴（《酬岑勋见寻就元丹丘对酒相待以诗见招》："不以千里遥，命驾来相招。中逢元丹丘，登岭宴碧霄。对酒忽思我，长啸临清飙。"）。人生快事莫若置酒会友，作者又正值"抱用世之才而不遇合"（萧士赟）之际，于是满腔不合时宜借酒兴诗情，来了一次淋漓尽致的发抒。

诗篇发端就是两组排比长句，如挟天风海雨向读者迎面扑来。"君不见黄河之水天上来，奔流到海不复回"，颍阳去黄河不远，登高纵目，故借以起兴。黄河源远流长，落差极大，如从天而降，一泻千里，东走大海。如此壮浪景象，定非肉眼可以穷极，作者是想落天外，"自道所得"，语带夸张。上句写大河之来，势不可挡；下句写大河之去，势不可回。一涨一消，形成舒卷往复的咏叹味，是短促的单句（如"黄河落天走东海"）所没有的。苏东坡《八声甘州·寄参寥子》开篇道："有情风万里卷潮来，无情送潮归"，韵度似之。紧接着，"君不见高堂明镜悲白发，朝如青丝暮成雪"，恰似一波未平、一波又起。如果说前二句为空间范畴的夸张，这二句则是时间范畴的夸张。悲叹人生短促，而不直言自伤老大，却说"高堂明镜悲白发"，一种搔首顾影、徒呼奈何的情态宛如画出。将人生由青春至衰老的全过程说成"朝"、"暮"间事，把本来短暂的说得更短暂，与前两句把本来壮浪的说得更壮浪，是"反向"的夸张。于是，开篇的这组排比长句既有比意——以河水一去不返喻人生易逝，又有反衬作用——以黄河的伟大永恒形出生命的渺小脆弱。这个开端可谓悲感已极，却不堕纤弱，可说是巨人式的感伤，具有惊心动魄的艺术力量，同时也是由长句排比开篇的气势感造成的。这种开篇的手法作者常用，他如："弃我去者，昨日之日不可留；乱我心者，今日之日多烦忧。"（《宣城谢朓楼饯别校书叔云》）沈德潜说："此种格调，太白从心化出"，可见其颇具创造性。此诗两作"君不见"的呼告（一般乐府诗只于篇首或篇末偶一用之），又使诗句感情色彩大大增强。诗有所谓大开大阖者，此可谓大开。

"夫天地者，万物之逆旅也；光阴者，百代之过客也。"（《春夜宴从弟桃李园序》）悲感虽然不免，但悲观却非李白性分之所近。在他看来，只要"人生得意"便无所遗憾，当纵情欢乐。五六两句便是一个逆转，由"悲"而翻作"欢""乐"，从此直到"杯莫停"，诗情渐趋狂放。"人生飘忽百年内，且须酣畅万古情"（《答王十二寒夜独酌有怀》）、"人生达命岂暇愁，且饮美酒登高楼"（《梁园吟》），行乐不可无酒，这就入题。但句中未直写杯中之物，而用"金樽"、"对月"的形象语言出之，不特生动，更将饮酒诗意化了；未直写应该痛饮狂欢，而以"莫使"、"空"的双重否定句式代替直陈，语气更为强调。"人生得意须尽欢"，诗人眼下虽不得意，却用乐观好强的口吻肯定人生，肯定自我："天生我材必有用"，这是一个令人击节赞叹的句子。"有用"而"必"，一何自信！简直像是人的价值宣言，而这个人——"我"——是须大写的。

于此，从貌似消极的现象中露出了深藏其内的一种怀才不遇而又渴望用世的积极的本质内容来。正是"长风破浪会有时"，为什么不为这样的未来痛饮高歌呢！破费又算得了什么——"千金散尽还复来！"这又是一个高度自信的惊人之句，能驱使金钱而不为金钱所使，真足令一切凡夫俗子咋舌。诗如其人，想诗人"曩者游维扬，不逾一年，散金三十余万"（《上安州裴长史书》），是何等豪举。故此句深蕴在骨子里的豪情，绝非装腔作势者可得其万一。与此气派相当，作者描绘了一场盛筵，那绝不是"菜要一碟乎，两碟乎？酒要一壶乎，两壶乎？"而是整头整头地"烹羊宰牛"，不喝上"三百杯"决不甘休。多痛快的筵宴，又是多么豪壮的诗句！从文学继承上说，此处与汉乐府《西门行》"酿美酒，炙肥牛。请呼心所欢，可用解忧愁。人生不满百，常怀千岁忧。昼短苦夜长，何不秉烛游"云云，在文辞、内容上有近似处，然而赋予这种愁情以豪放之极的形式，乃是太白独特之处。

至此，狂放之情趋于高潮，诗的旋律加快。诗人那眼花耳热的醉态跃然纸上，恍惚使人如闻其高声劝酒："岑夫子，丹丘生，将进酒，杯莫停！"几个短句忽然加入，不但使诗歌节奏富于变化，而且写来逼肖席上声口。既是生逢知己，又是酒逢对手，不但"忘形到尔汝"，诗人甚而忘却是在写诗，笔下之诗似乎还原为生活，他还要"与君歌一曲，请君为我倾耳听"。以下八句就是诗中之歌了。这着想奇之又奇，纯系神来之笔。

"钟鼓馔玉"意即富贵生活（《墨子》中说，诸侯欣赏"钟鼓之乐"，士大夫欣赏"琴瑟之乐"，农夫只有"瓴缶之乐"，又富贵人家吃饭时鸣钟列鼎，食物精美如玉），可诗人以为"不足贵"，并放言"但愿长醉不复醒"。诗情至此，便分明由狂放转而为愤激。这里不仅是酒后吐狂言，而且是酒后吐真言了。以"我"天生有用之材，本当位至卿相，飞黄腾达，然而"大道如青天，我独不得出"（《行路难》）。说富贵"不足贵"，乃出于愤慨。以下"古来圣贤皆寂寞"二句亦属愤语。诗人曾喟叹"自言管葛竟谁许"，所以他说古人"寂寞"，也表现出自己"寂寞"。因此才愿长醉不醒了。这里，诗人已是用古人酒杯，浇自己块垒了。说到"惟有饮者留其名"，便举出陈思王曹植作代表。并化用其《名都篇》"归来宴平乐，美酒斗十千"之句。古来酒徒历历，何以偏举"陈王"？这与李白一向自命不凡分不开，他心目中树为榜样的是谢安之类高级人物，而这类人物中，"陈王"与酒联系较多，这样写便有气派，与前文极度自信的口吻一贯。再者，"陈王"曹植于丕、睿两朝备受猜忌，有志难展，亦激起诗人的同情。一提"古来圣贤"，二提"陈王"曹植，满纸不平之气。此诗开始似只涉人生感慨，而不染政治色彩，其实全篇饱含一种深广的忧愤和对自我的信念。诗情所以悲而不伤，悲而能壮，即根源于此。

刚露一点深衷，又回到说酒，而且看起来酒兴更高。以下诗情再入狂放，而且愈来愈狂。"主人何为言少钱"，既照应"千金散尽"句，又故作跌宕，引出最后一番豪言壮语：即便千金散尽，也当不惜将出名贵宝物——"五花马"（毛色作五花纹的良马）、"千金裘"来换取美酒，图个一醉方休。这结尾之妙，不仅在于"呼儿"、"与尔"，口气放肆，而且具有一种将宾作主的任诞情态。须知诗人不过是"丹丘生"招饮的客人，此刻却高踞一席，气使颐指，提议典裘当马，慷他人之慨，几令人不知谁是"主人"谁是客人。快人快语，非不拘形迹的知友至交断不能语此。诗情至此狂放至极，令人嗟叹咏歌，直欲"手之舞之，足之蹈之"。情犹未已，诗已告终，突然又迸出一句"与尔同销万古愁"。这句既含"且须酣畅万古情"的豪意，又关合开篇高堂之"悲"，使"万古愁"的含义较之"万古情"更深沉。这"白云从空，随风变灭"的一结，显见诗人奔涌跌宕的感情激流。通观全篇，真是大开大阖，大起大落，非如椽巨笔不办。

《将进酒》篇幅不算长，却五音繁会，气象不凡。它笔酣墨饱，情极悲愤而作狂放，语极豪纵而又沉着。诗篇具有振动古今的气势与力量，这诚然与夸张手法不无关系，比如诗中屡用巨额数目字（"千金"、"三百杯"、"斗酒十千"、"千金裘"、"万古愁"等）表现豪迈的诗情，同时又不给人空洞浮夸感，但其根源还是在它那充实深厚的内在感情，那潜藏在酒话底下如波涛汹涌的郁怒情绪。"李白的生活充满了大起大落的变化，他的感情也波澜起伏，千变万化。戏剧性的变化和不同寻常的生活，造就了李白的性格，也构成了李白诗歌波澜起伏的感情基调。"（林庚《唐代四大诗人》）本篇的诗情便是大起大落，忽张忽翕，由悲转乐、转狂放、转愤疾、再转狂放，最后结穴于"万古愁"，回应篇首。如大河奔流，有气势，亦有曲折，纵横捭阖，刀能扛鼎。其歌中有歌的包孕手法，又有鬼斧神工、"绝去笔墨畦径"之妙，既非馋刻能学，又非率尔可到。通篇以七言为主，而以三、五、十言句破之，极参差错落之致；诗句以散行为主，又以短小的对仗语点染（如"岑夫子，丹丘生"、"五花马，千金裘"），节奏疾徐尽变，奔放而不流易。《唐诗别裁》谓"读李诗者于雄快之中，得深远宕逸之神，才是谪仙人面目"，此篇足以当之。

| 按语 |

　　以上分析得力于"知人"。抓住诗人写作的具体环境和时间，联系诗人生平和性格，对诗中一些关键的、容易为人忽略的字句作了详析。文中引用林庚语，将诗的写作特色与诗人生平联系，指出二者的同构，亦属此法。

赵将军歌 （唐）岑　参

九月天山风似刀，城南猎马缩寒毛。

将军纵博场场胜，赌得单于貂鼠袍。

　　冬日西线无战事，这首诗写军中博戏，却巧含暗喻。诗中那个称雄赌场、手气极佳的将军，想必在战场上也运气不坏。"场场胜"是个双关语，表面上是说赌场得意，隐义则是说常胜将军。赌场上的赌神，好比战场上的战神。末句中的"貂鼠袍"最有意味，这是纵博场上用来下注的抵押品，加上"单于"的定语，暗示这是一件战利品——这正是将军常胜、大胜的一个物证。

　　顺便说，岑参其人及其边塞诗的关怀取向，与高适、王昌龄不同。高适是个政治家诗人，关注的是军中弊端。王昌龄是个人道主义诗人，关注的是士卒疾苦。岑参则是个唯美诗人，从不以功利的、现实的目光去看待边塞的一切，而是取审美的态度，来歌唱边塞新鲜的、生气勃勃的景物、事物、人物。他喜欢边塞有写不完的冰川雪海、火山沙漠、烽火杀伐以及比这一切更刺人心肠的悲伤和快乐。岑参喜欢塑造超人，他的同情永远在强者的一边——"古来青史谁不见，今见功名胜古人！"

赵将军正是他喜欢的那一类人，也可以说是他喜欢塑造的那一类人。诗中不写其沙场英姿，而写其赌场风采，这是举重若轻，得绝句法。读之恍若看见了赵将军旗开得胜，刀尖上挑着一领单于貂鼠袍还归军营的飒爽英姿。其人的英勇善战，尽在不言之中。这就是绝句侧面微挑，偏师取胜的好处。

李白也有一首以博弈喻战争的七绝："六博争雄好彩来，金盘一掷万人开。丈夫赌命报天子，当斩胡头衣锦归。"（《送外甥郑灌从军》）以博弈喻战争，自是妙喻。然而，明喻何如暗喻。"报天子"、"衣锦归"等，挑得太明，反觉一览无余。单看也不失为一首好诗，但与岑参这首七绝比，就不免相形见绌了。

| 按语 |

　　知道了诗人的审美取向，就能感觉到他和笔下人物的息息相通，诗的兴会亦出自于此。

致酒行（唐）李　贺

　　零落栖迟一杯酒，主人奉觞客长寿。主父西游困不归，家人折断门前柳。吾闻马周昔作新丰客，天荒地老无人识。空将笺上两行书，直犯龙颜请恩泽。我有迷魂招不得，雄鸡一声天下白。少年心事当拿云，谁念幽寒坐呜呃。

　　元和初，李贺带着刚刚踏进社会的少年热情，满怀希望打算迎接进士科考试。不料竟因避父名"晋肃"当讳，被剥夺了考试资格。从此"怀才不遇"成了他作品中的重要主题，他的诗也因而带有一种哀愤的特色。但这首困居异乡感遇的《致酒行》，音情高亢，别具一格。

　　"致酒行"即劝酒致辞之歌。诗分三层，每层四句。

　　从开篇到"家人折断门前柳"四句一韵，为第一层，写劝酒场面。

先总说一句，"零落栖迟"(潦倒游息)与"一杯酒"连缀，略示以酒解愁之意。在写主人祝酒前，先从客方(即诗人自己)对酒兴怀落笔，突出了客方悲苦愤激的情怀，使诗一开篇就具"浩荡感激"(刘辰翁)的特色。接着，从"一杯酒"而转入主人持酒相劝的场面。他首先祝客人身体健康。"客长寿"三字有丰富潜台词：忧能伤人，折人之寿，而"留得青山在，不怕没柴烧"啊！七字画出两人的形象，一个是穷途落魄的客人，一个是心地善良的主人。紧接着，似乎应继续写主人的致辞了。但诗笔就此带住，以下两句作穿插，再申"零落栖迟"之意，命意婉曲。"主父西游困不归"，是说汉武帝时主父偃的故事。"主父偃西入关，郁郁不得志，资用匮乏，屡遭白眼。"(见《汉书·主父偃传》)作者以之自比，"困不归"中寓无限辛酸之情。古人多因柳树而念别。"家人折断门前柳"，通过家人的望眼欲穿，写出自己的久羁异乡之苦，这是从对面落墨。引古自喻与对面落墨同时运用，都使诗情曲折生动有味。经此二句顿宕，再继续写主人致辞，诗情就更为摇曳多姿了。

"吾闻马周昔作新丰客"到"直犯龙颜请恩泽"是第二层，为主人致酒之辞。"吾闻"二字领起，是对话的标志。这几句主人的开导写得很有意味，他抓住上进心切的少年心理，甚至似乎看穿诗人引古自伤的心事，有针对性地讲了另一位古人一度受厄但终于否极泰来的奇遇：唐初名臣马周，年轻时受地方官吏侮辱，在去长安途中投宿新丰，逆旅主人待他比商贩还不如。其处境狼狈岂不比主父偃更甚？为了强调这一点，诗中用了"天荒地老无人识"的生奇夸张造语，那种抱荆山之玉而"无人识"的悲苦，以"天荒地老"四字来表达，可谓无理而极能尽情。马周一度困厄如此，以后却时来运转，因替他寄寓的主人、中郎将常何代笔写条陈，太宗大悦，予以破格提拔。"空将笺上两行书，直犯龙颜请恩泽"即言其事。主人的话到此为止，只称引古事，不加任何发挥。但这番语言很富于启发性。他说马周只凭"两行书"即得皇帝赏识，言外之意似是：政治出路不特一途，囊锥终有出头之日，科场受阻岂足悲观！事实上马周只是为太宗偶然发现，这里却说成"直犯龙颜请恩泽"，主动自荐，似乎又鼓励少年要敢于进取，创造成功的条件。这四句真是以古事对古事，话中有话，极尽循循善诱之意。

"我有迷魂招不得"至篇终为第三层，直抒胸臆作结。"听君一席话，胜读十年书"，主人的开导使"我"这个"有迷魂招不得"者，茅塞顿开。作者运用擅长的象征手法，以"雄鸡一声天下白"写主人的开导生出奇效，使自己心胸豁然开朗。这"雄鸡一声"是一鸣惊人，"天下白"的景象是多么光明璀璨！这一景象激起了诗人的豪情，于是末二句写道：少年正该壮志凌云，怎能一蹶不振，老是唉声叹气。"幽寒坐呜呃"五字，语亦独造，形象地画出诗人自己"咽咽学楚吟，病骨伤幽素"（《伤心行》）的苦态。"谁念"句，同时也就是一种对旧我的批判。末二句音情激越，颇具兴发感动的力量，使全诗具有积极的思想色彩。

《致酒行》以抒情为主，却运用主客对白的方式，不作平直叙写。《李长吉歌诗汇解》引毛稚黄说："主父、马周作两层叙，本俱引证，更作宾主详略，谁谓长吉不深于长篇之法耶？"本篇富于情节性，饶有兴味。在铸词造句、辟境创调上往往避熟就生，如"零落栖迟"、"天荒地老"、"幽寒坐呜呃"，尤其"雄鸡一声天下白"句，或意新，或境奇，都属李长吉式的'锦心绣口"。

| 按语 |

作者是个性突出的诗人，本诗又具有特定的创作背景，所以析文着重于"知人"，既指出它反映出李贺诗一般特色之处，又指出其别具一格之处。

赠妓云英 （唐）罗　隐

锺陵醉别十余春，重见云英掌上身。

我未成名君未嫁，可能俱是不如人？

罗隐一生怀才不遇。他"少英敏，善属文，诗笔尤俊"（《唐才子传》），却屡次科场失意。此后转徙依托于节镇幕府，十分潦倒。当初以寒士身份赴举，路过锺陵县（江西进贤），结识了当地乐营中一个颇有才思的歌妓云英。约莫十二年光景他再度落第路过锺陵，又与云英不期而遇。见她仍隶名乐籍，未脱风尘，罗隐不胜感慨。更不料云英一见面却惊诧道："罗秀才还是布衣！"罗隐便写了这首诗赠她。

这首诗为云英的问题而发，是诗人的不平之鸣。但一开始却避开那个话题，只从叙旧平平道起。"锺陵"句回忆往事。十二年前，作者还是一个英敏少年，正意气风发；歌妓云英也正值妙龄，色艺双全。"酒逢知己千杯少"，当年彼此互相倾慕，欢会款洽，都可以从"醉"字见之。"醉别十余春"，显然含有对逝川的痛悼。十余年转瞬已过，作者是老于功名，一事无成，而云英也该人近中年了。

首句写"别"，第二句则写"逢"。前句兼及彼此，次句则侧重写云英。相传汉代赵飞燕身轻能作掌上舞（《飞燕外传》），于是后人多用"掌上身"来形容女子体态轻盈美妙。从"十余春"后已属半老徐娘的云英犹有"掌上身"的风采，可以推想她当年是何等美丽出众了。

如果说这里啧啧赞美云英的绰约风姿是一扬，那么，第三句"君未嫁"就是一抑。如果说首句有意回避了云英所问的话题，那么，"我未成名"显然又回到这话题上来了。"我未成名"由"君未嫁"举出，转得自然高明。宋人论诗最重"活法"——"种种不直致法子"（《石遗室诗话》）。其实此法中晚唐诗已有大量运用。如此诗的欲就先避、欲抑先扬，就不直致，有活劲儿。这种委婉曲折、跌宕多姿的笔法，对于表现抑郁不平的诗情是很合宜的。

既引出"我未成名君未嫁"的问题，就应说个所以然。但末句仍不予正面回答，而用"可能俱是不如人"的假设、反诘之词代替回答，促使读者去深思。它包含丰富的潜台词：即使退一万步说，"我未成名"是"不如人"的缘故，可"君未嫁"又是为什么？难道也为"不如人"么？

这显然说不过去（前面已言其美丽出众）。反过来又意味着："我"又何尝"不如人"呢？既然"不如人"这个答案不成立，那么"我未成名君未嫁"原因到底是什么，读者也就可以体味到了。此句读来深沉悲愤，一语百情，是全诗不平之鸣的最强音。

此诗以抒作者之愤为主，引入云英为宾，以宾衬主，构思甚妙。绝句取径贵深曲，用旁衬手法，使人"睹影知竿"，最易收到言少意多的效果。此诗的宾主避就之法就是如此。赞美云英出众的风姿，也暗况作者有过人的才华。赞美中包含着对云英遭遇的不平，连及自己，又传达出一腔傲岸之气。"俱是"二字蕴涵着"同是天涯沦落人"的深切同情。只说彼此彼此，语气幽默，不直接回答自己何以长为布衣的问题，使对方从自身遭际中设想体会它的答案，语意问妙，启发性极强。如不以云英作陪衬，直陈作者不遇于时的感慨，即使费辞亦难讨好。引入云英，则双管齐下，言少意多。

| 按语 |

　　一般说来，诗词只要涉及人际交往，均应知人论世。这首诗中涉及云英和作者两人，读者对这两个人的关系就不能一无所知。

菊花（唐）黄　巢

待到秋来九月八，我花开后百花杀。
冲天香阵透长安，满城尽带黄金甲。

　　黄巢是唐末农民起义领袖。最初，他和一般读书人一样，幻想通过考试的道路解决前途问题。在他落第之后，才对社会和个人的命运作了深刻的反思，重新选择了人生的道路。这首诗题一作《不第后赋菊》，通过咏菊来抒发叛逆思想。与陶渊明的爱菊不同，黄巢并不把菊花视为花之隐逸者，而是由菊花又称"黄花"作想，把它视为自身的幸运花和起义的标志。

他的另一首《题菊花》云："飒飒西风满院栽，蕊寒香冷蝶难来。他年我若为青帝，报与桃花一处开。"这首诗就写得不错，前两句刻画菊花冷艳的形象，虽然冷艳，却是不甘寂寞的，后两句表达"不是不争春"的意思，虽然是假设句，却是十分自信的语气，使人联想起"彼可取而代也"（项羽）、"皇帝轮流做，明年到我家"（《西游记》）那样的话，真是敢想敢说。

再看这一首咏菊的诗，不是一般的菊花诗，而是一首重阳作的菊花诗。劈头一句"待到秋来九月八"，就不寻常。明明重阳节是"九月九"，而这句可以不押韵，就写成"九月九"也没关系。然而，为了定下一个入声韵，与"我花开后百花杀"的"杀"、"满城尽带黄金甲"的"甲"叶韵，以造成一种斩截、激越、凌厉的声势，作者愣是将"九月九"写成"九月八"，不但韵脚解决了，不平凡的诗句也造成了。紧接，"我花开后百花杀"，菊花开时百花都已凋零，这本来是见惯不惊的自然现象，句中特意将菊花之"开"与百花之"杀"（凋零）并列，构成鲜明的对照，意味就不一样。亲切地称菊花为"我花"，当然是从"黄花"的"黄"字着想，而与"我花"对立的"百花"，无非是现成社会秩序（帝王将相、文武百官、诸如此类）的一个象征。

"冲天香阵透长安，满城尽带黄金甲"，极写菊花盛开的壮丽情景和农民革命军入城的想象。最耐人寻味的，是两个形象，一是从菊花的香而生出的"冲天香阵"，把浓烈的花香想象成农民军的士气；一是由菊花的形色而生出的"黄金甲"，把黄色的花瓣想象成农民军的盔甲。"阵"、"甲"二字与战争与军队相关，"冲"、"透"二字，分别写出其气势之盛与浸染之深，充满战斗性和自豪感，表现了作者对农民起义军必定攻占长安，主宰一切的胜利信念。

黄巢菊花诗，无论意境、形象、语言、手法都使人一新耳目。"满城尽带黄金甲"这句诗特别气派而富于视觉美感，无怪喜欢安排视觉盛宴的大导演张艺谋非要用它来作一个影片的名称不可。

| 按语 |

这是一首反诗，其作者尽人皆知，读来没有障碍。

满江红 （宋）岳 飞

怒发冲冠，凭栏处、潇潇雨歇。抬望眼，仰天长啸，壮
怀激烈。三十功名尘与土，八千里路云和月。莫等闲、白了
少年头，空悲切。　　　　靖康耻，犹未雪。臣子恨，何时灭？
驾长车，踏破贺兰山缺。壮志饥餐胡虏肉，笑谈渴饮匈奴
血。待从头、收拾旧山河，朝天阙。

岳飞是宋代著名的民族英雄，他出身农家，北宋末投军，南宋时归
宗泽，为留守司统制。建炎三年（1129）率军拒金，屡立战功。历少保、
河南北诸路招讨使，进枢密副使，封武昌郡开国公。为秦桧以"莫须有"
之罪陷害。

这首传诵极广、影响甚大的词作，今能确认的较早记载，是明代天
顺中汤阴岳庙及弘治中杭州岳坟之石刻。明清人信为岳飞所作，无人疑
伪。但因碑刻未具词作之来历，近人余嘉锡提出质疑，曾在学术界引起
争论。迄今尚无充足理由认为伪作，故本文仍从旧说。其写作年代可定
在岳家军颇试锋芒、急于北上直捣黄龙之际。

开篇就是登高临远、凭栏眺望，展现出抒情主人公的高大形象。句
中隐括了《史记》描写荆轲辞燕入秦、义无反顾一节的若干文辞。荆轲
在筵筵上和筑声而歌，初为"变徵"（调名，宜悲歌）之声，唱《易水歌》，
"复为羽声（亦调名，宜抒激情）慷慨，士皆瞋目，发尽上指冠"。"发尽上
指冠"这一精彩文句，陶诗曾化为"雄发指危冠，猛气冲长缨"（《咏荆

轲》）二句，有所发挥；此处则凝为"怒发冲冠"四字，益见精策，掷地有声。有人还指出，连"潇潇雨歇"一语，亦神似易水之歌（见《七颂堂词绎》），写疾风暴雨，既壮勇士之行色，又可借以暗示曾经存亡危急的时局，有双重妙用。句下还隐约以虎狼之秦喻金邦，也是恰切的。史载荆轲提一匕首入不测之强秦，有誓死之心却无必胜的把握。而岳飞劲旅北上，实有决胜信念。"潇潇雨歇"的"歇"字，似乎意味金人嚣焰既煞，中兴转机将至。可以说，起首三句便奠定了全词气吞骄虏的基调。

　　紧接着，词的音情发为高亢："抬望眼，仰天长啸，壮怀激烈。""啸"，乃魏晋名士用以抒发难以言宣的复杂情感的一种口技，"长啸"为"啸"之一体。"长啸"而"仰天"，就与独坐幽篁中弹琴者的长啸大为不同，那啸声必然响遏行云，如数部鼓吹，非如此不足表"壮怀"之"激烈"。而抬头仰天的动作，又给人以一种暂得扬眉吐气、解恨开怀之感（如李白之"仰天大笑出门去"）。对于古人，君父于臣子均可譬之"天"，仰天长啸，抒发的无非是一腔忠义之情，这已遥起下文"臣之情"三字。古人珍惜盛年，以"立功"为不朽之一，而作者却将"三十功名"视同尘土，则其壮怀在于国家之中兴、民族之奋起欤！（按，或以为岳飞并不讳言功名，"尘与土"谓风尘奔波，以照应下文"云和月"，亦通。）为光复国土，岳家军昼夜星霜，驰骋千里，浴血奋战，屡挫敌锋。"三十功名"与"八千里路"两句，一横一纵，兼写壮怀壮举，概括性极强，形象性悉称。"尘与土"与"云和月"天然成对，妙合无垠。

　　到这里，字里行间全是破虏雪耻、只争朝夕之意，于是作者信手拈来古乐府警句"少壮不努力，老大徒伤悲"（《长歌行》）化入词中，及时努力之意与抗金事业联系，便洋溢着强烈的爱国主义激情，可谓与古为新。无怪陈廷焯称赏"莫等闲、白了少年头，空悲切"二语"当为千古箴铭"（《白雨斋词话》）。

　　上片歇拍充满一种责任感、紧迫感，过片不断曲意，直书国耻，声调就转为悲愤了。公元1127年，金人南下掳徽钦二宗及皇室宗族多人北去，这就是历史上有名的靖康之乱，为有宋一代的奇耻大辱。当时，"靖康耻"岂但"犹未雪"，肉食者中无意雪者亦大有人在，故主战的英雄不得不痛切地大声疾呼："臣子恨，何时灭！"这里的"臣子"二字，当痛下眼看，须知对于囚在北地的"二圣"，高宗赵构亦在臣子之列。因而，过片四句无异乎"夫差，尔忘越王杀尔父乎"那样沉痛直切的呼告，使人联想到作者在《南京上高宗书略》中的慷慨陈词："乘二圣蒙尘未久，虏穴未固之际，亲帅六军，迤逦北渡。则天威所临，将帅一心，士卒作气，中原之地，指期可复。"

"贺兰山"在今宁夏境内，与当时金邦黄龙府方位大相径庭。但既是诗词语言，便不可拘泥解会。盖以"贺兰山"代敌我相争之地，唐诗已习见，如"贺兰山下阵如云"（王维《老将行》）、"一时齐保贺兰山"（卢汝弼《和李秀才边庭四时怨》）；宋人更以代指敌方根据地，如北宋姚嗣宗诗云："踏碎贺兰石，扫清西海尘"，即以代指西夏，宋末汪元量诗云："厉鬼终须灭贺兰"，又代指元蒙。此词则以"贺兰"代指金邦。说到破敌，悲愤之情遂化作复仇的激烈言辞："壮志饥餐胡虏肉，笑谈渴饮匈奴血。""饥餐渴饮"的熟语与"食肉寝皮"的意念熔铸一联，切齿之声纸上可闻，这便是作者在别处说的："嗣当激励士卒，功期再战，北逾沙漠，蹀血虏廷，尽屠夷种"（《五岳祠盟记》），如实反映了惨遭凌暴的宋人对于女真统治者的特殊民族仇恨，声可裂石。又由于"壮志"、"笑谈"等语，造成"为君谈笑静胡沙"式的轻快语调，惬心贵当。

复仇亦非终极目的，杀敌乃为"还我河山"。词的结尾即以此深自期许："待从头、收拾旧山河，朝天阙。"山河破碎，故须"收拾"，使金瓯完固，方能勒石纪功，班师奏凯。决胜的气概镇住全词，与发端的力量悉敌，非如椽之笔，难以到此。

全词濡染大笔，直抒胸臆，忠义奋发，元气淋漓。寓绝大感慨，饶必胜信念。塑造了一个有血有肉的民族英雄自我形象，使之深入人心不可磨灭。此词属于豪放一路，与传统词风迥乎不同，但其音情颇饶抗坠，词情由豪迈转悲壮、转激烈，终归于乐观镇定。唯其如此，故无粗滑叫嚣之病，而有起懦振顽、感发人心的力量。虽燕赵之感慨悲歌，亦无以过之。所用语言，文随情生，凡所化用，皆如己出。它称得上一首思想性与艺术性高度统一的杰作，故虽不传于元蒙时代而终风靡后世，至与岳飞英名，同垂不朽。

│按语│

　　岳飞的《满江红》属英雄抒怀之作，词中所述与其生平经历与业绩息息相关。对作者生平及词作相关历史背景的了解，是阅读鉴赏不可或缺的前提。

钗头凤 （宋）陆　游

　　　　红酥手，黄縢酒。满城春色宫墙柳。东风恶，欢情薄。一怀愁绪，几年离索。错，错，错。　　春如旧，人空瘦。泪痕红浥鲛绡透。桃花落，闲池阁。山盟虽在，锦书难托。莫，莫，莫。

　　这首词的本事是作者本人的生死恋，最早见于宋人陈鹄《耆旧续闻》卷十："放翁先室内琴瑟甚和，然不当母夫人意，因出之。夫妇之情，实不忍离。后适南班名士某，家有园馆之胜。务观一日至园中，去妇闻之，遣遗黄封酒果馔，通殷勤。公感其情，为赋此词。其妇见而和之，有'世情薄，人情恶'之句，惜不得其全阕。未及，怏怏而卒。闻者为之怆然。"其后，刘克庄《后村诗话》亦载，增言妇与陆氏有中外。至周密《齐东野语》更绘影绘声，添枝加叶，俨然小说："陆务观初娶唐氏，闳之女也，于其母夫人为姑侄。伉俪相得而弗获于其姑，既出而未忍绝之，则为别馆，时时往焉。姑知而掩之，虽先知挈去，事不得隐，竟绝之，亦人伦之变也。唐后改适同姓宗子士程。尝以春日出游，相遇于禹迹寺南沈氏园。唐以语赵，遣致酒肴，翁怅然久之，为赋《钗头凤》一词，题园壁间，实绍兴己亥岁七。"话越传越长，千古如斯。然陆游早年的婚恋不幸，已可得其仿佛。

词从游园重逢，勾起了往昔欢爱的追忆开端，"红酥手，黄滕酒，满城春色宫墙柳"，这并非写眼前事，因为女方虽遣人致酒肴，实未当面，所以这应是由眼前的黄酒果馔、满园春色回忆起过去与伊共赏春光的情景：红润的手臂，滕黄的美酒，给人以举案齐眉的美好联想，"满城春色宫墙柳"正是有情人眼中的明媚春景。可惜好景不长，"东风恶，欢情薄"，接下"桃花落，闲池阁"，是指暮春的到来，自然时序的无情的变迁，构成对人事的变生不测的象征，语极蕴藉却并不晦涩。几年离异给双方带来的是无尽的悲怨·"一怀愁绪，几年离索"在语序上是倒置以协律。煞拍一串儿三字"错，错，错"，奔迸而出，意极沉痛。然而到底错在哪里呢？是错在五百年前风流冤孽，还是错在个人的软弱而封建道德力量的强大，抑或是错在家长的专制呢，说不清，也不要说清，反正一口咬定错就是了，这就够读者去慢慢咀嚼回味。

重逢是令人难堪的，春光还和过去一样美好，而伊人却红消香减不堪憔悴。"人空瘦"的"空"字意味甚长：盖两人虽不忘旧情，从婚姻关系而言已各有新欢，可谓各不相干，相思只是徒劳无益的事体。然而感情失控，难以自禁，"泪痕红浥鲛绡透"。鲛绡就是手绢，古代传说有美人鱼失水为人所救，寄寓其家积月买绡，不得已将归去，从主人索器，泣作满盘明珠以为报答（事见《述异记》）。这故事本身就含有离异而不忘旧恩的象征，与词中人相似，故不可仅作借代语读去，如此方觉其句楚楚动人，"红"字惨然映带下文"桃花落"，"透"字韵极险峭。以下突入景语，又成象征，"桃花落，闲池阁"便是"东风恶"的后果。一切都无可挽回了，然而"世间只有情难尽"，明明还在相爱，却又不能相爱；明明已不能痛快地相爱，却又不能痛快地诀别。最后只得以"莫，莫，莫"三字不了了之，这是说"还将旧来意，怜取眼前人"呢，还是想快刀斩乱麻，以免"剪不断，理还乱"呢，也很难说清，只好请读者诸君去判断了。

《钗头凤》曲调的最显著特征是上下片煞拍三字相迭为韵，较难安顿。而此词之妙就在于"错，错，错"、"莫，莫，莫"用意的含混，让人颠扑不破似的。而"错莫"本是一个连绵词，其意为落寞，或书作"莫错"，如李白"长吁莫错还闭关"、杜甫"失主错莫无晶光"，此词上下片煞拍正是拆用此二字，故在"错"、"莫"各自的本义外，还多一层凄凉寂寞的意义。

陈鹄《耆旧续闻》提到去妇和词，惜不得其全。而《古今词统》则见全词，署唐婉。又见录《全宋词》。有可能是后人据断句补足，但也不排除为原词的可能性，因为就词而论实在天衣无缝，情真韵高处不减陆游之作：

> 世情薄，人情恶。雨送黄昏花易落。晓风干，泪痕残。欲笺心事，独语斜栏。难，难，难。 人成各，今非昨。病魂尝似秋千索。角声寒，夜阑珊。怕人寻问，咽泪装欢。瞒，瞒，瞒。

有位女生说她在读中学时，有一次受了委屈，读到这首《钗头凤》，心里便涌起一阵痛楚的感觉，产生了共鸣，眼泪跟着流下来，索性哭了个痛快。她以为"怕人寻问，咽泪装欢"二句特好，有人听你诉说烦恼其实是幸福的，最痛苦的就是无可告诉却要应付旁人的处境。这可以算是对唐婉之作的很好的评价吧。

| 按语 |

《钗头凤》的写作，与作者婚姻的不幸，及故人的重逢相关。对这些基本情况的了解，就成为阅读的前提。引用陈鹄《耆旧续闻》，以及周密《齐东野语》相关记载，皆有助于词作的赏析。

第三讲

论世

上一讲谈到本事诗，已涉及诗词写作具体背景的问题。这里所谓"论世"，则是指在更广泛的意义上了解作家创作的历史背景，包括当时的时代氛围、地理环境和社会习俗，以便设身处地，准确地领会诗人的心境。

　　毛泽东《沁园春·雪》在重庆谈判（1945年）后被《新民报副刊》披露，郭沫若曾揣测词中的咏雪，是说北国被白色的力量所封锁，像秦皇汉武、唐宗宋祖甚至成吉思汗那样一些"英雄"依然在争夺江山，单凭武力一味蛮干，但他们迟早会和冰雪一样完全消失。这显然是郢书燕说。原因就在于郭沫若误以为这首词，是重庆谈判期间写成的。

　　事实上这首词写作时间是1936年2月，也就是红军完成二万五千里长征，到达陕北两个月后。那时，毛泽东在名义上还不是中共总的负责人（当时是张闻天），但他的主张在党内已经取得支配地位，一切不过是时间问题。日本的侵略固然使中华民族到了最危险的时候，却在客观上对蒋介石的"戡乱"形成掣肘，使国共势力的消长充满变数。中国积贫积弱、积乱积危，然物极必反，其命运和前景亦不可限量。那时的毛泽东雄心勃勃，心情异常舒畅。他本来就喜欢雪天。在袁家沟居住期间，正遇上一场平生罕见的大雪——也就是他对柳亚子提到的那场大雪。放眼秦晋高原白雪皑皑，长城内外冰封雪盖，九曲黄河顿失滔滔，此情此景一时凑泊，不禁逸兴遄飞，欣然命笔，写下了这首《沁园春·雪》。

　　只有了解了这个写作背景，你才能理解何以词中会有那种俯瞰河山、放眼古今，"一笔钩掉五个皇帝"的气概。

一　文变染乎世情

一个时代有一个时代的文明，一个时代有一个时代的诗风，此二事相互关联，互为表里。用刘勰的话说，便是"文变染乎世情，兴废系乎时序"。对此有一个宏观的了解，在阅读中便能把具体的作品放到时代思潮、一代诗风中加以考察，从而透过皮相，把握住本质。

从《诗经》时代开始，我国古代诗歌的一个突出现象是：叙事诗不发达，诗中的叙事成分却不少。这一有趣的现象，包含有一种代偿补的意味。即在再现或叙事类文学不够发达的我国古代，作为表现或抒情类文学样式的诗词，往往兼有再现（反映）的功能。从《诗经》时代开始，我国古代诗歌（及诗论）的一个传统则是重视诗歌的历史使命、社会效果，那种脱离社会现实的"纯诗"纵有佳作，所占的比例也是很小的。因而论世于赏诗也就特别重要。

为什么一个能欣赏许多好诗好戏的人，对《湘累》一类历史诗剧仍不能产生满意的反应呢？不就是因为他缺乏对相关历史的知识，因而历史的想象也薄弱吗？所以正如克罗齐所说："要了解但丁，我们就必须把自己提升到但丁的水平。"这话有一层意思便是把自己摆到但丁所处的具体历史环境中去，呼吸历史的空气和感受历史的脉搏。同样，要读屈原，也要有历史知识准备，即要了解春秋战国时期的政治、文化，特别是楚文化的情况，才能做到"不隔"。程千帆先生曾对笔者说过：研究唐诗，须读唐诗人所读的书，尤其是《文选》。这样做的用意之一就是作为论世之助，且不说古人，就是近人，如鲁迅，有一首题为《所闻》的诗：

> 华灯照宴敞豪门，娇女严妆侍玉樽。
>
> 忽忆情亲焦土下，佯看罗袜掩啼痕。

乍看似亦平常，"如果我们知道，这位娇女是被国民党的炸弹炸得家破人亡，从所谓匪区来的一个难民，那么这首诗的分量，就重达千钧了。"（荒芜《纸壁斋说诗》）

我国诗文评，向来对于时代、历史的宏观把握是十分重视的。对一个时代文明与诗风往往有极准确而形象的概括。如汉末的"建安风骨"、稍后的"魏晋风度"、六朝之"江左宫商"、唐代的"盛唐气象"等，这些大的笼罩，往往使人对产生在某一时代的具体作品有更为深切的赏析。

汉末建安时代是一个天下大乱军阀混战的时代，产生在这一时期的诗歌，一方面反映着社会的动乱与民生的疾苦，充满悲天悯人的情调；一方面便是表现乱世英雄建功立业，收拾金瓯的使命感或雄心壮志。"观其时文，雅好慷慨，良由世积乱离，风衰俗怨，并志深而笔长，故梗概而多气。"（《文心雕龙·时序》）所谓"建安风骨"，其核心的东西便是深刻的现实主义与积极浪漫主义结合的精神或文艺风貌。明乎此，当我们读到以下诗句：

饮马长城窟，水寒伤马骨。……生男慎莫举，生女哺用脯。君不见长城下，死人骸骨相撑柱。（陈琳《饮马长城窟行》）

西京乱无象，豺虎方构患。……出门无所见，白骨蔽平原。（王粲《七哀诗》）

铠甲生虮虱，万姓以死亡。白骨露于野，千里无鸡鸣。生民百遗一，念之断人肠。（曹操《蒿里行》）

斩截无孑遗，尸骸相撑拒。马边悬男头，马后载妇女。……城郭为山林，庭宇生荆艾。白骨不知谁，纵横莫覆盖。

（蔡琰《悲愤诗》）

才能如历其境，如亲眼看见哀鸿遍野的悲惨图景，嗅到血雨腥风的气息，从朴质无华的诗句中把握到诗人刻骨的悲哀与愤怒，及无形中弥漫的向往呼唤人道的博大情怀。才能区分它们与"年年岁岁花相似，岁岁年年人不同"的人生感伤在美感上的重大区别。当我们读到这类诗句：

不戚年往，忧时不治。（曹操《秋胡行》）

烈士暮年，壮心不已。（曹操《步出夏门行》）

高念翼皇家，远怀柔九州。抚剑而雷音，猛气纵横浮。泛泊徒嗷嗷，谁知壮士忧！（曹植《虾䱇篇》）

人居一世间，忽若风吹尘。……怀此王佐才，慷慨独不群。（曹植《薤露行》）

也才能充分体味其人以天下为己任的积极精神及由此产生的崇高美感。

就是《古诗十九首》，也须联系这一时代特征，加以考察，方能充分鉴赏。时代精神也不是单一方面的，汉代盛行黄老之学，是道家思想很盛的时代，注意于此，才能了解为什么这一批诗作中随处多见"人生天地间，忽如远行客"、"人生寄一世，奄忽若飙尘"、"生年不满百，常怀千岁忧"、"万岁更相送，圣贤莫能度"等颓放的情调，和"极宴娱心意，戚戚何所迫"、"为乐当及时，何能待来兹"、"不如饮美酒，被服纨与素"等的享乐气氛。显然其作者就与上述鞍马间横槊赋诗的诗人身份不同，大约是生在那个草菅人命的时代而又执着于人生，在思想上受过老庄哲学熏陶的文人之流吧。

魏晋之际是一个"乱与篡"的时代，文人们在政治旋涡中生活，大有人命浅危、朝不虑夕之感，所谓"魏晋风度"，完全是内容苦闷与形式通脱的产物。傅雷推崇《世说新语》，而"常常缅怀两晋六朝的文采风流，认为是中国文化的一高峰"（《傅雷家书》），恐怕终究是一种误解或美化。

而编过《汉文学史纲》和《嵇康集》的鲁迅，对那一时代看法则全然不同。他的《魏晋风度及文章与药及酒之关系》的演讲稿有不少精到的见解：当时人们已感到人生无常，转重摄生，吃药便是一种时尚。所谓"五石散"，这种矿物合成的药中有毒成分很多，吃后皮肉发热，因此不合穿厚衣、窄衣。"现在许多人以为晋人轻裘缓带、宽衣，在当时是人们高逸的表现，其实不知他们是吃药的缘故。……因皮肤容易磨破，穿鞋也不方便，故不穿鞋袜而穿屐。所以我们看晋人的画像或那时的文章，见他衣服宽大，不鞋而屐，以为他一定是很舒服很飘逸的了。其实他心里是很苦的。更因皮肤易破，不能穿新的而宜穿旧的，衣服便不能常洗。因不洗，便多虱。所以在文章上，虱子的地位很高，'扪虱而谈'，在当时竟传为美事。"除此而外，当时文人对人评头品足，对己不拘小节，对高兴或不高兴的人做青白眼、打呼哨（所谓"啸"），不求甚解地读得一首《离骚》便自称"名士"，等等，都可说是"魏晋风度"的一种体现吧。了解那一时代的精神，对于理解那时的诗文是极有帮助的。

鲁迅在《为了忘却的记念》中写道："年青时读向子期（向秀）《思旧赋》，很怪他为什么只有寥寥的几行，刚开头却又煞了尾。然而，现在我懂得了。"其所以如此，就在于鲁迅对黑暗、专制恐怖统治下文人心态有切身体会，所以更透彻地认识了历史生活的缘故。

夜中不能寐，起坐弹鸣琴。薄帷鉴明月，清风吹我襟。孤鸿号外野，翔鸟鸣北林。徘徊将何见，忧思独伤心。（阮籍《咏怀》）

独坐空堂上，谁可与亲者？出门临永路，不见行车马。登高望九州，悠悠分旷野。孤鸟西北飞，离兽东南下。日暮思亲友，晤言用自写。（同上）

前人每觉阮籍八十余首《咏怀》多数归趣难求，这和向秀的情况也差不多，李善说："嗣宗身仕乱朝，常恐罹谤遇祸，因兹发咏，故每有忧生之嗟。虽志在讥讽，而文多隐避，百代之下，难以情测。"（《文选》注）只要明乎时序世情，这些看来莫名其妙的诗也就易懂了。

当然魏晋风度的表现仍是多方面的，"到东晋，风气变了。社会思想平静得多，各处都夹入了佛教的思想。再至晋末，乱也看惯了，篡也看惯了，文章便更平和。代表平和文章的人有陶潜。"（鲁迅，前文）即就陶诗的语言风格而论，也仍是时代的产物：

陶诗显然接受了玄言诗的影响。玄言诗虽然抄袭老庄，落了套头，但用的似乎正是"比较接近说话的语言"。因为只有"比较接近说话的语言"，才能比较的尽意而入玄；骈俪的词句是不能如此直截了当的。那时固然是骈俪的时代，然而未尝不重"接近说话的语言"，《世说新语》那部名著便是这种语言的记录。这样看，渊明用这种语言来作诗，也就不是奇迹了。（朱自清序萧望卿《陶渊明批评》）

到唐代回首魏晋，真有隔世之感，魏晋"风度"在唐人眼里无疑显得寒碜。所谓"盛唐气象"，全然是百余年承平积强，物质、精神文明大发展了的产物。服药上瘾的人少了，酒是照饮不误，人们的精神比较充实，袋里有钱，就想旅游天下。著名的唐代诗人，谁没有读过万卷书，行过万里路？诵得一首长诗（如《长恨歌》）就自炫身价，只是歌妓见识。

（见白居易《与元九书》）人们办正经事还来不及，哪有工夫去学"啸"。（虽然王维诗中有"独坐幽篁里，弹琴复长啸"，但他是否能啸，或只是用事，还是一个问题。）由于政治开明，思想活跃，文人博览百家，广有阅历，作为诗歌，气象自殊。六朝人不是说"别方不定，别理千名，有别必怨，有怨必盈"（江淹《别赋》）么？然而盛唐笔下的别诗直令人耳目一新：

  海内存知己，天涯若比邻。

  无为在歧路，儿女共沾巾。（王勃《送杜少府之任蜀川》）

  青山一道同云雨，明月何曾是两乡。（王昌龄《送柴侍御》）

  莫愁前路无知己，天下谁人不识君。（高适《别董大》）

  就是王维的《送元二使安西》虽写道"西出阳关无故人"，全诗之情调也是轻快的。所有这些别诗，都有同一乐观基调，显然是那个曾经相当长时期繁荣统一的时代的赐予。

  客路青山下，行舟绿水前。
  潮平两岸阔，风正一帆悬。
  海日生残夜，江春入旧年。
  乡书何处达，归雁洛阳边。（王湾《次北固山下》）

  昔人已乘黄鹤去，此地空余黄鹤楼。
  黄鹤一去不复返，白云千载空悠悠。
  晴川历历汉阳树，芳草萋萋鹦鹉洲。
  日暮乡关何处是，烟波江上使人愁。（崔颢《登黄鹤楼》）

这是两首并非出自大诗人之手的名作，一首被名相张说摘取其联语，书之政事堂，以为文章范式；一首据说使李白闭登临之口，叹道："眼前有景道不得，崔颢题诗在上头。"盛唐气象在此表现得相当充分。如果我们就诗论诗，前首不过写一路旅途观感，后者不过抒一时登临情怀。然而如果我们站在盛唐气象的角度来读这两首诗，得到的兴发感动和领悟就会高一个层次。我们将感到一种放眼古今上下的宽广胸襟，引起高远的历史文化联想（"昔人已乘黄鹤去"四句）；一种宽松舒畅、一帆风顺之感（"潮平两岸阔"二句）；一种阳光弥漫、百草丰茂的感觉（"晴川历历汉阳树"二句）；一种除旧布新，或万象更新的喜悦（"海日生残夜"二句）；还有一种扎根很深，而与四方之志相表里的故园之爱（"乡书何处达"二句，"日暮乡关何处是"二句）。凡此均能反映盛唐社会的时代特征和盛唐人的精神风貌。正因为这一切并非诗人有意识地宣扬，而是下意识地流露，读者容易忽过，论世赏诗也就特别必要。盛唐气象哺育一代淳美的风情，在唐诗中俯拾皆是，读者可自味之：

潮落江平未有风，扁舟共济与君同。（孟浩然《渡浙江问舟中人》）

君家何处住？妾住在横塘。

停船暂借问，或恐是同乡。（崔颢《长干曲》）

与君相见即相亲，闻道君家住孟津。

为见行舟试借问，客中时有洛阳人。（卢象《寄河上段十六》）

"文化大革命"一窝蜂"评法批儒"，论者多赞某"法家"诗人（如李白、李贺）敢于犯上，殊不知"唐人诗无忌讳"（洪迈语）是普遍现象，乃开明政治之产物。世守业儒出身的杜甫尚有"儒术于我何有哉，孔丘盗

100

踤俱尘埃"（《醉时歌》）、"边庭流血成海水，我皇开边意未已"（《兵车行》）的牢骚和批评呢。

新中国成立后的古代文学研究领域，也颇受左的思想干扰，因此在唐宋词的领域，例重豪放而轻婉约。这其实是一种无视历史的偏见。须知词之为体，本来是伴随音乐而生，成长于歌筵之间的，故从唐五代到北宋，词的内容相对于诗本来就窄，相对的情丽，词风自以婉约为宗。别是一家，自有千秋。吴世昌以为原只有豪放词而无豪放派，就北宋以前而论是完全正确的。俞平伯以为自南唐以降，风流大降而古意渐失，这对南渡后的词坛特别切合。这是因为靖康之难根本上改变了国家命运，及文士之个人前途。民族矛盾空前激烈，和战之争相持不下。动乱惊破多少舞榭歌台，使得一大部分词人彻底脱离歌筵，转而用这种新的长短句体来抒写心中家国之恨的磊落不平，绝大情怀，造成了一代词风的转变。此期有成的词人大多是主战派人士和抗金将领，著者如张元幹、张孝祥、李纲、胡铨、岳飞，直到辛弃疾，才蔚然成派（即所谓辛派，亦即豪放派）。贯穿于他们词中的一个基本思想就是收复中原，统一祖国，表现则气势磅礴，风格遒劲。但南宋立国稍定，词体又重新回到歌筵，所谓"渡江来百年歌舞，百年酣醉"。宋末又是格律词人的天下，婉约之风在新的面貌下出现，词的持长才得到了进一步的发展。豪放词的出现，是词史上一个显赫的，然而为期不长的现象，可以说是时代的加惠，是宋词的一个意外发迹。"文变染乎世情"，信然。能从论世的角度去赏析豪放之作，无疑能有更充分的玩味和更准确的评价。辛词《永遇乐》写道：

　　千古江山，英雄无觅，孙仲谋处。舞榭歌台，风流总被，雨打风吹去。斜阳草树，寻常巷陌，人道寄奴曾住。想当年，金戈铁马，气吞万里如虎。

词人在追思千古英雄时，为什么只及孙权、刘裕呢？刘克庄说"未必人间无好汉，谁与宽些尺度"（《贺新郎》），辛弃疾这里放宽尺度，降格以求。盖当时不但没有能统一中国的头号英雄如唐宗宋祖，甚至连保全半壁河山，抗衡中原的孙权、刘裕一类割据英雄也没有，不禁痛起世无英雄的感慨。

休谟说："要欣赏古代某一演说家，还必须了解当时的听众。"要欣赏古代诗词，同样必须了解当时的读者或听众。因为古代诗词，不但反映着诗人自身的本质，还反映着读者和听众的某些本质。元曲，尤其是散曲套数和戏曲，多有谐趣，玩弄搬砖弄瓦式文字游戏，不避俚俗，形成一种特殊的语言风格，其重要原因之一就在于它的主要对象是下层人民，其中有不少文盲听众，投合适应他们的欣赏趣味和理解水平，在曲词作者具有首要意义。

> 弹破庄周梦，两翅驾东风。三百座名园一采一个空。难道风流种。唬杀寻芳的蜜蜂。轻轻的飞动，把卖花人扇过桥东。
>
> （王和卿《醉中天·大蝴蝶》）

> 我却是蒸不烂、煮不熟、捶不扁、炒不爆，响当当一粒铜豌豆。恁子弟每谁教你钻入他锄不断、斫不下、解不开、顿不脱、慢腾腾千层锦套头。我玩的是梁园月，饮的是东京酒；赏的是洛阳花，攀的是章台柳。我也会围棋，会蹴鞠，会打围，会插科；会歌舞，会吹弹，会咽作，会吟诗，会双陆。你便是落了我牙，歪了我口，瘸了我腿，折了我手，天赐与我这几般儿歹症候，尚兀自不肯休！则除是阎王亲自唤，神鬼自来勾，三魂归地府，七魄丧冥幽，天哪！那其间才不向烟花路儿上走！
>
> （关汉卿《南吕一枝花·不伏老》）

怕黄昏忽地又黄昏，不销魂怎地不销魂。新啼痕压旧啼痕，断肠人忆断肠人。今春，香肌瘦几分，缕带宽三寸。（王实甫《十二月带尧民歌·别情》）

其他如套数杜仁杰《般涉调·耍孩儿·庄家人不识勾栏》，马致远《般涉调·耍孩儿·借马》、睢景臣《般涉调·哨遍·高祖还乡》等，都是最本色的散曲佳作。而散曲一旦脱离公众，成为文人抒情之作或案头文学时，它就与诗词极为接近。后期作家的某些令曲与令词无异，便是因为这个缘故：

冬前冬后几村庄，溪北溪南两屦霜。树头树底孤山上。冷风来何处香？忽相逢缟袂绡裳。酒醒寒惊梦，笛凄春断肠。淡月昏黄。（乔吉《水仙子·寻梅》）

惜花人何处，落红春又残。倚遍危楼十二阑，弹，泪痕罗袖斑。江南岸，夕阳山外山。（张可久《金字经·春晚》）

二　年代·地理·制度·风俗

一位历史学家在谈到学习方法时提到学习历史须掌握四把钥匙：年代、地理、职官、制度。也许更准确的提法应是：年代、地理、制度与风俗，因为职官本身仍是一种制度，而民俗又不能包含在任何一项之中。

掌握年代为的是建立必要的时间观念，而熟悉地理则可帮助确立空间观念。有此二者，所有的历史事实方能在一个四维空间（流动的空间）里一一展现，不再是纸上抽象的概念，而能还原为活生生的史实，我们的了解也才能准确、清晰、透彻。"昔人云：'不读万卷书，不行万里路，不可与言杜（甫）。'今且于开元、天宝、至德、乾元、上元、宝应、广德、永泰，大历三十余年事势，胸中十分烂熟。再于吴、赵、齐、赵、东西京、奉先、白水、鄜州、凤翔、秦州、同谷、成都、蜀、绵、梓、阆、夔州、江陵、潭、衡，公所至诸地面，以及安孽之幽蓟，肃宗之朔方，吐蕃之西域，洎其出没之松、维、邠、灵，藩镇之河北一带地形，胸中亦十分烂熟。则于公诗，亦思过半矣。"（浦起龙《读杜心解》）譬言之，年代和空间是演出（再现）历史的舞台，而制度和风俗，是无形中制约人的行为的规范，是历史人物的看不见的导演。明乎四者，古人的见诸文字的言行，大体能得到合理的解释，由此才足以言论世。

年代就是时序，或者说具体的时序吧，前节已有涉及。因此接下来谈谈地理知识与赏析。古代诗词有不少是感于时事而发，涉及史实，形为文字，地理概念是最容易被忽略的，因此读者从诗中获得的印象往往是平面的不完整的。倘若有意识注意于此，则整个事件将立体地凸现在我们眼前，当然那感受更深切，获得的赏析将更充分。这里以杜甫的"三吏"、"三别"为例以说明之。这有名的组诗是由六首独立的叙事诗组成的，人们往往注意到它们在内容上的彼此联系，而未更多留意诗中提到的地名，也就很难将它们视为在同一舞台上次第演出的六出一本完整的连台戏。这六首诗中，有五首都出现了地名（有同地异名），而不少地名是重复出现的。显示出它们间的有机联系。统计起来，"邺城"（相州）出现于三首中，频率最高：

我军取相州，日夕望其平。岂意贼难料，归军星散营。（《新安吏》）

听妇前置词：三男邺城戍，一男附书至，二男新战死。（《石壕吏》）

势异邺城下，纵死时犹宽。（《垂老别》）

"河阳"出现于两首之中：

急应河阳役，犹得备晨炊。（《石壕吏》）

君行虽不远，守边赴河阳。（《新婚别》）

"西都"（长安）、"旧京"（洛阳）、"新安"、"潼关"、"桃林"、"石壕村"各见于一首之中，次数不等：

就粮近故垒，练卒依旧京。（《新安吏》）

胡来但自守，岂复忧西都！（《潼关吏》）

客行新安道，喧呼闻点兵。借问新安吏，县小更无了。（《新安吏》）

士卒何草草，筑城潼关道。（《潼关吏》）

哀哉桃林战，百万化为鱼。（《潼关吏》）

所有这些地名，共同展示了一个公元 759 年前后，以邺城、河阳及两京为中心的平叛战争的大战场和抗战形势，可以引起读者对从天宝至乾元一段历史的回顾联想。盖"安史之乱"发生后，安禄山率部攻陷洛阳，继续西进，玄宗遣哥舒翰守潼关，桃林一战中官军大败，哥舒翰投

105

降，遂致长安失守，至乾元元年，官军已克复两京，叛军退守邺城（相州），战局神变。当时贬在华州做司功参军的杜甫便趁机下洛阳探视故乡。由于肃宗在战略上失策，围攻邺城的九节度使不相统属，城久攻不下，适逢史思明南下救应安庆绪，与官军大战于安阳河北。结果因天时不好，官军大败，郭子仪断河阳桥退保洛阳，河阳就成了抗敌前沿。在动乱中，杜甫亦不得不离洛阳回华州。由于官军兵员损失惨重，统治者为补充兵员，到处抓丁，驱尽男子，及于老弱妇幼。封建国家与人民的矛盾（具体化为吏与民的矛盾）突出了，民间到处是生离死别的现象。杜甫的"吏""别"名篇，正是抓住了时代生活的主要矛盾和典型现象。

组诗中石壕村的一对老人，家有三个儿子参加了邺城一战，在战事失利中牺牲了两个。在《新安吏》与《垂老别》中也提到这次波及时局的关键性战役，不是偶然的。而在杜甫作诗的当时，河阳已成前线之代名词。"三吏"、"三别"中好些被迫从军者，其路线都是或应是指向河阳的，他们是《石壕吏》中的老妇、《新安吏》中的"中男"们、《新婚别》中的新郎、《垂老别》中的老头、《无家别》中的无名男子，他们的家园，均离河阳不远。可见这组诗反映的正是当时整个都畿道的人民群众在兵祸连连与官府压迫下的悲惨遭遇。过去论者总是把吏说得如狼似虎，其实这一组诗中的吏的处境，也是很难堪的。如石壕吏所面对的便是一个"军烈属"老妇人，她的陈情势必令人动恻隐之心。所以那吏一面打官腔的同时，一面也须讲清形势，做些"动员说服"工作。这些情节，从老妇人"请从吏夜归，急应河阳役……"数句中是可以略约领会到的。所以，我们心中有了明确的地理概念，诗中事件的背景尤见清晰，凝固为文字的诗意也都流动起来，成为一部活动的"电影"。

程千帆在《论唐人边塞诗中地名的方位、距离及其类似问题》一文中指出，不同时代或距离遥远的地名常常出现在同一首诗中，"乃是为了唤起人们对于历史的复杂的回忆，激发人们对于地理上的辽阔的想象，让读者更其深入地领略将士们的生活和他们的思想感情"。例如王昌龄

106

《从军行》其四：

  青海长云暗雪山，孤城遥望玉门关。
  黄沙百战穿金甲，不破楼兰终不还。

前二句就出现了四个地名：青海、雪山、孤城、玉门关，它们及其相互关系，成为理解全诗的一个关键。刘学锴先生对此有一段精辟的分析：

  本篇前两句就是为了"激发人们对于地理上的辽阔的想象"。它在我们面前依次展现出西北边地广阔地域的画面：青海湖上空，长云弥漫；湖的北面，横亘着隐隐的雪山；矗立在河西走廊荒漠中的一座孤城；和孤城遥遥相对的军事要塞玉门关。这幅浓缩，集中了东西数千里地域的画面，就是当时西北边塞戍边将士生活、战斗的环境的艺术概括。尽管在现实生活中，不可能存在既望见青海、雪山，又望见玉门关的地方，但作为对整个西北边陲的鸟瞰来看，这两句是真实的，典型的。为什么特别提及青海与玉门关呢？这跟当时民族战争的形势有关。唐代西、北方的强敌，一是吐蕃，一是突厥。河西节度使的任务是隔断吐蕃与突厥两国间的交通，一镇兼顾西、北方两个强敌。主要任务是防御吐蕃，守护河西走廊，也兼有防突厥的任务。"青海长云"，正是吐蕃盘踞之地，也是多次与吐蕃交战的场所；而玉门关外，正是突厥的势力范围。所以这两句不仅描绘了整个西北边陲的景象，而且点出了"孤城"南拒吐蕃、西防突厥的极其重要的地理形势。这两方的强敌，正是戍守"孤城"的将士心之所系，宜乎在画面上出现青海与玉门关。与其说，这是将士望中所见，不如说这是将士脑海中浮现出来的画

107

面。戍边将士对边防形势的关注，对自己所担任的戍边任务的责任感，与戍边生活的艰苦、孤寂，都融合在悲壮、开阔而又黯淡的景象中。（《唐代绝句赏析》）

地理概念，可以大到民族战争的战场，也可以小到一个城市的布局。如果我们知道古代京城如唐代长安，宫室多坐北朝南（取"南面称帝"意），那么就不难明白杜诗"黄昏胡骑尘满城，欲往城南望城北"（《哀江头》）所包含的复杂思想感情。也不难明白为什么思念征夫的长安女子总与"城南"关联："白狼河北音书断，丹凤城南秋夜长"（沈佺期《独不见》）、"少妇城南欲断肠，征人蓟北空回首"（高适《燕歌行》），因为那是民居之所在。

王力主编的《古代汉语》，把名物典章制度作为一项内容，是有道理的。因为这种知识似与语言问题无关，其实是阅读古代文献必不可少的工具，而古汉语课的终极目的正是培养阅读古书能力。具体运用在古诗的赏析中，它的直接的作用，是帮助甚解。而求得甚解，正是深入欣赏的扎实基础。这里我们仍举例说明关于制度知识对赏析的帮助。

> 五夜漏声催晓箭，九重春色醉仙桃。
>
> 旌旗日暖龙蛇动，宫殿风微燕雀高。
>
> 朝罢香烟携满袖，诗成珠玉在挥毫。
>
> 欲知世掌丝纶美，池上于今有凤毛。（杜甫《奉和贾至舍人早朝大明宫》）

论者或以此诗为粉饰太平之作，无足取。而金圣叹却认为："从来朝廷之上，左史纪言，右史纪动。今则自早朝至于朝罢，绝无足纪。君既无所咨访，臣亦无可建明，仅仅满朝香烟，挥毫唱和，则何补哉？只益

108

之戚耳!"杜甫原意如何姑不深论,金圣叹能从字页的夹缝中看出些意思,较之前一说法,显然深一层。这原因就在于他根据当时制度,认为"舍人"作为皇帝身边的职司,有记帝王言行的责任(按,通事舍人方掌此职司),而诗中仅写君臣酬唱,则客观上具有托讽。当然,具体到这首诗的这个结论,还可以商榷,但这种方法,无疑是具有启发性的。

昔日龌龊不足夸,今朝放荡思无涯。
春风得意马蹄疾,一日看尽长安花。(孟郊《登科后》)

读此诗须知唐代制度,在秋季举行进士科考试,于下年春天发榜,新进士有雁塔题名、宴集曲江、杏园之殊荣。其时牡丹正开,据赵嘏诗说新进士是"满怀春色向人动,遮路乱花迎马红"。故"春风得意"二句不是无端夸口,对题面是十分贴切的。如果读者能兼知人,了解孟郊有两度下第的历史,则于诗中狂喜的心情,更能会心。反过来说,如果不知道"千秋节"是怎么回事,又不知"承露囊"是怎么回事,那么当其读到"千秋佳节名空在,承露丝囊世已无。惟有紫苔偏称意,年年因雨上金铺"(杜牧《过勤政楼》),对其中蕴涵的感慨,也就似懂非懂,大有隔靴搔痒之感,得不到审美的愉悦了。

弄清与诗意有关的古代生活风俗,对于赏诗也大有助益。唐代音乐变革引起公众审美趣味的改变,当时燕乐成了一代新声,从西域来的能传达世俗欢快心声的琵琶、羯鼓成了时髦的乐器,为人爱赏,而穆如松风的古琴变得不合时宜。据载:唐玄宗一次听琴未毕,即命琴师退去,说:"速召花奴将羯鼓来,为我解秽!"上之所好,下必甚焉,无怪乎诗僧齐已《赠琴客》诗云:"曾携五老峰前过,几向双松石上弹。此境此身谁人爱,掀天羯鼓满长安。"知道当时风气,也就不难理解刘长卿"古调虽自爱,今人多不弹"(《听弹琴》)二句中包含的世少知音、不合时宜、孤高自赏种种意味。就是那不动声色的"独坐幽篁里,弹琴复长啸"(王维

《竹里馆》）一类诗句，不也大有意味了吗？

　　赏析活动如果也能注意"入境随俗"，有时甚至可使人茅塞顿开，获得别解。我们必须知道古代寒食节是家家冷食不许生火的，方能领会"贫居往往无烟火，不独明朝为子推"（孟云卿《寒食》）中的幽默，以及"日暮汉宫传蜡烛，轻烟散入五侯家"（韩翃《寒食》）中的托讽。必须知道七夕有乞巧的风俗，才能领略"幼女才六岁，未知巧与拙。向夜在堂前，学人拜新月。"（施肩吾《幼女词》）的风趣。

　　　　蓬鬓荆钗世所稀，布裙犹是嫁时衣。
　　　　胡麻好种无人种，正是归时底不归？（葛鸦儿《怀良人》）

　　诗的末二句似是说"纵有健妇把锄犁，禾生陇亩无东西"（杜甫《兵车行》）那样的意思，怨夫不得归。若仅作此解意便平浅，而且不能解释何以要说到"胡麻"。须得知道当时有歇后语道："长老（和尚）种芝麻，未见得。"即民间流行说法，芝麻要夫妇合力种植，才能丰收，这才能为它的措意之妙而拍手叫绝。

　　实际上，古代诗词语汇就常常联系着已随历史消逝的过往习俗，如果读者对它们产生的生活背景有所了解，读来才有更亲切的体味。例如诗词中大量存在的漏声、砧声、杵声、鸡声，以及屏山、帘钩、金井、药栏等，每一语词都联系着特定的历史文化背景，传达出特定的历史氛围，在古人本来"不隔"；今日读者，却往往感到陌生。这一种知识，也是欣赏古代诗词必要的前提条件。

　　还有一些风土人情古已有之，至今仍有，不过受着地域的限制，南人易懂的北人不一定懂，反之亦然。如李益《江南曲》云："早知潮有信，嫁与弄潮儿。"虽然颇为传诵，但"教生长在北方的人读了，实在不大能够了解，长江下游住民可以懂得一半，只有住在浙江沿岸的才算全懂，这些说潮怎么弄法的"。"说来也很平常，只是在潮来之前把船放至

110

江心，挂起风帆，向着潮水驶去，一与潮头碰着，船便直竖起来，这时望起颇为危险，可是只是一刹那间的事，卡上了潮头之后船立即平正，在水面上溶溶漾漾的十分写意，随即可以自由地来靠岸，停泊下去。其不去接潮头的船也可以停着不动，不过危险更大。"（周作人《弄潮》）如此看来，"弄潮"只是近海船民进行生产斗争的一项本领，"嫁与弄潮儿"，即嫁与船老大。像这样的知识，除多读书阅世，别无法门。

三　以史证诗

诗歌不同于纪实，故严格地说，"以史证诗"作为方法来说常常是行不通的，如清人往往征引史实说明阮籍《咏怀》诗的内容，以求确切，有时不免牵强。但是，我国古代毕竟有很多诗歌，的确是缘事而发，在表现上却言在此而意在彼。如读者误以为"作诗必此诗"，也就不能得其本意，所谓"郢书燕说"，便是同类毛病。可见"以史证诗"，也不失为论世说诗之一法。著名的《七步诗》，就有一个历史故事；而咏史、怀古类专题，更是与史实相关，都无烦费辞。只是有一些诗与相关史实的联系，在字面上并不那么明显，今天的读者看来，何异作者自家脚指头动。然而前人在这方面做了不少笺证的工作，是很可利用的参考资料。如陈沆《诗比兴笺》便是这种性质的专著。古代作家别集的编年笺注本，也是极可留意的。下面是一个学人的经验之谈：

　　我们平常读古代诗人的集子，最希望得到编年的本子，因为容易了解诗人的行迹、交游，处处易于与当时的社会政治形势联系思考，因而也更便于知人论世。我们读古人书，更重视好的"笺注本"。而重"笺"尤甚于"注"。"注"的是古典，能解决识字问题，却不能知人论世。至于今典，即作者同时代的人和事，有的见于记载，有的就不见，甚至只藏在作者的心底，旁人和后人是无法知道的。"笺"即就记载中的旁证加以推论，工作做得好，是可以揭露部分真相的。但这到底不如作者自己的说明来得珍贵，这就是我们更加重视作者自注的原因。（黄裳《珠还记幸》，有删节）

作者自注的确宝贵，如宋梅尧臣《汝坟贫女》等叙事诗，往往有小序说明作诗缘起，姜夔的词也多有长序，对读者赏析大有裨益。不过肯做这种有心人的作者并不多，所以到头来读者还得借助专家的笺证，才能有所发明。如陈子昂《感遇》有一首写得很朴拙的诗：

> 乐羊为魏将，食子殉军功。骨肉且相薄，他人安得忠。吾闻中山相，乃属放麑翁。孤兽犹不忍，况以奉君忠。

诗中包含两个历史故事，即"乐羊为魏将攻中山（国），中山烹其子而遗之，乐羊食尽一杯。魏文侯赏其功而疑其心。（中山君）孟孙猎获幼麑，使秦西巴持归，其母随而鸣。秦西巴不忍，纵之，孟孙以为太子傅"。然而此诗并非为咏史而咏史。陈沆笺曰："刺武后宠用酷吏淫刑以逞也。……武后天性残忍，自杀太子宠、太子贤及皇孙重润等。《旧唐书·酷吏传》十八人，武后朝居其十一，皆希旨杀人以献媚，宗室大臣无得免者。武后尝欲赦崔宣礼，其甥霍献可急之曰：'陛下不杀崔宣礼，臣请殒命于前。'头触殿阶流血，示不私其亲。是皆有食子之忠，无放麑之情矣。孰不可妨乎！子昂尝上疏极谏酷刑，又请抚慰宗室子弟，无复缘坐，俾得更生，毋致疑惧，即此诗旨。"以史证诗，可谓得其情实。好的笺注，有益于解诗，类如此。

112

四　赏析示例

国殇（战国）屈　原

操吴戈兮被犀甲，车错毂（gǔ）兮短兵接。旌蔽日兮敌若云，矢交坠兮士争先。凌余阵兮躐（liè）余行，左骖殪（yì）兮右刃伤。霾（mái）两轮兮絷四马，援玉枹（fú）兮击鸣鼓。天时坠（duì）兮威灵怒，严杀尽兮弃原野。出不入兮往不返，平原忽兮路超远。带长剑兮挟秦弓，首虽离兮心不惩。诚既勇兮又以武，终刚强兮不可凌。身既死兮神以灵，魂魄毅兮为鬼雄。

在屈原《九歌》中，其他诗篇所咏皆天地神祇，这一篇独咏人鬼。"殇"指未满二一岁而死的人，"国殇"则特指为国捐躯的将士。

战国的秦楚争雄战争，从怀王后期开始，屡次以楚方失利告终。《史记·楚世家》记载："（怀王）十七年春，与秦战丹阳。秦大败我军，斩甲士八万，虏我大将屈匄，裨将军逢侯丑等七十余人，遂取汉中之郡。楚怀王大怒，乃悉国兵复袭秦，战于蓝田。""二十八年，秦乃与齐、韩、魏共攻楚，杀楚将唐眜，取我重丘而去。""二十九年，秦复攻楚，大破楚，楚军死者二万，杀我将军景缺。""三十年，秦复伐楚，取八城。"（顷襄）元年，秦攻楚，"大败楚军，斩首五万"。由此可见楚国在抗秦的战争中伤亡的惨重。而当时楚国的士气民情并不低落，在怀王入关而不返，死在秦国后，民间就有"楚虽三户，亡秦必楚"的口号。屈原这篇追荐阵亡将士的祭歌，就反映了这样一种同仇敌忾和忠勇的爱国激情。

全诗可分两段。第一段从"操吴戈兮被犀甲"到"严杀尽兮弃原野",描绘严酷壮烈的战争场面。诗一开始就用开门见山、放笔直干的写法:战士们披坚执锐,白刃拼杀。古时战车,作用有如坦克,双方轮毂交错,"短兵(相)接"。诗从战斗最激烈处写起,极为简劲。在这个"近景"描写后,诗中展开了一个战场的"全景":旌旗遮天蔽日,秦军阵容强大,敌若云,箭如雨。处于劣势的楚国将士却并没被危险与敌威所压倒,他们争先恐后,奋不顾身,其勇猛有逾于困兽,但终因寡不敌众,被敌方冲乱了行列与阵脚,楚军陷入被动。诗人用了"特写"式笔触着力刻画楚方主将:他高踞战车之上,身先士卒,临难不苟。他的左右骖乘一死一伤,车轮如陷泥淖,驷马彼此牵绊,进退不得,却继续援槌击鼓,指挥冲杀,直到全军覆没,流尽最后一滴血。

"严杀尽兮弃原野",是一个"定格"的画面:战场上尸横狼藉。喊杀声停止了,笼罩着一片死样的沉寂。楚国将士身首离异,然而还佩着长剑,挟持秦弓——这"秦弓"是夺到手的武器。敌人胜利了,但是"杀人三千,自损八百",这是一场令其思之胆寒的胜利。楚军失败了,这是一场令人肃然起敬的悲壮的失败。诗人通过有限的画面,表现了意味极为丰富的内容。诗中主将的遭遇,容易使人想到项羽《垓下歌》的前两句:"力拔山兮气盖世,时不利兮骓不逝"。然而《垓下歌》的结尾是软弱无力的,远不能与《国殇》的结尾相提并论。任何的徒呼奈何,泣血流泪,都是愧对烈士英灵的。

诗的后段,用了一种义薄云天的慷慨之音,对死国者作了热烈赞颂。"出不入兮往不返"二句,与荆轲《易水歌》同致,"壮士一去兮不复还",是以身许国者共有的豪言壮语。烈士们用鲜血实践了他们的誓言。他们死不倒威,死而不悔,可杀而不可侮。他们生命终结而精神不朽,到了另一个世界,也仍是出类拔萃的"鬼雄"!与诗发端的开门见山相应,结尾是斩钉截铁,令人振奋的。"鬼雄"也因而成为一个现成的诗歌用语,宋代李清照《绝句》就有"生当作人杰,死亦为鬼雄"的名句。

《诗经》中以战争为题材或背景的作品,除《大雅·常武》中少量文字外，一般只写出征的一方，如《秦风·无衣》仅言"王于兴师，修我戈矛，与子同仇"，《小雅·车攻》仅言"我车既攻，我马既同"、"之子于征，有闻无声"，都未及正面的接仗。《国殇》中却大写秦人狂风骤雨的凭凌，楚军浴血奋战与抵抗，两军短兵相接的激战，在战争诗的创作上谱写了全新的一页。《国殇》紧凑而凝练，具有较强的艺术概括力。有人认为诗中的战将非泛写，是指战败于丹阳之战的屈匄。其实诗人所祭颂的乃楚国历来之"国殇"，并不限于一战。诗中集中描写一场浴血奋战的场面，运用了类似蒙太奇的语言，给读者留下深刻印象。

在诗中，作者没有丑化敌人，相反的，对敌方力量的强大作了夸张的描写，"疾风知劲草"，这样写对阵亡者的大无畏精神恰恰起到了有力的衬托作用。《国殇》一扫楚辞惯用的香草美人和比兴手法，通篇直赋其事，造成一种刚健朴质的风格，在《九歌》中独树一帜。"国殇"一词，后来就成了为匡捐躯的烈士之代称。

| 按语 |

这首诗中敌强我弱场面，有其特定历史背景，赏析不能脱离这个背景。

江南逢李龟年 （唐）杜　甫

岐王宅里寻常见，崔九堂前几度闻。

正是江南好风景，落花时节又逢君。

大历五年（770）作于长沙。李龟年是开元天宝间著名歌唱家，《明皇杂录》云："开元中，乐工李龟年善歌，特承顾遇，于东都洛阳大起第宅。其后流落江南，每遇良辰胜景，为人歌数阕，座中闻之，莫不掩泣罢酒。"杜甫年轻时出入于洛阳社交界、文艺界（翰墨场），曾多次领略过李龟年的歌声。昨天的大名人，今日的漂泊者，猝然相遇，慨何胜言。诗人将可以写成大部头回忆录的内容，铸为一首绝句，然二十八字中有太多的沧桑。

岐王是玄宗御弟李范，崔九是玄宗朝中书令崔湜弟殿中监崔涤，这两人的堂宅分别在东都洛阳的崇善坊、遵化里。他们都是礼贤下士、在文艺界广有朋友的权贵人物，其堂宅也就自然成为当时的文艺沙龙。大歌星李龟年、洛阳才子杜甫都曾是这里的座上客。所以只一提"岐王宅"、"崔九堂"，当年王侯第宅、风流云集，种种难忘的旧事，就会一齐涌上心头。"寻常见"又意味着后来的多年不见和今日的难得再见，"几度闻"意味着后来的多年不闻和今日难得重闻（杜甫该是从那变得悲凉的歌声中发现李龟年的吧）。意味深长的是，当年没人会给"寻常"的东西以足够的重视，而今失去随时相聚的机会，相逢的经常性（寻常）本身也就成了值得珍视（不同寻常）的东西了。这就是沧桑之感。

后二句写重逢，和以前的"寻常"和"几度"相呼应，是今日的"又重逢"。表面的口气像是说在彼此相逢的次数上又增加了一次，事实却不像它声称的、如同春回大地的那样简单。江南的春天的确照样来临，然而国事是"战血流依旧，军声动至今"，身世是"飘飘何所似，天地一沙鸥"。如此重逢岂容易哉！今日重逢，几时能再？李龟年还在唱歌，然而"风流（已）随故事，（又哪能）语笑合新声？"（李端《赠李龟年》）他正唱着"红豆生南国"、"清风明月苦相思"一类盛唐名曲，赚取乱离中人的眼泪，盛唐气象却早已一去不返了。这恰如异日孔尚任《桃花扇》中《哀江南》一套所唱："俺曾见，金陵玉殿莺啼晓，秦淮水榭花开早，谁知道容易冰消。眼看他起朱楼，眼看他宴宾客，眼看他楼塌了。……残山梦最真，旧境丢难掉，不信这舆图换稿。诌一套哀江南，放悲声唱到老。"诗中"落花时节"的"好风景"，却暗寓着"流水落花春去也，天上人间"的沧桑感和悲怆感；四十年一相逢，今虽"又逢"，几时还"又"。

诗当是重逢闻歌抒感，却无一字道及演唱本身，无一字道及四十年间动乱巨变，无一字直抒忧愤。然"世运之治乱，年华之盛衰，彼此之凄凉流落，俱在其中"（《唐诗三百首》），这才叫"不著一字，尽得风流"。

这首诗无一字道及滇唱本身、无一字道及四十年间动乱巨变、无一字直抒忧愤，然世运之治乱、年华之盛衰、彼此之凄凉流落，俱在其中。读这样的诗，不知人论世行吗？

听弹琴 （唐）刘长卿

泠泠七弦上，静听松风寒。

古调虽自爱，今人多不弹。

诗题一作"弹琴"。《刘随州集》为"听弹琴"，从诗中"静听"二字细味，题目以有"听"字为妥。

琴是我国古代传统民族乐器，由七条弦组成，所以首句以"七弦"作琴的代称，意象也更具本。"泠泠"形容琴声的清越，逗起"松风寒"三字。"松风寒"以风入松林暗示琴声的凄清，极为形象，引导读者进入音乐的境界。"静听"二字描摹出听琴者入神的情态，可见琴声的超妙。高雅平和的琴声，常能唤起听者水流石上、风来松下的幽静肃穆之感。而琴曲中又有《风入松》的调名，一语双关，用意甚妙。

如果说前两句是描写音乐的境界，后两句则是议论性抒情，牵涉到当时音乐变革的背景。汉魏六朝南方清乐尚用琴瑟，而到唐代，音乐发生变革，"燕乐"成为一代新声，乐器则以西域传入的琵琶为主。"琵琶起舞换新声"的同时，公众的欣赏趣味也变了。受人欢迎的是能表达世俗欢快心声的新乐。穆如松风的琴声虽美，如今毕竟成了"古调"，又有几人能怀着高雅情致来欣赏呢？言下便流露出曲高和寡的孤独感。"虽"字转折，从对琴声的赞美进入对时尚的感慨。"今人多不弹"的"多"字，更反衬出琴客知音者的稀少。

有人以此二句谓今人趋时尚不弹古调，意在表现作者的不合时宜，是很对的。刘长卿清才冠世，一生两遭迁斥，有一肚皮不合时宜和一种与流俗落落寡合的情调。他的集中有《幽琴》（《杂咏八首上礼部李侍郎》之一）诗曰："月色满轩白，琴声宜夜阑。飀飀青丝上，静听松风寒。古调虽自爱，今诗人多不弹。向君投此曲，所贵知音难。"其中四句就是这首听琴绝句。"所贵知音难"也正是诗的题旨之所在。"作诗必此诗，定知非诗人"，诗咏听琴，只不过借此寄托一种孤芳自赏的情操罢了。

| 按语 |

　　知道唐代音乐变革的社会背景，对理会诗人的心情是大有帮助的。

贾生 (唐) 李商隐

宣室求贤访逐臣，贾生才调更无伦。

可怜夜半虚前席，不问苍生问鬼神。

　　"贾生"即贾谊，西汉著名的政治家和文学家。他少年得志，跻身高位，却又遭遇谗逐，贬谪长沙，对屈原怀有很深的同情。前人咏贾谊，多就其贬谪长沙一事抒发感慨。这首诗却与众不同，选择贾谊别一事迹咏之。

　　"宣室求贤访逐臣，贾生才调更无伦。"这两句陈叙贾谊与汉文帝宣室晤对之事。原来汉文帝迷信，在祭祀活动中有一些事弄不明白，想到贾谊博学，遂将其从长沙召回，秘密接见于宣室——未央宫前殿正室，向他请教。接见结束后，文帝情不自禁地说："我很久没见到贾生了，自以为胜过他，今天知道不如他。"事见《史记·屈原贾生列传》。"贾生才调更无伦"句，就是模仿汉文帝的语气。作者先把宣室夜对定位为"求贤"——而求贤若渴，又是明君成事，明君所以为明君的必要条件。"逐臣"固然不幸，而受知于文帝，照理又是幸运的。不过，这一笔只是欲抑先扬，为下文造势。

118

"可怜夜半虚前席，不问苍生问鬼神。"这两句揭示宣室晤对实质上的荒诞不经。"夜半"点明宣室晤对的时间，暗示这是一番秘谈，而且时间谈得很久。表明文帝对贾谊的倚重。"前席"指汉文帝在交谈中，情不自禁地在座席上向前挪动位置，与贾谊越靠越近。表明文帝与贾谊谈话的投机、态度的虔诚。然而，"可怜"与"虚"（徒然）字作成的感叹，却使"夜半前席"从根本上动摇了。最后，以"不问"与"问"作成唱叹，反跌极重。"问鬼神"，指汉文帝在宣室请教贾谊的内容，其目的不外乎求上天神灵确保社稷的平安。然而，"子不语怪力乱神"（《论语·述而》），儒家政治理念一言以蔽之曰"保民而王"（孟子）。君臣对晤，理当以苍生为念。而"不问苍生问鬼神"，就从根本上颠覆了儒家政治理念，则其追求则无异于缘木求鱼。"逐臣"贾谊的幸乎不幸，也就不言而喻了。

中国古代有个寓言叫南辕北辙，大意说一个赶车的，方向错了，却强调他车马好、态度虔诚，结果离他的目标越来越远。"不问苍生问鬼神"，就是一个方向性错误；"贾生才调更无伦"，就是一乘好的车马；"夜半前席"，就是虔诚的态度。请问，文帝能接近他的目标吗？全诗谓君王虔诚固然大好，但若舍本逐末、南辕北辙，则枉然有此虔诚也！三句先置一叹以为悬念，末句方补叙理由，便饶唱叹之音。清人施补华谓其"以议论驱驾书卷，而神韵不乏"，就是这个缘故。

| 按语 |

咏史诗，对历史背景的了解特别重要。

秦妇吟 （唐）韦　庄
（原诗太长，从略）

《秦妇吟》无疑是我国诗史上极富才气的文人长篇叙事诗之一。长诗诞生的当时，民间就广有流传，并被制为幛子悬挂。作者则被呼为"秦妇吟秀才"。其风靡一世，盛况可想而知。然而，由于政治避忌的缘故，韦庄本人晚年即讳言此诗，"他日撰家戒，内不许垂《秦妇吟》幛子，以此止谤"（《北梦琐言》）。后来此诗不载于《浣花集》，显然出于作者割爱。致使宋元明清历代徒知其名，不见其诗。至近代，《秦妇吟》写本复出于敦煌石窟，然而，由于诗中颇见作者仇视农民起义的立场，所以新中国成立以来文学史著作及古代文学作品选本，对它仍旧持冷落与排斥态度。然而这种做法并不妥当。

从唐僖宗广明元年（880）冬到中和三年（883）春，即黄巢起义军进驻长安的两年多时间里，唐末农民起义发展到高潮，同时达到了转捩点。由于农民领袖战略失策和李唐王朝官军的疯狂镇压，斗争空前残酷，而人民蒙受着巨大的苦难和惨重的牺牲。韦庄本人即因应举羁留长安，兵中弟妹一度相失，又多日卧病，他便成为这场震撼神州大地的社会剧变的目击者。经过一段时间酝酿，在他离开长安的翌年，即中和三年，在东都洛阳创作了这篇堪称他平生之力作的史诗。在诗中，作者虚拟了一位身陷兵中复又逃离的长安妇女"秦妇"对邂逅的路人毕叙其亲身经历，从而展现了那一大动荡的艰难时世之面面观。《秦妇吟》既是一篇诗体小说，又具有纪实性质。

全诗共分五大段。首段叙事人与一位从长安东奔洛阳的妇人（即秦妇）于途中相遇，为全诗引子；二段为秦妇追忆黄巢起义军攻陷长安前后的情事；三段写秦妇在围城义军中三载触目惊心的种种见闻；四段写秦妇东奔途中所见所闻所感；末段通过道听途说，对相对平定的江南寄予一线希望，为全诗结尾。

《秦妇吟》用大量篇幅叙述了农民军初入长安引起的骚动。毫无疑问，在这里，作者完全站在李唐王朝的立场，是以十分仇视的心理看待农民革命的。由于戴了有色眼镜，即使是描述事实方面也不无偏颇，攻其一点而不及其余。根据封建时代正史（两唐书）记载，黄巢进京时引起坊市聚观，可见大体上做到秩序井然。义军头领尚让慰晓市人的话是：

"黄王为生灵，不似李家不恤汝辈，但各安家。"而军众遇穷民于路，竟行施遗，唯憎官吏，黄集称帝后又曾下令军中禁妄杀人。当然，既是革命，便难免混有污秽和血；加之队伍庞大，禁令或不尽行，像《新唐书·黄巢传》所记载"赃酉择甲第以处，争取人妻女乱之"的破坏纪律的行为总或不免。而韦庄却抓住这一端作了"放大镜"式的渲染：

> 适逢紫盖去蒙尘，已见白旗来匝地。扶赢携幼竟相呼，上屋缘墙不知次。南邻走入北邻藏，东邻走向西邻避。北邻诸妇咸相凑，户外崩腾如走兽。轰轰崐崐乾坤动，万马雷声从地涌。火迸金星上九天，十二官街烟烘炯。……家家流血如泉沸，处处冤声声动地，舞伎歌姬尽暗捐，婴儿稚女皆生弃。……

"秦妇"的东西南北邻里遭到烧杀掳掠，几无一幸免，仿佛世界的末日到了。整个长安城就只有杀声与哭声。由于作者把当时的一些传闻集中夸大，也就不免失实。但是，就在这些描写中，仍有值得读者注意的所在。那就是，在农民起义风暴席卷之下，长安的官吏财主们的惶惶不可终日的仇视恐惧心理，得到了相当生动的再现。在他们眼中，一切都"糟得很"，不仅起义军的"暴行"令人发指，就连他们的一举一动，包括沿袭封建朝廷之制度，也是令人作呕的：

> 衣裳颠倒语言异，面上夸功雕作字。柏台多半是狐精，兰省诸郎皆鼠魅。还将短发戴华簪，不脱朝衣缠绣被。翻持象笏作三公，倒佩金鱼为两史。

诗句于嘲骂中表现的致对阶级对农民起义的仇视心理，可谓入木三分。这段迹近污蔑的文字，却从另一个角度，生动地反映出黄巢进入长安后的失策，写出农民领袖是怎样惑于帝王将相的错误观念，在反动统治阶级力量未曾肃清之际就忙于加官赏爵，作茧自缚，钻进怪圈。因而具有深刻的认识意义。由此我们发现诗中涉及这方面的内容相当丰富，它还写到了农民起义军是怎样常处三面包围之中，与官军进行拉锯战，虽经艰苦卓绝之奋斗而未能解围；他们又是怎样陷入危境，自顾不暇，也就无力解民于倒悬，致使关铺人民饿死沟壑、析骸而爨；以及他们内部藏纳的异己分子是如何时时在祈愿他们的失败，盼望恢复失去的天堂。而这些生动形象的史的图景，是正史中不易看到的，它们体现出作者的才力。恰如列宁在介绍一位白俄作家小说时所说："考察一下，切齿的仇恨怎样使这本极有才气的书，有的地方写得非常好，有的地方写得非常糟，是很有趣的。"我们也有趣地看到，韦庄笔下的农民军将士形象，有的地方写得非常糟，有的地方却写得非常好。

正如上文所说，《秦妇吟》是一个动乱时代之面面观，它的笔锋所及，又远不止于农民军一面，同时还涉及了封建统治者内部。韦庄在描写自己亲身体验、思考和感受过的社会生活时，违背了个人的政治同情和阶级偏见，将批判的锋芒指向了李唐王朝的官军和割据的军阀。诗人甚至痛心地指出，他们的罪恶有甚于"贼寇"黄巢。《秦妇吟》揭露的官军罪恶大要有二：其一是抢掠民间财物不遗余力，如后世所谓"寇来如梳，兵来如篦"。诗中借由乱前纳税大户，乱后沦为乞丐的新安老翁之口控诉说：

千间仓兮万斯箱，黄巢过后犹残半。自从洛下屯师旅，日夜巡兵入村坞。匣中秋水拔青蛇，旗上高风吹白虎。入门下马如旋风，罄室倾囊如卷土。家财既尽骨肉离，今日残年一身苦。一身苦兮何足嗟，山中更有千万家……

122

其二便是杀人甚至活卖人肉的勾当。这一层诗中写得较隐约，陈寅恪、俞平伯先生据有关史料与诗意互参，发明甚确，扼要介绍如次。据《旧唐书·黄巢传》，"时京畿百姓皆寨于山谷，累年废耕耘。贼坐空城，赋输无入，谷食腾踊。米斗三四千。官军皆执山寨百姓于贼，人获数十万"。《秦妇吟》则写道："尚让厨中食木皮，黄巢机上刲人肉"、"夜卧千重剑戟围，朝餐一味人肝脍"，而这些人肉的来源呢？诗中借华岳山神的引咎自责来影射讽刺山东藩镇便透露了个中消息：

> 闲日徒歆奠飨恩，危时不助神通力。……寰中箫管不曾闻，筵上牺牲无处觅。旋教魔鬼傍乡村，诛剥生灵过朝夕。

俞平伯释云："筵上牺牲"指三牲供品；"无处觅"就得去找；往哪里去找？"乡村"，史所谓"山寨百姓"是也。"诛剥"，杀也。"诛剥生灵过朝夕"，以人为牺也，直译为白话，就是靠吃人过日子。以上云云正与史实相符。黄巢破了长安，珍珠双贝有的是——秦妇以被掳之身犹曰"宝货虽多非所爱"，其他可知——却是没得吃。反之，在官军一方，虽乏金银，"人"源不缺。"山中更有千万家"，新安如是，长安亦然。以其所有，易其所无，于是官军大得暴利。凡此两端（抢掠与贩人），均揭露出封建官军及军阀与人民对立的本质，而韦庄晚年"北面亲事之主"王建及其僚属，亦在此诗指控之列。陈寅恪谓作者于《秦妇吟》其所以讳莫如深，乃缘"志希免祸"，是得其情实的。

韦庄能写出如此具有现实主义倾向的巨作，诚非偶然。他早岁即与老诗人白居易同寓下邽，可能受到白氏濡染；又心仪杜甫，寓蜀时重建草堂，且以"浣花"命集。《秦妇吟》一诗正体现了杜甫、白居易两大现实主义诗人对作者的影响，在艺术上且有青出于蓝之处。杜甫没有这种七言长篇史诗，唯白居易《长恨歌》可以譬之。但《长恨歌》浪漫主义倾向较显著，只集中表现两个主人公爱的悲欢离合。《秦妇吟》纯乎写

123

实，其椽笔驰骛所及，时间跨度达两三年之久，空间范围兼及东、西两京，所写为历史的沧桑巨变。举凡乾坤之反复，阶级之升降，人民之涂炭，靡不见于诗中。如此宏伟壮丽的画面，元、白亦不能有，唯杜甫（五言古体）有之。但杜诗长篇多政论，兼及抒情。《秦妇吟》则较近于纯小说的创作手法，诸如秦妇形象的塑造、农民军入城的铺陈描写、金天神的虚构、新安老翁的形容……都是如此。这比较杜甫叙事诗，可以说是更进一步了。在具体细节的刻画上，诗人摹写现实的本领也是强有力的。如：

> 前年庚子腊月五，正闭金笼教鹦鹉。斜开鸾镜懒梳头，闲凭雕栏慵不语。忽看门外起红尘，已见街中擂金鼓。居人走出半仓皇，朝士归来尚疑误。是时四面官军入，拟向潼关为警急。皆言博野自相持，尽道贼军来未及。须史主父乘奔至，下马入门痴似醉。

通过街谈巷议的情景和一个官人的仓皇举止，将黄巢军入长安之迅雷不及掩耳之势和由此引起的社会震动，描绘得十分逼真。战争本身是残酷的，尤其在古代战争中，妇女往往被作为一种特殊战利品，而遭到非人的待遇。所谓"马边悬男头，马后载妇女。"（蔡琰）《秦妇吟》不但直接通过一个妇女的遭遇来展示战乱风云，而且还用大量篇幅以秦妇声口毕述诸邻女伴种种不幸，画出大乱中长安女子群像，具有相当的认识价值。其中"旋抽金线学缝旗，才上雕鞍教走马"二句，通过贵家少妇的生活丕变，"路上乞浆逢一翁"一段，通过因破落而被骨肉遗弃的富家翁的遭遇，使人对当时动乱世情窥斑见豹。后文"还将短发戴华簪"数句虽属漫画笔墨，又足见农民将领迷恋富贵安乐，得意忘形，闹剧中有足悲者。从"昨日官军收赤水"到"又道官军悉败绩"十数句，既见农

124

民军斗争之艰难顽强，又见其志气实力之日渐衰竭……凡此刻画处，皆力透纸背；描摹处，皆情态毕见。没有十分的艺术功力，焉足办此。《秦妇吟》还着重环境气氛的创造。如：

> 长安寂寂今何有，废市荒街麦苗秀。采樵斫尽杏园花，修寨诛残御沟柳。华轩绣毂皆销散，甲第朱门无一半。含元殿上狐兔行，花萼楼前荆棘满。昔时繁盛皆埋没，举目凄凉无故物。内库烧为锦绣灰，天街踏尽公卿骨。

这一节写兵燹后的长安被破坏无遗的状况，从坊市到宫室，从树木到建筑，曲曲道来，纤毫毕见，其笔力似在《长恨歌》《连昌宫词》描写"安史之乱"导致破坏的文字之上。尤其"内库烧为锦绣灰，天街踏尽公卿骨"，竟使时人垂讶，堪称警策之句。"长安寂寂今何有，废市荒街麦苗秀"，洛阳呢，"东西南北路人绝，绿杨悄悄香尘灭"，而一个妇人在茫茫宇宙中踽踽独行，"朝携宝货无人问，暮插金钗惟独行"。到处是死一般的沉寂，甚至比爆发还可怕，这些描写较之汉魏古诗"出门无所见，白骨蔽平原"一类诗句表现力更强，更细致成功地创造了一种恐怖气氛。

《秦妇吟》在思想内容上是复杂而丰富的，艺术上则有所开创，在古代叙事诗中堪称扛鼎之作。由于韦庄的写实精神在相当程度上克服了他的阶级偏见，从而使得此诗在杜甫"三吏"、"三别"、白居易《长恨歌》之后，为唐代叙事诗树起了第三座丰碑。

| 按语 |

这篇赏析指出——《秦妇吟》是一个动乱时代之面面观，它的笔锋所及，又远不止于农民军一面，同时还涉及了封建统治者内部。韦庄在描写自己亲身体验、思考和感受过的社会生活时，违背了个人的政治同情和阶级偏见，将批判的锋芒指向了李唐王朝的官军和割据的军阀。评人甚至痛心地指出，他们的罪恶有甚于"贼寇"黄巢。这就是通过论世，即用历史唯物主义的观点来阅读史诗得出的结论。

关山月 （宋）陆 游

　　和戎诏下十五年，将军不战空临边。朱门沉沉按歌舞，
厩马肥死弓断弦。戍楼刁斗催落月，三十从军今白发。笛里
谁知壮士心，沙头空照征人骨。中原干戈古亦闻，岂有逆胡
传子孙！遗民忍死望恢复，几处今宵垂泪痕。

　　《乐府解题》云："《关山月》，伤离别也。"这首借乐府古题抒发对国
事的现实感愤的诗，是陆游于淳熙四年（1177）在成都时作。五年前诗人
到过南郑前线，职衔是四川宣抚使司干办公事兼检法官，与主将王炎关
系亲密。他们热心筹划恢复大业时，南宋政策变为对金求和，王炎被调
离前线，随即罢官，从此西线无战事。在诗中，陆游更把"将军不战"
的局面追溯到十五年前的隆兴和议，批判的锋芒直指朝廷："和戎诏下十
五年，将军不战空临边"，这两句是全诗的纲，写出了一个大气候，以下
两句再写上层腐化生活和战备不修的状况："朱门沉沉按歌舞，厩马肥死
弓断弦。"厩马肥死，与将军不战，英雄髀肉复生，同可发人一慨。战马
的形象从来是"锋棱瘦骨成"（杜甫）、"向前敲瘦骨，犹自带铜声"（李贺）
的，其死不是悲，可悲在于肥死——一"肥"字耐人玩味。则南宋一朝
的文恬武嬉，于此可见一斑。

　　"戍楼刁斗催落月"四句用特写镜头加内心独白，写出等闲白头的战
士月下的悲哀。诗中"三十从军今白发"的征戍者，实是一代健儿的写
照。战声的低落使他感到消沉，在月夜想起无数阵亡的战友，他们洒血
抛骨，作了徒然的牺牲，叫幸存的人为之难过，这种悲愤尽管宣泄于笛
声，却是"我心伤悲，莫知我哀"（《采薇》）。和戎诏下有伤军心也若此！

　　"中原干戈古亦闻"二句是抒情性议论。古代也有边患，汉唐也发生
过抵御异族的战争，甚至也有胡马窥江之事，然而，让异族几十年盘踞

中原奴役汉族的事则闻所未闻。这实际上是谴责南宋最高统治者的无能与不肖。诗人想象沦陷区人民对南宋王朝寄予的厚望和失望，及其在铁蹄蹂躏下的悲痛境遇："遗民忍死望恢复，几处今宵垂泪痕。"和戎诏下大失民心也若此！

七言古体诗一般宜于铺叙刻画和酣畅地抒情，唐以来作者动辄数百言，乃至上千言，而陆游的七古没有超出三百字的。故《石遗室诗话》云："放翁古诗善于用短。"像这首《关山月》几乎概括了南宋一代社会现实，却只有十二句八十余字。诗人从长达十五年广阔的社会生活图景中挑选出三个很典型的画面：朱门、戍地、沦陷区的情景，而"朱门沉沉按歌舞"、"沙头空照征人骨"、"几处今宵垂泪痕"这些空间距离很大的画面，却由于时间的统一，即发生在同一个月夜，而紧密联系起来。

| 按语 |

《关山月》借古题叙时事，几乎概括了南宋一代社会现实：自宋孝宗隆兴和议以后，宋室对外政策由备战转之向金求和，从而战声沉寂，文恬武嬉，恢复无望，国事堪忧。面对这样的现实，爱国诗人所以倍觉沉痛。

汶川纪行（现代）于右任

往哲辛勤迹未消，流传佳话水迢迢。

曾经玉垒关前望，父子河渠夫妇桥。

《汶川纪行》共七首，此其一，作者自注云："在灌县一日，游伏龙观、二王庙，并观索桥。"灌县即今四川都江堰市，举世闻名的古代水利工程——都江堰在焉。工程由鱼嘴、飞沙堰、宝瓶口三部分组成。鱼嘴建在江心，把岷江劈为内外二江，外江排洪，内江灌溉；飞沙堰泄洪排沙，调节水量；宝瓶口状若瓶颈，为内江总引水口。这项水利工程相传是公元前256年蜀郡太守李冰父子率众修建，历二千余年，至今造福川西平原，而玉垒山麓的二王庙，就是为纪念李冰父子而修的。

二王庙前的安澜桥亦称索桥，是都江堰一大景观，它为行人提供交通和旅游设施。然而在索桥修建之前，此间仅有官渡可通。相传清顺治年间一位姓何的秀才，从妻子纺绩过程中得到启示，首议架桥。办法是以竹为缆，铺以木板，悬于江上。这项工程为两岸群众带来方便，又由于缺乏安全设施，而出了事故——赶集的人群踏翻索桥，落水身亡——于是何秀才锒铛入狱，成了牺牲，索桥亦废。秀才娘子悲痛之余，却不服输。她从幼儿的摇篮不易倾覆得到启示，于嘉庆年间重建索桥，增设了两边的扶栏，获得了成功。后人因称之为"夫妻桥"。今日索桥仍仿原样而固之以钢索，就更加安全了。

无论是古代的李冰父子，还是传说中的秀才夫妇，他们的事迹都反映出中华民族的某些传统的美德和高尚品质，那就是智慧勤劳，前仆后继，勇于献身的精神。作为追随中山先生从事国民革命数十年的元老，作者歌咏先贤往哲，其意固不止于李冰父子与秀才夫妇，这是诗的兴味所在。

这首诗颇具风调。作者对于先贤往哲的事迹，仅仅提到而已，并没有大唱赞歌。他似乎不经意道："曾经玉垒关前望，父子河渠夫妇桥"，一种肃然起敬之意，一种心驰神往之情，溢于言表。而谓艰难劳苦之业绩为"佳话"及"迹未消"三字轻描淡写，无艰难劳苦之态，而有举重若轻之力；"水迢迢"三字兴象超妙，扣佳话之"流传"不绝极切；"父子河渠"与"夫妇桥"的句中自对，更是信手拈来，天衣无缝，越读越有味。

| 按语 |

这首小诗就都江堰二王庙前的索桥题咏，涉及安澜桥修建过程中一段可歌可泣的传说，因而了解这一传说，才能更好地发明这首诗饱含的情感与韵味。

第四讲

诗法

按识字、知人、论世等命题，本章本可称"明法"，然而为了使读者一目了然，不如称"诗法"来得便当。自由出于对必然的认识，赏析诗歌也应注意把握其客观规律性。"内行看门道，外行看热闹"，欣赏也是如此。赏析诗歌最好能有一点写作诗歌的经验（教训也可以）。如完全没有写的经验，至少应该懂一点诗歌创作方法。纯粹的门外汉，是很难深入诗艺堂奥的。

一　佳句法如何

本节着重要谈的是诗词曲相对于散文，从语言到表现手法上的若干主要特点。对于诗文通用的修辞法如比喻、夸张等，则不过多涉及。西方结构主义诗论对于诗歌语言到表现手法的特征，有极其精到的观点。这种理论认为，诗歌语言是对常规语言的系统违反，诗歌手法在总体上显出一种普遍的反常规特征。

传统诗词特别是近体诗词创作，须寻章摘句，裁红晕碧，约语准篇，锦绣成文。作者大体乘兴先得佳句，片言据要，即一篇中之主笔，亦一篇成败之关键，故前人或称作诗填词为觅句。佳句安放停当，即据以定韵。余笔则可以循韵以求，配合主意，或补充，或点缀。又由于诗韵较窄，如于句成后调整，难免乎削足适履。所以，也可以先定韵，然后觅句，这样比较为主动。古人多限韵乃至步韵之作，即是此理。

由此看来，诗歌较散文所受语言限制因素（如韵式、字数、格律等）较多。然而，限制的作用并不全是消极的，形式上的因素也能产生意义。一般语言（散文语言）所受限制越多，表现内容的可能性越小；而诗歌语言的限制越多，它表达的内容越丰富。这种看法完全符合我国古代诗词的悠久实践，可见旧体诗束缚思想的说法片面性很大，尤非绝对真理。

诗词在语言上与散文有明显不同，"这突出表现在散文中必不可少的虚字上。如'之''乎''者''也''矣''焉''哉'等，在齐梁以来的五言诗中已经可以一律省略。这绝不是一件简单的事情。我们只要试想想在今天的白话诗中如果一律省掉相当于一个'之'字的'的'字，就将会感到如何的困难和不自然，便可知了。散文中的虚字既不止于上述那些，而诗中能省掉的也不止于就是虚字，像'妖童宝马铁连钱，娟妇盘龙金屈膝'这类诗中常见的句法，就一律的没有了动词，像'一洗万古凡马空'这样的名句，也只能是诗中的语法。事实上这是一些构成语句时通常的字的大量精减，然而却丝毫不感到不方便和不自然，相反的也就更集中，更灵活，更典型。"（林庚《唐诗的语言》，有删节）这样一种省略，也就是常规语言规律的违反，其结果怎样呢？是诗歌语言一方面更加整饬、铿锵了，另一方面则更加凝练、隽永了：

鸡声茅店月，人迹板桥霜。（温庭筠《商山早行》）

没有一个动词形容词，全是名词的拼接，类乎一些词组，然而它却比两个散文的单句能传达更多的意思。梅尧臣论作诗说："诗家虽率意，而造语亦难。若意新语工，得前人所未道者，斯为善也。必能状难写之景如在目前，含不尽之意见于言外，然后为至矣。"于是拈出温庭筠的这两句说："道路辛苦。羁愁旅思，岂不见于言外乎？"（欧阳修《六一诗话》）

花钿委地无人收，翠翘金雀玉搔头。（白居易《长恨歌》）

后一句并列三种首饰，而花钿散落一地的景象如见。杨贵妃之死是多么凄惨。

> 中军置酒饮归客，胡琴琵琶与羌笛。（岑参《白雪歌送武判官归京》）

后一句并列三乐器，则满堂丝竹，急管繁弦如闻。离别的情意渲染得多么浓厚。这一诗词（曲）语言上的特点，在以下一首著名的元人小令中达到极致：

> 枯藤老树昏鸦，小桥流水人家，古道西风瘦马。夕阳西下，断肠人在天涯。（马致远《天净沙》）

这支曲子五句二十八字，前三句共写九样景物，其间似乎没有什么逻辑联系。然而，由于词曲结构的规定性起作用，这些名物搁在一起，就能产生超越常规的语言功效，组成一幅鲜明图画，秋原的景色、旅人的寂寞悲凉，全都有力地表现出来了。以少胜多，似乎是诗词语言的一种特质。不懂这一层，有些看去简单的诗句，意思也不好懂：

> 大道如青天，我独不得出。（李白《行路难》）

第一句不是说"大道难于上青天"，而是说"对旁人来说是康庄大道，对我来说则难如上青天"，其间有多少省略！

词是由词素（或音节）构成的，一经约定俗成，便不能随意颠倒或拆散。但在诗人，往往有不予理会者：

> 慨当以慷，幽思难忘。（曹操《短歌行》）

这里"慷慨"二字不但颠倒而且拆散了，给读者的感觉是比两字连用更具张力。

> 露从今夜白，月是故乡明。（杜甫《月夜忆舍弟》）

"白露"这个节气名被拆散颠倒了，给人的感觉也更具张力，景色宛如画出，句式也因对仗更加好看而动听了。北宋时，有位年轻人写了一首绝句，第三句是"日长奏罢长杨赋"，王安石替他颠倒两个字，变成"日长奏赋长杨罢"，而且教导他——"诗家语必此等乃健"。这个"健"字，也就是张力的形象说法描述。原句虽然很溜，改后的句子却精神得多。为什么？他把"长杨赋"这个名词拆散，重新组装，"赋"字被放在七言句很关键的第四字上，比放在句尾响亮得多。同理，"石泉流暗壁，草露滴秋根"（杜甫），原是"暗泉流石壁，秋露滴草根"，上下句各颠倒两字，反而觉声音和谐而意思警拔。

再从词语的搭配看诗词对散文语言常规的明显违反。散文的遣词造句，须根据词义考虑配合关系，有些词能够互相配合，有些词则不能配合，这是一种语言常规。而在诗词，结构因素（如平仄的相间相重，押韵或对仗规则）有更高的意义，以致与语言常规发生冲突时，后者往往妥协；而具有创造天赋的诗人词客，又得因利乘便，骋其才思，"争价一字之巧，争竞一韵之奇"，写成的诗句以其富于创造性为人喜闻乐道：

> 春心莫共花争发，一寸相思一寸灰。（李商隐《无题》）

在散文中，"相思"怎能以尺寸计量呢，"灰"也不能与"一寸"这个数量词搭配。然而李商隐这样写了，千古以来读者不但没有异议，而且还十分理解和欣赏它包含的痛切意味。在散文中，我们只说春意浓，而北宋词人中，却有一个大出风头的"红杏枝头春意闹"尚书（宋祁），王国维还说"春意"下著一"闹"字而境界全出。我们不也表赞成吗？这种违反散文常规的词语配搭，古人美称为"炼字"或"炼句"，诸如"气蒸云梦泽，波撼岳阳城"（孟浩然《临洞庭赠张丞相》），"泉声咽危石，日色冷青松"（王维《过香积寺》），那"蒸"、"撼"、"咽"、"冷"不也用得与散文有别吗？苏东坡说"反常合道为趣"，正是这话。

从古体诗到近体诗（新体诗），古代诗词在句法上也不断地打破散文常规，渐成规律。

鱼戏新荷动，鸟散余花落。（谢朓《游东田》）

迥异于散文句法的散行自然，趋于浓缩、错综。相对散文来说，最为特殊的便是诗词的对仗句。散文句法接近口语，而诗词的对仗纯出于人工。因为有对仗这种形式，使得语言的浓缩不仅必要，而且可能。"名岂文章著"一句单独看是不易理解的，然而由于有"官应老病休"的对句，两相比勘，得以揣摩，知为："文章岂著名，老病应休官"之意。古人在散文中也偶有用对仗来使语言精练，又免于费解，如《过秦论》："于是从散约解，争割地而赂秦。"假如只说"从散"而不说"约解"，便属难懂。正是由于对仗句式的大量存在，导致古代诗词常用的一种能使诗句既精练又可解的修辞手法——互文产生。如果忽略这种手法的存在，那就会对诗意产生误解，或莫名其妙。互文的本质还是一种省略，目的在于整饬文字，调和声韵。具体做法是两句中有同义语则此见彼省，令读者通过比勘去补足省略的意思。如汉乐府《战城南》：

战城南，死郭北。

说者或谓战争始于城南，终于郭北，颇觉牵强，就是不知互文的误会。其实两句是说：或战死于城南，或战死于郭北。极言战死者之多。

上句言战省死，下句言死省战。与此相同，古诗："南箕北有斗，牵牛不负轭"，从下句可推知上句意即：南箕（星名）不能簸扬，北斗不挹酒浆，三事皆比喻徒有虚名。又如：

　　　少妇今春意，良人昨夜情。（沈佺期《杂诗》）

　　"昨夜情"也属于少妇，"今春意"也属于良人，夫妇分担，也是互文。单个诗句有"当句对"式，往往也用这种手法。著例如"秦时明月汉时关"，将关、月分属秦、汉是互文，其意义即李白诗所谓："秦家筑城避胡处，汉家犹有烽烟燃。""有同义互文者，从互文之字定其意义。"（张相）徐仁甫《古诗别解》中的胜义，大多属于善用互文解诗。如解《古诗十九首》中的《明月皎夜光》道：

　　　《古诗十九首》第七首原文曰"明月皎夜光，促织鸣东壁。玉衡指孟冬，众星何历历。白露沾野草，时节忽复易。秋蝉鸣树间，玄鸟逝安适？昔我同门友，高举振六翮。不念携手好，弃我如遗迹。南箕北有斗，牵牛不负轭。良无盘石固，虚名复何益？"

　　其余十八首，皆词意显豁，初无自相刺谬之句，唯此一首，忽秋忽冬，时夜时昼，令人读之不得其解耳。自李善以来盖莫知其为互文者。莫知其为互文，故以秋蝉玄鸟为明实候，又以玉衡孟冬强合之，异说纷纭，而终不可通矣。《礼记》曰："孟秋之月，白露降。"今"玉衡指孟冬"，则白露之时节已易矣，下句言"时节忽复易"，则上句白露其为时节已易，可知也。《礼记》曰："孟秋寒蝉鸣。"又曰："仲秋之月，玄鸟归。"今"玉衡指孟冬"，则寒蝉不鸣，玄鸟已逝矣，下句问昔日玄鸟今

136

逝安适？则上句问昔秋蝉之鸣树间者，今逝安适？亦可知矣。盖诗句限于字数，非互文不足以达意。此《三百篇》之通例，由此可知，此诗首四句为眼前实景，次四句为追忆昔日之词，而决非实候也。特借白露时节之易，秋蝉玄鸟之逝，以兴起下文同门友之不念旧好，而高举弃我也。

骈句成为近体诗的主要句型，诗人逐渐从必然求得自由，奇迹便逐处发生，又非互文可尽：

云霞出海曙，梅柳渡江春。（杜审言《和晋陵陆丞早春游望》）

读者造次一观，说："这是以云霞出海写曙之美，以梅柳渡江形春之来呢。"反复玩味，原来在曙光出现于东方之前，即有朝霞满天的景象，故云"云霞出海曙"，暗示一个"早"字。梅残柳细，乃早春相互接替的两种物候；气候是由江南向江北逐渐转暖，物候的变化也是由江南往江北发生，故云"梅柳渡江春"。明点一个"春"字。诗人不但写出了春天美妙的景色，而且使人听到了春天的脚步声。两层意思，诗人各选五个字，按格律要求予以组合，便以最少的文字取得了极大的效果。字词的捌腾非常灵活，诗句的含蕴非常丰富，不愧为唐诗之名句。

应予专门指出的是诗词中倒装和错位的语序大量存在，也就是违反散文语序成为一种普遍的规律，不了解这一点，不但难于作诗，有时还难于解诗。如：

十里一走马，五里一扬鞭。（王维《陇西行》）

"盖云走马时一瞥头已十里。才一扬鞭，不觉已走到半路了。写其心头火急，走马迅速如见。"（金圣叹）如按散文语法，解作走五里才扬一次鞭，就大错特错了。同样道理，"灭烛怜光满，披衣觉露滋"（张九龄《望月怀远》）是说：怜月光而灭烛，觉露滋而披衣。"石泉流暗壁，草露滴秋根"（杜甫《日暮》）改写以散文语法应是"暗泉流于石壁，秋露滴在草根"。"故人家在桃花岸，直到门前溪水流"（常建《三日寻李九庄》）后一句是说"溪水直流到门前"。王勃《送杜少府之任蜀川》首云：

城阙辅三秦，风烟望五津。

有人认为若"城阙"为长安则不通，长安怎能辅"三秦"呢？必得解为成都才是。这也是未谙倒装为诗句语序之常例而发的不通之论。其实这两句皆倒装：长安以三秦为辅，望五津只一片风烟。这是一句之中语序倒置例。古诗云：

涉江采芙蓉，兰泽多芳草。

陈柱释曰："二句谓涉江原欲采芙蓉，而涉江之后，且有兰泽，内又多芳草也。"后人多从其说。徐仁甫别解道："余疑两句系颠倒以协韵。其实是兰泽虽多芳草，而涉江只采芙蓉也。《冉冉孤生竹》'思君令人老，轩车来何迟'，轩车来迟，故思君致老，亦倒句叶韵，此与之同。芙蓉是双关语，寓夫容。"（《古诗别解》）这是两句倒置例。

古代凡属讲究格律的文体，一般多用典故，诗词也不例外。作为修辞手法，古人又称"事类"，《文心雕龙·事类》："事类者，盖文章之外，据事以类义，援古以证今者也。"其主要功能除了使作品委婉、含蓄、典雅、精练而外，使用典故，还可使表达更灵活，属对更便利。如："贾生年少虚垂涕，王粲春来更远游。"（李商隐《安定城楼》）两句实是诗人诉说自身的状况，然不托言贾生、王粲，则不易属对。又如辛弃疾《水龙吟·登建康赏心亭》下片："休说鲈鱼堪脍，尽西风、季鹰归未？求田问舍，怕应羞见，刘郎才气。可惜流年，忧愁风雨，树犹如此。"连用关于张翰、许汜、桓温的三个典故，要表达的意思却是：虽有一官半职，却

138

不能有所作为，使人顿生倦宦之心；然而，自己能够抛弃国是而不问，甘心做个求田问舍的凡夫俗子，让别人笑话吗？归既不忍，留又无用，虽然尚属壮年，但深恐岁月虚掷，时不我待。但直说无味，用典则增加了联想和回味，也方便了协律，尤其是趁韵。

　　抒情诗本质上接近音乐，古代诗词尤重音乐美，有整饬之美，抑扬之美，回环之美。诗人有时为了照顾音情，连诗法常规都不顾，更不用说常规语法了。而这种有意的形式突破，往往产生杰作："昔人已乘黄鹤去，此地空余黄鹤楼。黄鹤一去不复返，白云千载空悠悠。"（崔颢《黄鹤楼》）这是律诗吗？三句三出"黄鹤"，在首联中还出现在两句同一部位；而三、四句根本不对仗。但这无妨它被人赞为盛唐七律的压卷之作。这是不顾诗式。至于李太白就更奇了，他似乎有意地要恢复一些散文句法，但又并非全部。"青冥"与"高天"本是一回事，写"波澜"似亦不必兼用"渌水"，写成"上有青冥之高天，下有渌水之波澜"（《长相思》）颇有犯复之嫌。然而，如径作"上有高天，下有波澜"却大为减色，怎么也读不够味。而原来带"之"字、有重复的诗句却显得音调曼长好听，且能形成咏叹的语感，正像《诗大序》所谓"嗟叹之不足，故永歌之"。这种句式，为李白特别乐用，它如"蜀道之难难于上青天"、"黄鹤之飞尚不得过"（《蜀道难》）、"弃我去者，昨日之日不可留"（《宣州谢朓楼饯别校书叔云》）"君不见黄河之水天上来"（《将进酒》）等，"之难"、"之日"、"之水"从文意看不必有，从音情上看断不可无，用来无限美妙。又如《灞陵行送别》："上有无花之古树，下有伤心之春草。"意趣亦同。凡此，又可说是无法而法。并非崔颢、李白不知常法，是知之而不顾啊。

　　强调文从字顺的古文，句中不得有闲字，否则将成蛇足。而作为讲究韵律的，诗词则不然，额外的增字，能如颊添三毫，益见神色。上述李白"之"字句是。又如《西厢记》第二本第一折［混江龙］中的"香消了六朝金粉，清减了三楚精神"，本是形容崔莺莺的相思憔悴，而"六朝"、"三楚"又作何讲？有人以为"六朝"为指香艳之文，"三楚"为指屈宋之文，真是牛头不对马嘴。王季思注云："意即金粉香消，精神清减耳。六朝、三楚，不过借以妆点字面（晚唐黄滔《秋色赋》已以三楚与六朝对举）。"这就是了。原来诗词是汉字书写的有声画，有一个词采动人与否的问题，不染色固有不失名作者在，而染色的情形则更为普遍。"妆点字面"就是一种染色。《西厢记》妙词是用"六朝"、"三楚"来妆点"金粉"、"精神"；而郑板桥《道情》云："文章两汉空陈迹，金粉南朝总废尘"，则只是说"两汉陈迹，南朝废尘"而已，又是用"文章"来妆点"两汉"、"金粉"来妆点"南朝"。从消极的角度看，这是凑合字句；从积极的意义说，这便是敷彩染色。

诗词中还有所谓"虚色"的运用，也是借字面形成一种设色的错觉，如杜甫："生理只凭黄阁老，衰颜欲付紫金丹"（《将赴成都草堂途中有作先寄严郑公》），"紫金丹"的"紫"已不得谓之实色，"黄阁老"的"黄"更不成其色，然而作成对仗，顿觉语言生辉，此亦字面之妆点。

诗歌语言对常规的违反，另一个很显著的后果便是它使得信息载体，诗歌语言的声音与文字的可理解性变得朦胧起来。有心的诗人也就据此故意造成双关或多义的模糊语言，为诗增添了不少意趣，以至读者每一遍阅读，都能从中发现新的东西。"羌笛何须怨杨柳"（王之涣《凉州词》），本是说"何须吹奏一曲哀怨的《折杨柳》呢"，但按诗人的造句，又似说笛声在埋怨春天的迟来，所谓"曲中闻折柳，春色未曾看"（李白《塞下曲》）。"五月江城落梅花"（李白《与史郎中钦听黄鹤楼上吹笛》），本是说"五月里在江城吹奏一曲《落梅风》"，但看起来倒像是说江城五月尚觉清寒。"今夜梅花何处落，风吹一夜满关山"（高适《塞上听吹笛》），本是说风传笛曲，一夜声满关山，却又形成梅花香雪洒满天山的奇异假象。"五月天山雪，无花只有寒"（李白《塞下曲》），是说因积雪而不见飞雪花，还是说不见草木之花？恐怕只宜兼顾。"欲得周郎顾，时时误拂弦"（李端《鸣筝》），是说在情郎前，慧心的女郎故意邀宠，还是因心不在焉而无意出错？有意无意间，读者可各得所解。由于这种多义性，诗词意蕴丰富深厚，使

140

它能在不同时代给不同层次的读者以美感享受。因此我们不可死心眼，以为每字、每句、每篇只有一个准确的解释。虽然这种情况是常有的，但例外却也不少。

以上仅涉及诗歌相对于散文从语言到表现上的一些显著特征，并未一一讨论诗词写作上的具体手法。因为那是另有专书，可以研读的。历来所论诗法，包括字法、句法、章法，定体、选韵、协律，命题、审题、谋篇，以及各种具体修辞手法如比兴、夸张、婉曲、反衬、加倍、通感等等，对于这些创作规律和手法的知识的了解，也对诗词欣赏有重要意义。诗法专书，历代均有，如唐皎然《诗式》、王昌龄《诗格》，宋严羽《沧浪诗话》、魏庆之《诗人玉屑》则有"诗法"专节，元傅与砺《诗法正论》、萧子肃《诗法》、揭曼硕《诗法正宗》、杨仲弘《诗法家数》，明清时代专书更多。近人林东海《诗法举隅》（上海文艺出版社），较有系统，新意迭出，可资参考。如要了解古代诗词声律方面的知识，则可读王力《汉语诗律学》，或其简本《诗词格律》。

二　楚雨含情皆有托

我国古代诗歌两大源头，即《诗经》与《楚辞》，已奠定了重视比兴象征手法的传统。"比"为《诗经》常用手法之一，而"香草美人以喻君子"在《离骚》为习见，因而比兴说诗，也就随之产生了。运用比兴寄托的好处至少有两点：诗歌离不开形象，而情感却不是具象的，使抽象的情感具象化，比兴寄托是有效的一法，此其一；诗歌要求精练含蓄，用比兴寄托写法耐人玩味，往往能收到言有尽而意无穷的效果，此其二。古代诗歌中大量运用这种手法，欣赏时也要善于体察诗人的寄意。"千形万象竟还空，映水藏山片复重。无限旱苗枯欲尽，悠悠闲处作奇峰。"（来鹄《云》）诗中人格化的云，实即旧时代那些自命"青天"而实际不问苍生的、高高在上的统治者的尊容，讽刺揭露性极强，用的正是比兴寄托手法。"飞雪带春风，徘徊绕乱空。君看似花处，偏在洛城中。"（刘方平《春雪》）诗中雪花虽然并不比喻什么，但通过"天寒风雪独宜富贵之家"，却显出别有寄意，并非为咏雪而咏雪，仍属比兴寄托。

若取喻的诗歌形象本身就反映着一种生活情景，不依赖托意便自具一定审美价值，那是比兴寄托手法运用的最高境界。前举朱庆馀《近试上张水部》就是很好的一例。不知其诗托意的读者，不妨将它作为一首新婚杂咏来欣赏，当一幅风俗小品画来玩味。诗中新妇的举止音容，合于规定情景，具有浓厚的生活气息，是性格化的，所以有独立的审美价值。相形之下，曹植《杂诗》："南国有佳人，容华若桃李。朝游江北岸，夕宿潇湘沚。时俗薄朱颜，谁为发皓齿。俯仰岁将暮，荣华难久恃。"就有离开生活运用比兴，把"托美人以喻君子"当作一种创作模式。一旦成了固定模式，比兴寄托手法也就失去了光彩，变得平庸无奇了。

就欣赏者而言，比兴说诗，应该从作品形象实际出发，探求作者用意。实事求是，要有真知灼见，不能离开作品实际捕风捉影，寻求所谓微言大义，否则不免厚诬作者，将好诗读坏。"一自高唐赋成后，楚天云雨尽堪疑。"（李商隐）因为比兴寄托大量存在，但将它绝对化，似乎比兴寄托无所不在，事情就会走向反面。捕风捉影，妄意比附的诗评向来不少，原因即在于此。

　　　独怜幽草涧边生，上有黄鹂深树鸣。

　　　春潮带雨晚来急，野渡无人舟自横。（韦应物《滁州西涧》）

这首绝句不但将暮春野渡景色写得优美如画，而且含蓄传达出行人待渡的惆怅心情。然而元人解此诗偏刻意求深，说前二句是"君子在下，小人在上之象"。只抓住"幽草"字面，拿"芳草美人以喻君子"的模式一套，任意比附不及其余，好诗便给说坏了。无怪乎沈德潜叹道："此辈

难与言诗。"（《唐诗别裁》）

> 太乙近天都，连山到海隅。
>
> 白云回望合，青霭入看无。
>
> 分野中峰变，阴晴众壑殊。
>
> 欲投人处宿，隔水问樵夫。（王维《终南山》）

此诗咏终南山景色。"近天都"形其高，"到海隅"言其远，"分野"二句言其大，末二句见山深而人寡，全诗气象壮阔而描写入微。但宋人说此诗是讥时之作，谓"'太乙近天都，连山到海隅'言势焰盘踞朝野也。'白云回望合，青霭入看无'言有表无其内也。'分野中峰变，阴晴众壑殊'言恩泽偏也。'欲投人处宿，隔水问樵夫'言畏祸深也。"（见《唐诗纪事》）前人已力斥其"迂腐穿凿"。这两例都属于脱离诗歌实际的牵强附会，也就是比附，比附是毫无根据的刻意求深。前举朱庆馀诗的比兴寄托，根据是诗题《近试上张水部》的暗示；来鹄《云》诗的拟人化形象，也是一种根据。然而理解力正常的读者，谁能从《滁州西涧》看出小人君子？从《终南山》归结于政局？比附，既不合于作家主观意图，又严重脱离作品客观实际，固不足取。

作者寓意，读者会心，是比兴寄托；作品本无，而论者随意强加，是比附。此外还有一种异乎二者的情况，即读者于作品别有会心，与比附说诗在实质上完全不同。如中唐诗人韩翃有一首著名的《寒食》绝句：

> 春城无处不飞花，寒食东风御柳斜。
>
> 日暮汉宫传蜡烛，轻烟散入五侯家。

诗评者几乎众口一词认为此诗是"借汉讽唐"。或云"五侯"指东汉宦官单超等五人，借以讽刺中唐宦官专权，朝政日乱；或云"五侯"指东汉外戚梁氏五侯，借讽玄宗时杨氏一门专权。总之有托讽。其实，这说法是否合于韩翃原意，就很难说。诗人同一类作品如《羽林曲》《少年行》《汉宫曲》等，大都兴会淋漓赞美诗中人的豪贵娇宠，并无讽意。而"烛以传火，清明日取榆柳之火赐近臣，此唐制也。"（沈德潜）《寒食》诗直叙其事，与其说是讽刺，倒像是赞美不置。据《本事诗》，此诗当时就很受德宗赏识，邸报制诰缺人，德宗亲自决定任用韩翃，因当时有同名姓者，他还专书"春城无处不飞花"一诗并批曰："与此韩翃"。由此可见，德宗就没有从这首诗中看出讽刺。但这并不等于说"借汉讽唐"之说全无道理。相反，作此解会自有其合理之处。因为作者虽无此意，而诗作的客观形象却可以使人产生那样的联想。诗人从生活中确乎抓到了一种典型现象，将它直接显现出来，而不作任何说明。诗歌一旦完成，也便具有了相对独立性。当读者通过一段距离去看作品，其潜在的意蕴便得到发掘，通常被称之为"形象大于思想"。《寒食》诗的情况正是如此。举国禁火之时，偏偏五侯之家可以燃烛，这本身就是一种特权的表现，而作者又未加任何限制读者思维和联想的说明。后世读者将诗中情景与当时政治弊端联系，便会从情景本身玩味出一种深刻的讽意。关于这种作品在欣赏过程中被赋予新意的现象，"会意"一章中还有专节讨论。

三　词别是一家

宋女词人李清照，在她著名的《词论》一文中，一口气指点批评了十数前辈作家，说欧阳修、苏轼"学际天人，作为小歌词，直如酌蠡水于大海，然皆句读不葺之诗尔"，王安石、曾巩"文章似西汉，若作一小歌词，则人必绝倒，不可读也"。也正是她首先揭示出"乃知词别是一家，知之者少"。这一见解在当时不仅是独到的，而且不失为真知灼见。纵观宋代词史，可分前后两期，而宋室南渡正好为之分疆划界。其前期即唐五代北宋时期，词的发展正是从诗的附庸逐渐独立，发展为与之分庭抗礼的大国，换言之，也就是词日趋"别是一家"的过程。李清照"别是一家"之说，为南渡以前词史画一句号，也有历史必然的缘故。尽管"以诗入词"乃至"以论入词"的苏辛大家都自有道理，但向来论者作家都不否认客观存在的诗词界限。万云骏《诗词曲欣赏论稿》自序中追忆从吴梅先生学词，便涉及这个问题：

> 还记得我初学填词，写得和近体诗差不多，先生对我说：这是诗，不是词。于是教我多读唐宋词人名篇，边读边写，慢慢地写得像词了。之后又学写曲给先生看，但先生说："这是秦、柳小词，不是曲。"于是多读元名家散曲、杂剧，再认真写曲，又慢慢地像起来了。（万云骏《诗词曲欣赏论稿》）

行家凭直觉便能判断是与不是、像与不像，可见诗、词、曲的差异确乎存在。作者于此辨析入微，有益于创作；读者于此略知大体，则有助于赏析。本节专谈诗词的区别，至于曲则留在下节去讲。

有人指出词体自从文人参与创作，便走上了狭深的道路。这"狭深"二字，便是词对诗在思想艺术两方面差异的最简单的概括。词本来叫曲子词，是从歌筵生长起来的，逐渐取代了五、七言近体作为歌诗的地位，因而在表现的题材与主题上，一开始与诗就有天然的分工，而非全盘的继承。尽管词中豪放一派，能表现多种题材，但从总体倾向看，词偏重于抒发人的内心情感尤其是"艳冶"之情，不以叙事、反映见长。"词之为体，要眇宜修，能言诗之所不能言，而不能尽言诗之所能言。诗之境阔，词之言长。"（王国维《人间词话》）诗的取材范围广、反映功能强，故词"不能尽言诗之所不能言"。而词却在一个方向上开掘更深、表现性较著，故又"能言诗之所不能言"。

"所谓词境，也就是通过长短不齐的句型，更为具体，更为细致，更为集中地刻画出某种心情意绪。诗常一句一意或一境，整首含义阔大，形象众多；词则常一首或一阕才一意，含意微妙，形象细腻。"（李泽厚《美的历程》）"宋人作词佳处在细密。凡词境宛如蕉心，层层剥进，又层层翻出，谓之细；篇无赘句，句无赘字，格调词意相当相对，如天成然不加斧削，谓之密。"（俞平伯《茸芷缭衡室札记一则》）由于词在艺术上追求深细，因而其表现手法趋于新巧，语言则较诗绮丽。由于上述从题材到手法的原因，词的艺术风格自以婉约为宗。"诗庄而词媚"，作为两种体裁的风格之大较，是并不错的。俞文豹《吹剑录》载：

> 东坡在玉堂，有幕士善讴。因问："我词比柳词何如？"对曰："柳郎中词，只合十七八女孩儿，执红牙拍板，唱'杨柳岸、晓风残月'。学士词，须关西大汉，执铁板，唱'大江东去'。"

而本色的词，正是写给"十七八女孩儿，执红牙拍板"唱的。其实，苏词即以"大江东去"为例，也不是一味豪放。词中说到"江山如画"，忽然引出个绝代佳人——小乔，来衬托谈笑破敌的周郎之儒雅、潇洒。"小乔初嫁"，非十七八女孩儿而何？在豪放词中加入这样一点婉约的因子，仍是照顾词体即歌词的本色。自称"虽作曲子，不曾道'彩线慵拈伴伊坐'"以骄柳永（事见《画墁录》）的"相公"晏殊，有《浣溪沙》云：

> 一曲新词酒一杯，去年天气旧池台。夕阳西下几时回？无可奈何花落去，似曾相识燕归来。小园香径独徘徊。

王士禛在回答人问诗词分界时就说："'无可奈何花落去，似曾相识燕归来'，定非香艳诗。"（《花草蒙拾》）其实这两句晏殊也曾用以入诗（《示张寺丞王校勘七律》），但它确乎"情致缠绵，音调谐婉的是倚声家语，若作七律，未免软弱。"（张宗橚《词林纪事》）当然，我们不能将诗词的界说绝对化，"诗似小词"（晁补之、张耒评秦观语，见《王直方诗话》）和"小词似诗"（前人评苏轼语）的交叉现象是客观存在的；但更不能采取相对主义态度，抹杀这一同样是客观存在的总体差异。

词体是在五、七言诗获得长足发展的前提下产生的，在形式上较五、七言诗有明显的差异，它既不排斥齐言（如《生查子》《木兰花》均属齐言体），却以长短句为形式特征。如果说在题材的适应性即反映生活的广度上，是诗包容词的话；那么，在句式的丰富上，却是词包容诗的。万云骏说得好：

汉字的书面语，一个字一个声音，从节奏和音节上讲，有两种情况：一种句子的收尾是三个字，五、七言诗的收尾就总是三个字的；还有一种句子的收尾是两个字，这种形式在五、七言诗中却容纳不下了。这就是说，五、七言诗与一般书面语相比较，存在着缺陷，这就自然引起了诗歌形式的变化。

词曲的长短句，以五、七言和四、六言为基本句式，平仄和谐，节奏分明，长短交错，低昂相间，参差中见整齐，整齐中见参差，实在是一种比较完善的形式。

五、七言句式是从唐诗来的，四、六言句式是从辞赋（骈文）来的。四、六言的基本句式只有四种：平平仄仄，仄仄平平，平平仄仄平平，仄仄平平仄仄。组织起来就是四四——四四，四六——四六，六四——六四。总之，词在句式上是一种综合性的发展。（万云骏《诗词曲欣赏论稿》）

还须稍加补充的是，即以五、七言句法而论，词也多出了上一下四、上三下四两式，平仄组合相应发生了变化。此外，从一到九言句式也间有用之。这样多的句式，在排列组合上，具有无限丰富的可能性，现见于记载的词牌数以千计，形式的变化伸缩性远远大于五、七言绝律体。有人曾戏将传为杜牧所作的《清明》绝句，重新标点，使之成为长短句：

> 清明时节雨，纷纷路上行人。欲断魂。借问酒家何处？有牧童遥指杏花村。

作为绝句的那种整齐形式和无往不复的唱叹语调，被长短句和错综有致的语调所代替，结构的改组，造成了韵味的更新。

词体句式在诗句的基础上发展和繁衍，有一个较为漫长的过程。从唐五代到北宋初期，词以小令为主，间有中调，总之篇章较短。当时作家常用词调如《浣溪沙》《菩萨蛮》《蝶恋花》《望江南》《生查子》《木兰花》等，乃以五、七言句式为主，节奏为上二下三、上四下三，声律亦与近体诗无异。如"照花前后镜，花面交相映"（温庭筠《菩萨蛮》）、"春水碧于天，画船听雨眠"（韦庄《菩萨蛮》）、"细雨梦回鸡塞远，小楼吹彻玉笙寒"（李璟《浣溪沙》）、"春花秋月何时了，往事知多少"（李煜《虞美人》）、"无可奈何花落去，似曾相识燕归来"（晏殊《浣溪沙》）、"平芜尽处是春山，行人更在春山外"（欧阳修《踏莎行》）等名句，除了句式或有参差，其余较律诗为近。在句群组织以及章法结构上，令词也与近体诗一样，以句、联为单位，可以说还没有具备特殊的词味。

到柳永登上词坛，大量采用长调，制作慢词，情况才发生了根本的转变。柳词尤其是柳词中的羁旅行役之作，多用六朝小品文赋写法，层层铺叙，情景交融，一笔到底。在句法结构上，柳词大量出现与近体诗迥乎不同的上三下二，上三下四的句法，同时大量采用了骈体的四、六言句，并频繁出现与传统韵文句法无关的散文式、口语式长句，从而使词的句式更加丰富，更加适合于铺陈记事，也更具备自身的特色。在句群组织及章法结构上，柳永慢词兼以诗之五七言句、赋之四六言句为肌体，却另有一个作为筋节的东西将其关联起来，使之姿态横生，那就是"领字"的运用。如柳词《八声甘州》：

> 对潇潇暮雨洒江天，一番洗清秋。渐霜风凄紧，关河冷落，残照当楼。是处红衰翠减，冉冉物华休。惟有长江水，无语东流。　　不忍登高临远，望故乡渺邈，归思难收。叹年来踪迹，何事苦淹留？想佳人妆楼颙望，误几回天际识归舟？争知我、倚栏干处，正恁凝愁。

词中"对""渐""是处""惟有""不忍""望""叹""想""误""正"等字，都是领字。原来，在慢词中，韵与韵之间字句较长，而韵脚之间的句读，大部分不过是呼吸上的停顿即歌唱中的换气，而非文意上的断句，大都保持着可以一气读到押韵处的语气。所谓"领字"，通常指在句群之开头特意安排的，作为转折、提顿和引首的关键词，或在重要环节上放上的一个或几个（通常为去声的）字，以这一个或几个字领起一个句子或一个句群，造就一种特殊的音情，或云行水流、绵绵不断的气势。

词体的领字，系从骈体创作中借鉴、演化而来。骈体以联语组织成篇，稍长则给人板滞的感觉，因而作家常在联语之前略用一二字（如发语词、连接或转折词、名词主语）以为提携，用来活络文气，阅读效果甚佳。如"于时瓦解冰泮，风飞电散；浑然千里，淄渑一乱。……莫不闻陇水而掩泣，向关山而长叹。沉复君在交河，妾在清波。……别有飘摇武威，羁旅金微。"（庾信《哀江南赋》）"信年始二毛，既逢丧乱；藐是流离，至于暮齿。"（庾信《哀江南赋序》）在词体创作中，有意识地运用领字，首推李后主。李后主在词中成功地将短而急促和长而连续的两种句式,妥帖地安排在一起,来表现十分强烈复杂的感情,有长吁短叹之致。他特别擅长于铸炼九字的长句,如"别是一般滋味在心头"(《乌夜啼》)、"无奈朝来寒雨晚来风"(《乌夜啼》)、"自是人生长恨水长东"(《乌夜啼》)、"恰似一江春水向东流"(《虞美人》),都是传诵不衰的名句。值得注意的是这里的"别是"、"无奈"、"自是"、"恰似"等领字(或类领字)的运用,在词体创作中是一个新的消息,这些词句与传统诗句有着显著的差异。由于领字的运用,李后主某些词句,两句保持着一气读到押韵处的语气,取得上述长句同样的效果,如《浪淘沙》中的"一任珠帘闲不卷,终日谁来""想得玉楼瑶殿影,空照秦淮"。

到了柳永,领字的运用更成为慢词的典型铸句方法。词中领字有一字领(例为去声字,如对、看、叹、想、念),二字领(如惟有、不忍),三字领(如更那堪、便纵有、争知我),领字贯通数句,使句群保持着可以一气读到押韵处的语气。在所有领字中,以一字领最为重要。一字领或称一字逗,这是词中关纽所在,故多用去声字。如:"叹——门外楼头,悲恨相续"(王安石《桂枝香》), "方——春意无穷,青空千里"(张先《庆春泽》),"渐——霜风凄紧,关河冷落,残照当楼"(柳永《八声甘州》),"被——香山居士,约林和靖,与坡仙老、驾勒吾回"(刘过《沁园春》),"正——愁横断坞,梦绕溪桥"(史达祖《换巢鸾凤》),"甚——已绝余音,尚遗枯蜕"(王沂孙《齐天乐》),"但——荒烟衰草,乱鸦寒日"(萨都剌《满江红》)等。故有人向夏敬观问诗词之别,夏回答说:"'风正一帆悬'句是诗的味道,'悬——一帆风正'那便是词的味道了。"这等于说一字领为词句之特色。《儒林外史》中诸葛天申拿"桃花何苦红如此,杨柳忽然青可怜"的诗句请教杜慎卿,杜说:"这上句加一问字,'问桃花何苦红如此'正是好一句词,在诗却不见佳。"杜慎卿的意思除了说那个句子比较软媚,适于词外,要加一个"问"字,才是"好一句词",也表明有领字为词句之特色。一字领或是倒置的虚词,如"方"、"渐"、"正",或是

150

省词，如"但"为"但见"之省，"甚"为"为甚"之省。这种一字提纲，多字张目的句法，别具敛散、擒纵之音情，体现着一种典型的词味。领字的运用，使得词中精妙、工整、凝重的骈偶和诗化的律句，全都流动起来。从此词句和诗句在韵味上有了很大差别。这可以用来说明何以"借问酒家何处有，牧童遥指杏花村"就是诗，而"借问酒家何处，有牧童、遥指杏花村"就成了词。由于上述缘故，甚至可以这样说：柳永慢词在宋词中发动了一场革命，而这个革命是以领字的出现为重要标志的。

句式与平仄格式的增多，使得词在格律上的讲求较诗更为严格，故称"填词"。纵然也有语言浅近自然之词，但从总体上看，词较近体诗在书面语言上离自然形态的口语更远，如果说近体诗在违反散文语法常规上已经迈出了一大步，那么词在这方面则更进了一步。长短句的调式，在语序的错综倒置上较近体诗有过之而无不及，不明白这一点，有时你就根本没读懂词意，更谈不上赏析了。"千古江山，英雄无觅孙仲谋处。"（辛弃疾《永遇乐》）以文法观之，简直就是不通之语，然而无妨其成为好的词句。"遥岑远目，献愁供恨，玉簪螺髻"（辛弃疾《水龙吟·登建康赏心亭》），句意是：放眼远山，形如玉簪螺髻之美，但我却无心欣赏，它们此时对我只是献愁供恨而已。看看这里的词序、句序颠倒错置到何种程度。

由于词体的语序不合于散文常规，常常造成读者的"误读"。李清照《一剪梅》是一首脍炙人口的杰作，但上片的"轻解罗裳，独上兰舟"二句，不少读者感到费解。注家或笼统地释为"写日间水面泛舟之事"，却不解何以"独上兰舟"，还须"轻解罗裳"？或猜为游泳，显然是荒唐的。或说因为罗裳被水打湿，但这样的细节毫无意义可言，何况在"独上兰舟"之前，也难以讲通。或说二句写独寝，"兰舟"实指床榻，是作者的"自我作古"（《唐宋词新话》谢桃坊说），也很勉强。二句其所以这样费解，其实乃在于读者没有注意到前面有一句"红藕香残玉簟秋"，"红藕香残"

写户外荷塘，"玉簟秋"写室内之物，本来就是两处空间，"轻解罗裳"乃是对应"玉簟秋"，写夜间孤眠情事；"独上兰舟"乃是对应"红藕香残"，写日间采莲情事，——无论哪种情况，女主人公都寂寞难耐。接下来才有"云中谁寄锦书来"一说。因而，对于词句来说，语序上的连属，并不等于意义上的连属。

至于倒装，更是作诗填词的惯例。"燕子飞时，绿水人家绕"（苏轼《蝶恋花》），是说绿水绕人家。"多情应笑我，早生华发"（苏轼《念奴娇》），是说应笑我多情。"塞垣只隔长江，唾壶空击悲歌缺"（张元幹《石州慢》），是说空自悲歌击缺唾壶。"笑篱落呼灯，世间儿女"（姜夔《齐天乐》），应作笑世间儿女呼灯于篱落。"纵芭蕉不雨也飕飕"（吴文英《唐多令》），应作纵不雨芭蕉也飕飕，等等，例子不胜枚举。甚至可以这样说，不使用捣腾或倒装，简直就没法作诗填词。

因为词的传播靠的是歌唱，配合长调的慢词，韵与韵间的句子较长，曲调音乐的节奏重于歌词意义的节奏，在语法的行止与音乐的行止不同步时，往往是前者服从后者。本是说："细看来不是杨花，点点是离人泪。"入词则作："细看来不是，杨花点点，是离人泪。"（苏轼《水龙吟》）本是说："恨如芳草萋萋，铲尽还生。"入词则作："恨如芳草，萋萋铲尽还生。"（秦观《八六子》）这种语法常规的破坏，恰恰构成了词的特殊的审美音调。也可以这样说：词的断句只标志歌唱中的换气，并不一定合于意义上的句读。前举辛词《水龙吟·登建康赏心亭》有一段："落日楼头，断鸿声里，江南游子。把吴钩看了，栏干拍遍，无人会，登临意。"按文法断句则应为："落日楼头、断鸿声里，江南游子把吴钩看了，（把）栏干拍遍，无人会（其）登临（之）意。""江南游子"是下一组句群（共四句）的主语，在散文中无论如何是不能加标点的，在词中却是上一个句群的煞句，"游子"的"子"字乃韵脚所在，所以可以标上句号或分号，在唱的时候，可以稍作换气停顿，以便歌唱进行到煞拍，饶有抑扬顿挫之妙。

四　散曲的蛤蜊味

元代的散曲是在唐诗宋词以后新兴的诗体，它与词同样和音乐有不解之缘。然而，它们从表现手法、意境到审美趣味的差别，比诗词之别还要大。乃至我们可以将传统诗词作为一个整体来和曲作比较。散曲与传统诗词比较，在表现手法、意境、风格、韵味上都有自己的特色。散曲的特色，有形式上的特色，如令曲的一韵到底、平仄互押、可加衬字等，此外还有艺术上的特色。曲论家着意指出、津津乐道的"蒜酪味"、"蛤蜊味"，就表明它与以温柔敦厚为宗的传统诗词在审美趣味上的大相径庭。

关于元散曲的艺术特色，首先使人注目的是一个"俗"字。当诗词已成为案头文学，只为士大夫所喜闻乐见的时候，曲却活跃在舞台和各种文娱表演中，从内容和情调上投合着市民阶层的口味。如果说词在语言的诗化、书面化上较诗走得更远，那么曲恰恰相反，它一开始就是以接近自然形态的口语为当行本色的。"大量使用当时北方流行的方言俗语，是元代散曲的一大特色。像'遮莫'、'村沙'、'不剌'、'不争'、'赤紧'、'葫芦提'、'大古里'等，真是俯拾皆是。"（毛炳身等《元散曲欣赏》）"从语言风格来看，曲虽然也受到前代诗词的影响，但却有它独自的特点。主要表现在保存了曲来自民间的本色，使用了大量的方言土语。仅据张相《诗词曲语辞汇释》、朱居易《元剧俗语方言例释》、王锳《诗词曲语辞例释》收集元曲中的方言俗语就不下数百例。"（陈锋《元明散曲选读》）要之，诗词语言较雅驯，而曲不避俚俗，而且以通俗活泼、毕肖声口见长：

桃花开时，到今日杨柳垂丝。假题情绝句诗，虚写恨断肠词。嘻！都扯做纸条儿。（周文质《越调·寨儿令》）

见安排着车儿、马儿，不由人熬熬煎煎的气；有什么心情花儿、靥儿，打扮得娇娇滴滴的媚；准备着被儿、枕儿，则索昏昏沉沉的睡；从今后衫儿、袖儿，揾湿做重重叠叠的泪。兀的不闷杀人也么哥，兀的不闷杀人也么哥。久已后书儿、信儿，索与我凄凄惶惶的寄。(王实甫《西厢记》第四本第三折《叨叨令》)

《粟香随笔》载王芰舫《蝶恋花》词末云："天公也吃桃花醋"，或认为不类词句，有人将它写入一支北曲《塞鸿秋》云："生成百样娇，惹得千般妒，这分明天公也吃桃花醋。"便觉合式多了。(见王季思《词曲异同分析》)辨其原委，不正因为"吃醋"这样的俚语在曲为本色，而在词则不伦不类么。

保持着通俗文艺的特征，广泛采用北方流行的方言俗语，大量使用口语，充满生动活泼的生活气息，这确实是元散曲的一个艺术特色。不过，元散曲的艺术特色又并不是一个"俗"字所能概尽的。读者只需注意一下文人的散曲，就会发现，作者在使用方言俗语的同时，也舞文弄墨，运用或借用诗词的雅言与意境，可谓文而不文，俗而不俗，熔雅俗于一炉。

其次，相对于诗词的含蓄婉曲而言，元散曲的艺术特色是"露"，即语言风格的豪辣和直露。清人刘熙载即指出："词如诗，曲如赋。赋可补诗之不足也。"(《艺概·词曲概》)的确，在表现手法上，传统诗词重比兴寄托，重言外之意，重含蓄之美；元代散曲本于说唱文艺，别开豪辣一路，重情感直抒、白描铺叙，多意外之言。近人对散曲的这一艺术特色阐发最为透彻者当推王季思，他说：词曲"分别处在一少说，一多说；一只说到七八分，一则说到十分。像'睡煞'、'抖擞'、'甚也有'等词，在曲中正显其灏汗，而入词便不免粗横"。散曲"要说就说到十二分，更不留丝毫余地。好像非再加油加酱，总不够味"。"作者旧有《曲不曲》一文，比较词和散曲之风格意境，谓'词曲而曲直，词敛而曲散，词婉约而曲奔放，词凝重而曲骏快，词蕴藉含蓄而曲淋漓尽致。以六义言，则词多用比兴，而曲多用赋。以诗为喻，则词近五七言律绝，而曲近七言歌行；以文为喻，则词近齐梁小赋，曲近两汉京都、田猎诸作；以人为喻，则词如南国佳人，曲如关西莽汉；以山水为喻，则词如秦淮月，锺阜云，曲如雁荡瀑，钱塘潮。'"（王季思《词曲异同的分析》）曲中惯见的豪辣、尖新、骏快、活泼之作，绝非诗词所能有。即以述怀之作而论，曹操《龟虽寿》云：

神龟虽寿，犹有竟时。腾蛇乘雾，终为土灰。老骥伏枥，志在千里。烈士暮年，壮心不已。

前六句连用三譬，比兴无端，末方点出"不伏老"意，十分含蓄、纡曲。黄庭坚《定风波》词写"不伏老"意，也很委婉：

莫笑老翁犹气岸，君看，几人黄菊上华颠？戏马台南追两谢，驰射，风流犹拍古人肩。

而关汉卿《南吕·一枝花·不伏老》的《黄钟煞》（上文已引），即以穷举法作灏汗语，本调原仅三句，而增至二十余句，简直是一篇风流浪子生活的自白。一开始就是对比铺排的长句，"我"怎样怎样，"谁教你"怎样怎样，读时非蓄足中气不可。俗话说"姜数老的辣"，通过"老""嫩"对比，便见以老自豪。以下是更恣肆汪洋的四句排比"我玩的是梁园月，饮的是东京酒，赏的是洛阳花，攀的是章台柳"，嵌用那么些都会、名胜地名，显得非常气派，经过大世面，见过大阵仗，阅历丰富，

155

非老不办。紧接是更恣肆汪洋的九个会什么会什么，以穷举胪列之法毕数个人才具，棋琴书画、舞蹈串戏、吹拉弹唱、打猎踢球乃至赌博游戏，诸般技艺，色色俱全，三教九流，无所不晓。少壮功夫老始成，仍是以老为荣之意。但老和衰是联系在一块儿的。老来情味减，岁月不饶人。老了要落牙、歪口、瘸腿、折手，一般人所以不得不伏老。而作者却说便是有这种种不便，"尚兀自不肯休"。这就将"不伏老"之意说到头了。然而他最后还要说除非是死，还要叫一声"天啦"，似乎犹未甘心。如果说曹操诗、黄庭坚词将"不伏老"意只说到五六分、七八分的话，那么关汉卿此曲则将同一意思说到十分、十二分，好像添油加酱还不够味。

从上引《西厢记》第三折唱段及关汉卿"不伏老"曲文，还可以看到，曲排比句式与叠字的运用特多。其间值得专门一提的是，特殊的对仗方式的出现，这就是三句两两成对的"联珠对"或"鼎足对"。如马致远《双调·夜行船·秋思》中的："密匝匝蚁排兵，乱纷纷蜂酿蜜，闹嚷嚷蝇争血""和露摘黄花，带霜烹紫蟹，煮酒烧红叶"便属此格，又如：

美人自刎乌江岸，战火曾烧赤壁山，将军空老玉门关。伤心秦汉，生民涂炭，读书人一声长叹。（张可久《卖花声·怀古》）

这样一种特殊的对仗，正是为了便于铺叙、赋写的缘故，能形成一种兼有整饬和奔放的风趣。

在元曲中，衬字的普遍运用，也是大有别于诗词之处。明人王骥德《曲律·杂论》说："晋人言'丝不如竹，竹不如肉'，以为渐近自然。吾谓诗不如词，词不如曲，故是渐近人情。夫诗之限于律与绝也，即不尽于意，欲为一字之益，不可得也。词之限于调也，即不尽于吻，欲为一语之益，不可得也。若曲，调可以累用，字可以衬增。诗与词不得以谐语方言入，而曲则唯吾意之欲晰，口之欲宣，纵横出入，无之而无不可也。故吾谓快人情者，要毋过于曲也。"这段话说明了曲的畅达、诙谐等语言风格，与"字可衬增"的关系。大体衬字以虚字为主，一般用在句首，或词头词尾，多为句子之附加成分，既不失曲调的腔门，又可以自由灵活地表情达意：

> 风流贫最好，村沙富难交，拾灰泥衬砌了旧砖窑，开一个教乞儿村学，裹一顶半新不旧乌纱帽，穿一领半长不短黄麻单，系一条半联不断皂环绦，做一个穷风月训导。（钟嗣成《失题》）

曲中加点的字为衬字。在对句（包括鼎足对）中，衬字的使用也是对称的，更有铺排的意味。

其三，相对于诗庄、词媚而言，元散曲的艺术特色是"谐"，亦即谐趣。清人刘熙载似乎已经注意到这个问题："洪容斋论唐诗戏语，引杜牧'公道世间惟白发，贵人头上不曾饶'，高骈'依稀似曲才堪听，又被吹将别调中'，罗隐'自家飞絮犹无定，争解垂丝绊路人'。余谓观此，则南北剧中之本色当家处，古人早透消息矣。"（刘熙载《艺概·词曲概》）刘熙载以"戏语"为"南北剧中之本色当家处"。这里的"戏语"，乃指剧中之曲文，可以推论于散曲。任中敏以为王莘舫《蝶恋花》末句"天公也吃桃花醋"，当属曲中句。究其原因，不正是因为"天公也吃桃花醋"一句颇具谐趣，于曲为"本色当家处"，于词则为另类么。古人所说的"本色当家处"，正是今人所说的艺术特色。

传统诗词或主载道，或主性灵，而以载道为主，比较强调文艺的教化作用，而忽略文艺的游戏功能。见于唐诗的戏语为数不多，大率出于晚唐之浅派诗人。洪迈论"唐诗戏语"的文字，见于《容斋随笔》卷十一，原文略云："士人于棋酒间，好称引戏语以助谭笑，大抵皆唐人诗。后生多不知所从出，漫识所记忆者于此。"所引诗句，分别出自杜牧《送隐者》，高骈《风筝》（一作《题风筝寄意》），罗隐《柳》等诗，或题赠或咏

157

物，虽涉嘲戏，却仍属传统的题材和内容。

元代的曲家却于载道、性灵之外，别创出游戏一派，曲中不但处处有"戏语"，处处杂有搞笑的成分，而且引入了在传统诗词作家看来不登大雅之堂，鄙不屑为，也不敢为的题材和内容。例如传统诗词咏蝴蝶，却不咏"大蝴蝶"；写佳人，却不写"佳人脸上黑痣"；写歌女，却不写"妓歪口"；咏马，却不写"借马"事件，如此等等，这类被诗词家认为不登大雅之堂的东西，在元散曲中应有尽有。为此，明人李开先专著《词谑》一书，收录元代以来以滑稽嘲谑为能事的曲文及故事，亦可谓洋洋大观。可以说，元散曲的"俗"，不止是语言的通俗，而且是内容的"不雅"。这里的"不雅"并无贬义，意略近于不正常（如大蝴蝶、妓歪口、佳人脸上黑痣、客啬等，皆属不雅）。朱光潜说得好："尽善尽美的人不能成为谐的对象，穷凶极恶也不能成为谐的对象。引起谐趣的大半介乎二者之间，多少有些缺陷而这种缺陷又不致引起深恶痛疾。"（朱光潜《诗论·诗与谐隐》）而"不正常"恰好是"谐"的对象。

元代散曲家造成谐趣的艺术手法，大致有以下几端。一是语言的雅俗并举，及节奏的多变。元散曲在语言形式上较诗词更多逞才弄巧、文字游戏，重叠、接字、排比、回文等手段运用更多，更花样翻新。传统诗词无论何种风格，在语言上和节奏都讲究协调之美，在一篇诗词作品中，语言风格大体上是统一的，节奏上是桴鼓相应的。元散曲却不同白话诗，不是一味通俗，而是将雅语与俗语熔冶于一炉，而且伴之以节奏的突变，元人周德清所谓："造语必俊，用字必熟；太文则迂，不文则俗；文而不文，俗而不俗。"（《中原音韵·作词十法》）雅言和俗语的并置，加上节奏的突变，有意无意形成不协调的语言风格，于是造成谐趣，造成不同于诗词的"蒜酪味"和"蛤蜊味"。《词谑》有这样一则文字：

《中原音韵·作词十法》："造语不可作张打油语。"士夫不知所谓，多有问予者。乃汴之行省掾一参知政事，厅后作一粉

158

壁。雪中升厅，见有题诗于壁上者："六出飘飘降九霄，街前街后尽琼瑶。有朝一日天晴了，使扫帚的使扫帚，使锨的使锨。"参政大怒曰："何人大胆，敢污吾壁？"左右以张打油对。簇拥至前，答以："某虽不才，素颇知诗，岂至如此乱道？如不信，试别命一题如何？"时南阳被围，请禁兵出救，即以为题。打油应声曰："天兵百万下南阳。"参政曰："有气概，壁上定非汝作。"急令成下三句，云："也无救援也无粮。有朝一日城破了，哭爷的哭爷，哭娘的哭娘。"依然前作腔范。参政大笑而舍之。

此处的"张打油"，故事中人而已，所作二诗，实为曲词。其所以滑稽，即在于其前后语言风格及节奏之不协调。周德清说"造语不可作张打油语"，只是倡言高论，对元曲家创作，实际上没有太多影响。以元曲名篇为例，张可久《中吕·卖花声·怀古》的"美人自刎乌江岸，战火曾烧赤壁山，将军空老玉门关。伤心秦汉，生民涂炭"五句都是庄言雅语，最后来一个大白话"读书人一声长叹"，不但风格变了，节奏也发生突变，于是产生谐趣。作品所包含的言外之意，却让人于忍俊不禁中有以思之。乔吉《双调·水仙子·咏雪》云："冷无香柳絮扑将来，冻成片梨花拂不开，大灰泥漫了三千界，银棱了东大海。探梅的心噤难挨。面瓮儿里袁安舍，盐堆儿里党尉宅，粉缸儿里舞榭歌台。"末三句以鼎足对写银装素裹的积雪世界，将"面瓮儿"、"盐堆儿"、"粉缸儿"这些市民家常物什，与"袁安舍"、"党尉宅"、"舞榭歌台"等典雅庄重的名物组合，感觉特逗。又如人所熟知的马致远《越调·天净沙·秋思》，"枯藤老树昏鸦，小桥流水人家。古道西风瘦马，夕阳西下"几句虽近于小词，最后一句"断肠人在天涯"却很口语化、散文化，因此也就有了曲味。

二是构思的出人意表。元人陶宗仪《辍耕录》载中统初，燕市出了一只大蝴蝶，其大异常。王和卿与关汉卿唱和，王和卿先写了《仙吕·

醉中天·咏大蝴蝶》，关即搁笔。王曲云：

> 挣破庄周梦，两翅驾东风，三百座名园一采一个空。谁道
> 风流种，唬杀寻芳的蜜蜂。轻轻地飞动，把卖花人扇过桥东。

曲言蝴蝶破梦而出，驾东风、三百座名园一采一空，夸张蝴蝶之大。
曲的结尾变调侃为抒情，说大蝴蝶只消轻轻地飞动，便把卖花人扇过桥
东，仍是着眼于"大"。宋代堪称蝶痴的诗人谢无逸曾写蝶诗三百首，有
句云："江天春暖晚风细，相逐卖花人过桥。"细想来"把卖花人扇过桥
东"就是"相逐卖花人过桥"的一转语，但谢用雅语，王用俗语。谢诗
中卖花人是主动的，蝴蝶是被动的；王曲中，被动变主动，主动变被动，
平添了多少奇趣！如无名氏《大雨》（失宫调牌名）云："城中黑潦，村中
黄潦，人都道天瓢翻了。出门溅我一身泥，这污秽如何可扫？东家壁倒，
西家壁倒，窥见室家之好。问天公还有几时晴？天也道阴晴难保。"洪灾
使得东家壁倒，西家壁倒，到这分儿上，还有什么"室家之好"可言？
可作者偏说壁倒了会"窥见室家之好"，叫人可恼。可恼处正多，只说隐
私不保，就很俏皮，很搞笑。通过涝灾反映民生多艰，内容本来是严肃
的，作者却出以插科打诨的笔墨，旁敲侧击，寓哭于笑，体现了散曲的
风趣。

三是漫画的手法。漫画化也是元曲家常用的一种搞笑手法。前举大
蝴蝶一例，结尾即有卡通画的韵味。广为人知的睢景臣《般涉调·哨
遍·高祖还乡》套曲，其《耍孩儿》及《五煞》《四煞》三曲所用手法，
即漫画皇帝的卤薄：

> 见一彪人马到庄门，劈头里几面旗舒：一面旗白胡阑套住
> 个迎霜兔，一面旗红曲连打着个毕月乌，一面旗鸡学舞，一面

旗狗生双翅，一面旗蛇缠葫芦。红漆了叉，银铮了斧，甜瓜苦瓜黄金镀，明晃晃马镫枪尖上挑，白雪雪鹅毛扇上铺。这几个乔人物，拿着些不曾见的器仗，穿着些大作怪衣服。……

封建时代皇帝的卤薄既是保安措施，又是权威与神圣的象征，但乡民们懂不起。"白胡阑套住迎霜兔"是月旗，"红曲连打着个毕月乌"是日旗，"鸡学舞"指凤旗，"狗生双翅"指飞虎旗，"蛇缠葫芦"指龙旗，金瓜锤、狼牙棒被称作镀了金的"甜瓜苦瓜"，朝天镫被称作马镫等，一番形容，就像经过哈哈镜一照似的，让人觉得滑稽可笑，同时也就被夺了皇帝的尊严。

四是误会的手法。前举《高祖还乡》《三煞》至《尾》写接驾的乡老认出皇帝本人乃是本村的刘三，细数其"根脚"（履历）：

你须身姓刘，你妻须姓吕。把你两家儿根脚从头数：你本身做亭长，耽几盏酒，你丈人教村学，读几卷书，曾在俺庄东住，也曾与我喂牛切草，拽坝扶锄。春采了桑，冬借了俺粟，零支了米麦无重数。换田契强称了麻三秤，还酒债偷量了豆几斛。有甚胡突处？明标着册历，见放着文书。少我的钱，差发内旋拨还，欠我的粟，税粮中私准除。只道刘三谁肯把你揪捽住，白什么改了姓、更了名唤作汉高祖。

曲中以乡老口气，数落刘三种种劣迹，然后不客气地向他讨债，说要"差发内旋拨还"、"税粮中私准除"，还说"改了姓、更了名直唤作汉高祖"，便是通过误会的手法，形成谐趣，再一次被夺了皇帝的尊严。历代统治者总是把自己打扮成正义的化身，人民利益的代表，大树个人权威，要百姓顶礼膜拜。此曲以嘲讽笔调和搞笑手法予以否定，实具很强的战斗性与冲击力。

五是喜剧冲突的设置。喜剧性是比搞笑远为深刻的东西，那就是作者通过揭示事物现象和本质之间的矛盾，而产生的谐趣。元人钟嗣成《录鬼簿》介绍睢景臣道："维扬诸公，俱作《高祖还乡》套数，惟公《哨遍》制作新奇，诸公皆出其下。"按汉高祖还乡本事见《史记·高祖本纪》，乃刘邦做皇帝后十二年，平英布归途经家乡沛县，逗留数日，召故人父老子弟会饮，组织百余名里中少年合唱团合唱《大风歌》，风光之至。维扬诸公之作，想必即据史实敷衍成篇，所以不传。而睢景臣不受历史事实束缚，别出心裁地虚构喜剧情节，宜其传世。

又如马致远的名篇《般涉调·耍孩儿·借马》，通过借马这样一个生活事件讽刺小私有者典型的自私心理。干脆借或干脆不借，都没有"戏"；唯独在借与不借之间，想推而"对面难推"的尴尬境地，"戏"就出来了。在曲中，借马的"慷慨"之举，和不情愿借马的内心活动形成冲突；马主明知借方是精细人，却忍不住再三叮咛；叮咛的细致入微，及其根本无法落实；骂人用拆白道字——动机与效果的不协调，啰唆得不能再啰唆，还说是"一口气不违借与了你"，凡此等等，都构成了冲突，形成谐趣。郑振铎说："诙谐之极的局面，而出之以严肃不拘的笔墨，这乃是最高的喜剧。"（郑振铎《中国俗文学史》）

最后讨论一下与元散曲谐趣的形成有关的社会因素。

从社会历史看：我国历史上凡属南北分离时期之文学，往往有文质之分，这与地理民俗有关，所谓"江左宫商发越，贵于清绮；河朔词义贞刚，重乎气质"（魏征《隋书·文学传序》）。宋与金元对峙一百五十余年，事实上形成又一个"南北朝"，而散曲正是在这一时期产生于华北、东北的民间，逐渐集中到大都等都市传唱。"燕赵多感慨悲歌之士，辽金饶马上杀伐之声"，与中原、南方文化有别，使散曲一脱胎便打上地理历史之印记。北人喜蒜酪，近海食蛤蜊，以形曲味，也很恰当。

从创作主体看：元代的散曲作家是社会地位急剧下降的文人。文化落后的蒙古贵族入主中原，蒙古人、色目人贵族掌握了军政财大权，汉人、南人地位卑下，备受歧视。科举考试中断77年，在官吏僧道医工猎民之下，称九儒十丐。汉族文人，除少数依附统治者外，大多数在政治上没有出路，与民间艺人结为"书会"，从事散曲、戏曲创作。如果说唐代科举以诗赋取士，造就了大批诗人，是政治对文士的吸引而促成诗歌的繁荣；那么元代长时期废止科举，造就了大批书会才人，则是政治对文士的排斥促成了曲艺的繁荣。元代文人受到的政治压迫虽然厉害，但当时的思想统治却相对放松，儒家传统伦理道德观念、载道派文学观念动摇，游戏人生、低调人生形成一种社会思潮，退隐、叹世成为散曲创作的重要内容，这使得散曲作品中充满叹息、嘲讽的声音，"谐"的因素乘势增长。

从受众客体看：元散曲写出来是供演唱的，它在案头是一种诗歌，演唱起来则是一种曲艺，其受众是广大城乡群众，尤其是市井细民。这些受众文化程度不高，多数是文盲，他们到勾栏、戏院的目的十分明确，就是寻求娱乐、开心和放松。散曲作品中的搞笑，就是迎合这一层次受众需要的。正是由于这样的原因，元散曲作品较之唐诗宋词，在文化品味上才显得那样地良莠不齐。它所嘲弄或鞭挞的对象，既有统治者（如张养浩《中吕·山坡羊·潼关怀古》）、贪婪者（如无名氏《正宫·醉太平（夺泥燕口）》）及社会丑恶现象（如无名氏《中吕·朝天子·志感（不读书有权）》），也有弱势群体（如王和卿《双调·拨不断·王大姐浴房内吃打》）、生理缺陷（如杜遵礼《仙吕·醉中天·妓歪口》）以及病人（如无名氏《正宫·叨叨令·咏疟疾》）等，从而不免流于低级趣味。这一点也是应予正视的。

从文体因素上看：元散曲与元杂剧是一对孪生姊妹，统称元曲。戏曲构成以散曲为基础——元杂剧的唱词即散曲的套数。当时，散曲家多是戏剧家，戏剧家兼为散曲家。散曲（特别是套数）作为独立的诗体，也保留着戏曲的影响，按照前人"以文为诗""以诗为词"之类的说法，这也可以说得上是"以戏为诗（曲）"了。元代的戏剧深受唐参军戏和宋元

163

杂剧作风影响，喜欢在曲子里使用民间口语，夸张手法，进行搞笑，使曲子洋溢着幽默、诙谐的喜剧趣味。而"以戏为曲"，也就是作家在进行散曲创作时，以代言的口吻叙事，叙事多有情节，情节富于戏剧冲突，尤其是喜剧冲突，从而使作品具有幽默、诙谐的风格和喜剧的效果。名篇如杜仁杰《般涉调·耍孩儿·庄家人不识勾阑》，不仅生动地描写了戏剧表演本身，而且以揶揄的笔墨，活灵活现地写出了一位初次接触戏剧的农村观众的兴奋和激动。这一套曲，既反映了戏曲在元代公众生活中的重要地位，本身也可以用作舞台表演的脚本。至于马致远《般涉调·耍孩儿·借马》更像一出独角戏，又像现代曲艺中的谐剧，这些作品都是"以戏为诗（曲）"的著例。

以上概括地，有时是举隅式地叙述了诗词曲从创作方法、风格、美感诸多方面的特点及彼此的差异。有了相关知识，赏析时也才能做到心中有数，分辨得何者为真，何者为伪；何者为正，何者为变；何者为因，何者为创，从而给予准确的、在行的评价。而不至于用诗的标准去批评词，用词的标准去要求曲，或如赵翼所讥："矮人看戏何曾见，都是随人说短长。"（《论诗五绝》）

五 赏析示例

从军行 （唐）王昌龄

烽火城西百尺楼，黄昏独坐海风秋。

更吹羌笛关山月，无那金闺万里愁。

《从军行》是乐府《相和歌辞·平调曲》旧题，内容叙军旅之事。王昌龄原作七首，这首诗原列第一，抒写戍边战士思乡之情。

"烽火城西百尺楼，黄昏独坐海风秋。"这两句写戍守烽火台的战士，在黄昏时分所起的边愁。首句七字按意义的排序本应是"城西百尺烽火楼"，意即在边城之西有一座高高的烽火台，句中的"城"应该是河西走廊上的一座孤城，如凉州、甘州之类。但这个排序在平仄上为"平平仄仄平仄平"，是不协律的，经过捣腾为"烽火城西百尺楼"，平仄上作"仄仄平平仄仄平"，则不但协律，而且意义不变，还非常耐味。王安石说："诗家语必此等乃健"，这也是一个很好的例子。

戍边战士的日常生活，一言以蔽之曰单调（李颀诗云："白昼登山望烽火，黄昏饮马傍交河。"）——而单调正是思乡的触媒。"烽火城西"二句，就层层渲染这种单调。其间有七层意思，可谓层层加码：其一，"城西"，身在边城以外；其二，"烽火（楼）"，正在放哨；其三，"百尺"，地点高危；其四，"黄昏"，是容易想家的时分；其五，"独坐"，是孑然一身；其六，"海风"，寒风凛冽从青海湖吹来；其七，"秋"，秋凉季节。种种思家的因素加在一起，直令哨所战士乡心陡起，有不可禁当之感。

"更吹羌笛关山月，无那金闺万里愁。"这两句作最后的渲染和加倍的抒情。"更吹"的"更"字表明，诗中的气氛渲染将达到高潮，起码还包含三四层意思：其八，"羌笛"，传来笛声（按，有一种普遍的误读，以为是战士吹笛，这其实是不可以的，须知这是哨兵。所以，只能是传来的笛声）；其九，"关山月"，这是笛声所吹的曲调（《乐府解题》"关山月，伤离别也"）；其十，"关山"，意味着边疆；其十一，"月"，月夜，时间较黄昏时分已有一番推移。层层加码渲染气氛，本来是七绝普遍的创作方法，然而没有哪一首七绝能像王昌龄这首诗一样，达到如此的极致。但是，全诗读来又是浑成的。

最后的一句是抒情，这是全诗的主题句。按照前面的分析，经过那么多的渲染烘托，末句应顺理成章地写作"无那戍边万里愁"才是。不料诗人却抠掉"戍边"二字，换作"金闺"，指戍边者家中的妻子。似乎是说，戍边者的乡愁不说也罢，今夜留守的妻子之闺思才无边哩。这是对面生情，是本面不写写背面，是加倍的抒情，使得本来已够厚重的诗意，显得更加厚重。"金闺"是一个辞藻，按理说为戍边者写沉痛之情，遣词应该朴素才是，然而诗人偏用华丽辞藻，其中包含戍边者多少浪漫之想！这个词使全诗生色。"万里"是强调空间距离，加重了"愁"字的分量。"无那"即无奈，是"虞兮虞兮奈若何"一样的负疚口气，然而戍边者何辜之有！诗中措辞，耐人寻味。

陆时雍论王昌龄七绝，谓之"绪密""有奇涧层峦之致"，就指出了他重视艺术构思，做到了针线细密，含蕴深曲的程度。潘德舆论七绝专重一"厚"字，可以说，王昌龄就是深得"厚"字诀的七绝圣手。

| 按语 |

抓住句法和厚字诀剖析，是赏析这首诗的关键。

塞上听吹笛 （唐）高　适

雪净胡天牧马还，月明羌笛戍楼间。

借问梅花何处落，风吹一夜满关山。

汪中《述学·内篇》说诗文里数目字有"实数"和"虚数"之分，今世学者进而谈到诗中颜色字亦有"实色"与"虚色"之分。我说诗中写景亦有"虚景"与"实景"之分，如高适这首诗就表现得十分突出。

前二句写的是实景：胡天北地，冰雪消融，是牧马的时节了。傍晚战士赶着马群归来，天空洒下明月的清辉……开篇就造成一种边塞诗中不多见的和平宁谧的气氛，这与"雪净"、"牧马"等字面大有关系。贾谊《过秦论》云："蒙恬北筑长城而守藩篱，却匈奴七百余里，胡人不敢南下而牧马。""牧马还"则意味着边烽暂息，"雪净"也有了几分和平的象征意味。

此诗之妙尤在后二句。而它所写的对象，既不是梅花，也不是雪，

166

而是笛声。这里拆用了笛曲《落梅风》三字，却构成了一种幻觉或虚景。在生活中，实际的情况是在清夜里，不知哪座戍楼吹起了羌笛，那是熟悉的《落梅风》曲调。但由于笛曲三字的拆用，又嵌入"何处"，及"一夜满关山"等字面，便构成一种虚景，仿佛风吹的不是笛声而是落梅的花片，它们四处飘散，一夜之中和色和香洒满关山，在这雪净之时，又酿成一天的香雪。

这也可以说是赋音乐以形象，但由于是曲名拆用而形成的假象，又以设问出之，故虚之又虚，幻之又幻。而这虚景又恰与雪净、月明等实景协调，虚虚实实，构成朦胧的意境，画图难足。从修辞上看，这是运用通感，即由听曲而"心想形状"。战士由听曲而想到梅花，想到梅花之落，暗含思乡的情绪。情绪虽浓却并不低沉，其基调已由首句确定。诗人时在哥舒翰幕府，《登陇诗》云："浅才登一命，孤剑通万里。岂不思故乡，从来感知己。"由于怀着盛唐人通常具有的豪情，故能感而不伤。

李白在《春夜洛城闻笛》中写道："谁家玉笛暗飞声，散入春风满洛城。"是直说风传笛曲，一夜之间声满洛城。在《与史郎中钦听黄鹤楼上吹笛》中又写道："黄鹤楼中吹玉笛，江城五月落梅花。"则是拆用《落梅风》曲名，手法和情景都与高适此诗相近。

| 按语

虚实、通感、拆字法，是赏析这首诗的关键词。

次潼关先寄张十二阁老使君 （唐）韩　愈

荆山已去华山来，日出潼关四扇开。

刺史莫辞迎候远，相公新破蔡州回。

作于淮西大捷后作者随军凯旋途中。当时唐军抵达潼关，即将向华州进发。作者以行军司马身份写成此诗，由快马递交华州刺史张贾，一则抒发胜利豪情，一则通知对方准备犒军。所以诗题"先寄"。"十二"是张贾行第，张贾曾做属门下省的给事中。当时中书、门下二省官员通称"阁老"，又因汉代尊称州刺史为"使君"，唐人沿用。此诗曾被称为韩愈"平生第一首快诗"（蒋抱玄），艺术上显著特色是一反绝句含蓄婉曲之法，以刚笔写小诗，于短小篇幅见波澜壮阔，是唐绝句中富有个性的佳构。

前两句写凯旋大军抵达潼关的壮丽图景。"荆山"一名覆釜山，在今河南灵宝境内，与华山相距二百余里。华山在潼关西面，巍峨耸峙，俯瞰秦川，辽远无际；倾听黄河，波涛澎湃，景象十分壮阔。第一句从荆山写到华山，仿佛凯旋大军在旋踵间便跨过了广阔的地域，开笔极有气魄，为全诗定了雄壮的基调。清人施补华说它简劲有力，足与杜甫"齐鲁青未了"的名句媲美，是并不过分的。对比一下作者稍前所作的同一主题的《过襄城》第一句"郾城辞罢辞襄城"，它与"荆山"句句式相似处是都使用了"句中排"（郾城—襄城；荆山—华山）重叠形式。然而"郾城"与"襄城"只是路过的两个地名而已，而"荆山"、"华山"却具有感情色彩，在凯旋者心目中，雄伟的山岳仿佛也为他们的丰功伟绩所折服，络绎不绝地奔来表示庆贺。拟人化的手法显得生动有致。相形之下，"郾城"一句就起得平平了。

在第二句里，作者抓住几个突出形象来展现迎师凯旋的壮丽情景气象极为廓大。当时隆冬多雪，已显得"冬日可爱"。"日出"被采入诗中和具体历史内容相结合，形象的意蕴便更为深厚了。太阳东升，冰雪消融，象征着藩镇割据局面一时扭转，"元和中兴"由此实现。"潼关"古塞，在明丽的阳光下焕发了光彩，此刻四扇大开，由"狭窄不容车"的险隘一变而为庄严宏伟的"凯旋门"。虽未直接写人，壮观的图景却蕴涵在字里行间，给读者留下更广阔的想象空间：军旗猎猎，鼓角齐鸣，浩浩荡荡的大军抵达潼关；地方官吏远出关门相迎迓；百姓箪食壶浆，载欣载奔，热烈欢迎……"写歌舞入关，不着一字，尽于言外传之，所以为妙"（程学恂《韩诗臆说》）。关于潼关城门是"四扇"还是两扇，清代诗评家曾有争论，其实诗歌不比地理志，是不必拘泥于实际的。试把"四扇"改为"两扇"，那就怎么读也不够味了。加倍言之，气象、境界全出。所以，单从艺术处理角度讲，这样写也有必要。何况出奇制胜，本来就是韩诗的特色呢。

诗的后两句换用第二人称语气，以抒情笔调通知华州刺史张贾准备亲自犒军。潼关离华州尚有一百二十里地，故说"远"。远迎凯旋的将士，本应不辞劳苦。不过这话得由出迎一方道来，才近乎人情之常。而这里"莫辞迎候远"，却是接受欢迎一方的语气，完全抛开客气常套，却更能表达得意自豪的情态、主人翁的襟怀，故显得极为合理合情。《过襄城》中相应有一句"家山不用远来迎"，虽词不同而意近。然前者语涉幽默，轻松风趣，切合喜庆环境中的实际情况，读来倍觉有味。而后者拘于常理，反而难把这样的意境表达充分。

第四句"相公"指平淮大军实际统帅——宰相裴度，淮西大捷与他运筹帷幄之功分不开。"蔡州"原是淮西强藩吴元济巢穴。元和十二年十月，唐将李愬雪夜攻破蔡州，生擒吴元济，这是平淮关键战役，所以诗中以"破蔡州"借代淮西大捷。"新"一作"亲"，但"新"字尤妙，它不但包含"亲"意在内，而且表示决战刚刚结束。当时朝廷上"一时重叠赏元功"，而人们"自趁新年贺太平"，那是胜利、自豪气氛到达高潮的时刻。诗中对裴度由衷的赞美，反映了作者对统一战争的态度。以直赋作结，将全诗一语收拢，山岳为何奔走，阳光为何高照，潼关为何大开，刺史远出迎候何人，这里有了总的答复，成为全诗点眼结穴之所在。前三句中均未直接写凯旋的人，在此句予以直点。这种手法，好比传统剧中重要人物的亮相，给人以十分深刻的印象。

综观全诗，一、二句一路写去，三句直呼，四句直点，可称是用刚笔，抒豪情。大胆地用了"没石饮羽之法"，别开生面。由于它刚直中有开合，有顿宕，刚中见韧，直而不平，"卷波澜入小诗"（查慎行），饶有韵味。一首政治抒情诗，采用犒军通知的方式写出，抒发了作者的政治激情，实是一般应酬之作望尘莫及的了。

此诗以刚笔抒豪情，卷波澜入小诗，不同于绝句传统的做法。析文就主要抓住这一"不同"，紧扣史实，进行分析，从而揭示它的艺术个性。

渡桑干 （唐）刘　皂

客舍并州已十霜，归心日夜忆咸阳。

无端更渡桑干水，却望并州是故乡。

这首诗讲了一个故事：一个咸阳人，客居并州十年，天天都在思念故乡，然而，命运驱使他渡过了桑干河，去了更远的地方，他又回头张望，把并州当作故乡来思念了。这是一般的解读。沈祖棻有一个别解，她说，"更渡"即再渡，所以诗中说的是十年以后那个咸阳人回到故乡，出乎他意料的是，过去十年怀乡之情，反被对第二故乡的怀念所代替了。应该说，沈先生的解读非常有意思。然而，此诗有"无端"二字，如果那人真的回到故乡，就是如愿以偿，并非"无端"了。再说，"更渡"不必针对同一条河，比方说那人是渡过黄河到并州来的，那么他离开并州时渡桑干，也可以称"更渡"。所以，还是一般的解读较为妥当。

这首诗从"客舍并州"写到"却望并州"；从"忆咸阳"写到忆并州。这不能简单地说成退而求其次。"已十霜"——十年对于人生来说，不是一个很短的时段。这十年又正值青壮年，是作者一生中的黄金时代，是一段永远不能忘怀的经历。所以，他有充分的理由把并州视为故乡，或第二故乡。此外，"无端"是没来由，是身不由己、无可奈何，这几乎就是人从出生开始的处境。诗中的"更渡桑干水"是人生"无端"之一端，"反认他乡是故乡"（《红楼梦》）也是人生"无端"之一端，说到这里，真是让人感慨无端了。

诗中所写的这种怪圈式的人生经验，很多人都有过，比如说蔡文姬有，郭沫若也有，斯诺有，安娜·露易丝·斯特朗也有，夸大些说，可能人人心中都有。但在《渡桑干》前，谁曾这样写过呢，谁曾写得如此的精彩到位呢？好像没有。可以说，这首诗所写的，又是人人笔下所无。

这首诗在写法上极富原创性。按七绝一般做法，三四句必一气呵成，而其与一二句的关系，多不即不离。但这首诗的第四句以"却"字打头，与第一句叠用"并州"，呼应极紧。这种写法，与李商隐《夜雨寄北》不谋而合，异曲同工（李诗的第四句亦以"却"字打头，与第二句叠用"巴山夜雨"四字，呼应极紧）。宋后七绝仿者甚众，但没有超过这两首唐人绝句的。

| 按语 |

　　这首绝句首尾衔接的写法，与其内容表现一种怪圈式的人生经验，是十分相宜的。

续韦蟾句 （唐）武昌妓

悲莫悲兮生别离，登山临水送将归。

武昌无限新栽柳，不见杨花扑面飞。

　　韦蟾乃晚唐人，官至尚书左丞。《太平广记》卷二七三引《抒情诗》："韦蟾廉问（察访）鄂州，及罢任，宾僚盛陈祖席。蟾遂书《文选》句云：'悲莫悲兮生别离，登山临水送将归。'以笺毫授宾从，请续其句。座中怅望，皆思不属。逡巡，女伎泫然起曰：'某不才，不敢染翰，欲口占两句。'韦大惊异，令随口写之：'武昌无限新栽柳，不见杨花扑面飞。'座客无不嘉叹。韦令唱作《杨柳枝》词，极欢而散。"所载即此诗本事。《唐诗纪事》卷五八所记略同。

沈德潜盛赞此诗道："上二句集得好，下二句续得好。"（《唐诗别裁集》）他这两句也评得好，只不过囫囵一些，须进一步赏析。

先说"集得好"。熟读古典的人，触景生情时，往往会有古诗人名句来到心间，如同己出，此外再难找到更为理想的诗句来取代。但将不同出处的诗句集成新作，很难浑成佳妙。韦蟾二句"集得好"，首先在于他取用自然，于当筵情事极切合。送行的宾僚那样重情，而将离者亦复依依不舍，都由这两个名句很好地表达出来。其次，是取用中有创新。集句为联语，一般取自近体诗，但诗人却远从楚辞借来两句。"悲莫悲兮生别离"是屈原《九歌·少司命》中的句子，"登山临水兮送将归"是宋玉《九辩》中的句子，两句原来并不整齐。"悲莫悲兮生别离"本非严格意义的七言句，因为"兮"字是句中语气词，很虚，用作七言则将虚字坐实。而"登山临水兮送将归"共八字，集者随手删却一字，便成标准的七言诗句。这种"配套"法，不拘守现成，已含化用意味，再者，这两个古老的诗句一经拾掇，不但语气连贯，连平仄也大致协调（单论二四六字，上句为"仄平仄"，下句为"平仄平"）。既存古意，又居然新声，可谓语自天成，妙手偶得。

"悲莫悲兮生别离，登山临水送将归"，这是送行者的语气，自当由送行者来续之。但这二句出自屈宋大手笔，集在一起又是那样浑成；而送别情意，俱尽言中，续诗弄不好就成狗尾续貂。这里著不得任何才力，得全凭一点灵犀，所以一个慧心的歌女比十个饱学的文士更中用。

再说"续得好"。歌伎续诗的好处也首先表现在不刻意：集句抒当筵之情，信手拈来；续诗则咏目前之景，随口道去。但集句是"赋"，续诗却出以"兴"语。"诗不患无情而患情之肆"（《诗镜总论》），"善诗者就景中写意"（《昭昧詹言》）。由于集句已具送别之情意，语似尽露。采用兴法以景结情，恰好是一种补救，使意与境珠完璧合。"武昌"、"新柳"、"杨花"，不仅点明时间、地点、环境，而且渲染气氛，使读者即景体味当筵者的心情。这就使不尽之意，复见于言外。其次，它好在景象优美，句

172

意深婉。以杨柳写离情，诗中通例；而"杨花扑面飞"，境界却独到，简直把景写活了。一向脍炙人口的宋词名句"春风不解禁杨花，蒙蒙乱扑行人面"（晏殊《踏莎行》）即脱胎于此。"新栽柳"尚飞花扑人，情意依依，座中故人又岂能无动于衷！同时杨花乱飞也有春归之意，"才始送春归，又送君归去"，难堪是加倍的。"无限"、"不见"等字，对于加强唱叹之情，亦有点染之功。七绝短章，特重风神，这首联句诗在表现得颇为突出。

| 按语 |

此诗兼有联句和集句的性质，析文即从"集得好"和"续得好"两个方面剖析，故能切合实际。可见赏析贵在发掘个性，发掘个性才不至于翻来覆去讲套话。

少年游 （宋）晏几道

离多最是，东西流水，终解两相逢。浅情终似，行云无定，犹到梦魂中。可怜人意，薄于云水，佳会更难重。细想从来，断肠多处，不与者番同。

此词抒离别怨情，章法最活。全词共三层。上片作两层比起。先以双水分流设喻："离多最是，东西流水"，以流水喻诀别，其语本于传为卓文君作《白头吟》"沟水东西流"。第三句却略反其意，说水分东西，终会再流到一处，等于说流水不足喻两情的诀别，第一层比喻便自行取消。于是再设一喻："浅情终似，行云无定"，用行云无凭喻对方一去杳无音信，似更妥帖。不意下句又暗用楚王梦神女"朝为行云"之典，谓行云虽无凭准，还能入梦。将第二个比喻也予取消。短短六句，语意翻覆，不及写到"可怜人意"，已有柔肠百折之感了。

这里，有两点值得特别一提。其一，两层比喻均有转折而造句上均有所省略，"东西流水"与"行云无定"，于前句为宾语，于后句则为主

173

语。即后句省略了主语。用散文眼光看来是难通的，即使在诗中这样的省略也不多见，而词中却常常有之。这种省略法不但使行文精练，同时形成一种有别于诗文的词味。其二，行云流水通常只作一种比喻，此处分用，"终解"与"犹到"在语气上有强弱之别，仿佛行云不及流水。故两层比喻似平列而实有层递关系，颇具新意。过片处将前二意合并，说："可怜人意，薄于云水"，同时就更进一层。流水行云本为无情之物，可是它们或终解相逢，或犹到梦中，似乎又并非一味无情。在苦于"佳会更难重"的人儿心目中，人情之薄岂不甚于云水！翻无情为有情，原是为了加倍突出人情之难堪。最后的沉痛情语也就顺势迸发而出：仔细回想，过去最为伤心的时候，也不能与今番相比呢！"细想"二字，是抒情主人公直接露面。而经过三重的加倍渲染，这样明快直截的内心独白中，自觉有充实深厚的内蕴。

《少年游》上下片格式全同，每片也由相同的两小节（以韵为单位）构成。作者利用调式的这一特点，上片作两层比起，云、水意相对，四四五的句法相重，递进之中，有回环往复之致。而下片又更作一气贯注，急转直下，故绝不板滞。恰如近人夏敬观所评："上分述而又总之，做法变幻。"

| 按语 |

指出此词结构上的分合，与词中的抒情完全切合，就抓住了此词的一个重要特点。

四时田园杂兴 （宋）范成大

静看檐蛛结网低，无端妨碍小虫飞。

蜻蜓倒挂蜂儿窘，催唤山童为解危。

这首诗属于夏日田园杂兴。这种以昆虫作题材的诗，古人叫"禽虫诗"。白居易多有这一类诗，与范成大同时的杨万里诗集中，也多有这一类诗。

在这首诗中，作者用一种儿童的眼光，像是讲述着一个童话故事，故事里有三个以上的角色。依次说来，一个角色是加害者——蜘蛛（檐蛛），在故事中扮演阴谋家、和平破坏者的角色。"静看檐蛛结网低"，是说蜘蛛结网，常在矮檐之下，这里包含着一种生活经验，一种自然的选择——矮檐之下，是蚊虫特多的地方，也便成为蜘蛛结网的最佳去处。

另一个角色是受害者、弱势群体，是作者的同情所在，这就是"小虫"，也就是下文的"蜻蜓"、"蜂儿"。"无端"二字，表明了作者的感情态度，对蜘蛛这是谴责，对"小虫"这是鸣冤叫屈。有趣的是，作者笔下的受害者不是苍蝇蚊子。当然，如果一定要写成苍蝇蚊子也不是不可以，像"猫捉老鼠"那样的故事中，老鼠还可以成为同情的对象呢。不过，写成"蜻蜓"、"蜂儿'，更加入情入理，不会产生歧义而导致质疑。

第三个角色是侠客，是解危者，是伸张正义者，是路见不平、拔刀相助的人，这就是"山童'。"蜻蜓"、"蜂儿"落入蜘蛛设下的陷阱中，有性命之忧，唯一的指望就是侠客的出现。这侠客便是"山童"，只能是山童。为什么不能是成人呢？成人有成人的世界，成人的眼光，已看不到这"小人国"里的故事——那是多么有趣的故事哟。

诗中还有一个隐形的角色，准确讲，是一种画外音，来自"催唤"者，说穿了，就是诗人自己。眼看"蜻蜓"、"蜂儿"被蛛网牢牢粘住，脱身不得，诗人不免替它们着急，忍不住代它们向"山童"发出求救的呼声。因此，诗人自己在诗中，扮演着第四个角色。

有人说，对生活的一切的诗意的理解，是童年时代给我们的最伟大的馈赠。如果一个人在悠长而严肃的岁月中，没有失去这个馈赠，那他就是诗人。这首诗的作者，无疑就是一个这样的人。

| 按语 |

抓住叙事模式来解析这首诗，就解出了它的别趣。

第五讲

会意

在赏析的众多因素中，会意可以说是最活跃的因素。识字、知人、论世、诗法，目的在于对诗歌的客观意义予以确解；而会意，则是运用读者自身经验，对诗意能动地加以阐发。前者可以使我们读懂莎士比亚的哈姆雷特，而后者则可以成立我们自己的哈姆雷特。所以，虽然莎翁笔下只有一个丹麦王子，却不妨"一千个读者有一千个哈姆雷特"。

但是读者的一千个哈姆雷特，万变不离其宗，即不离莎翁笔下的那个哈姆雷特。张中行《红楼点滴三》一文提到一位北大教授林公铎，自视很高，喜欢立异。上课常常发牢骚，说题外话。譬如讲诗，一学期不见得能讲几首；就是几首，有时也喜欢随口乱说，以表示与众不同。他讲杜甫《赠卫八处士》，结论说，卫八处士不够朋友，用黄米饭招待朋友，杜公当然不满，所以诗中说："明日隔山岳，世事两茫茫"，意思是你走你的路，我走我的路。到胡适兼任系主任、动手整顿的时候，他就被解聘了。

讲诗者应引以为戒。

一　看作品因读者而不同

鲁迅说："看人生因作者而不同，看作品又因读者而不同。"常言道："观听殊好，爱憎难同。"好的文艺作品，必然有真切的人生体验；其好坏程度，也有赖于此种体验的深浅。王国维说："诗人对宇宙人生，须入乎其内，又须出乎其外。入乎其内，故能写之；出乎其外，故能观之。入乎其内，故有生气；出乎其外，故有高致。"正由于诗人用了自己的生活经验去观察宇宙间万事万物，故他虽不是鱼，却知鱼在水中之乐（《庄子·秋水》）；虽不是鸭，却能发"春江水暖鸭先知"的高论。

创作过程，简言之，是由生活到诗；而欣赏的过程恰好相反，读者须从作品的文字、声音开始，而最终感受作者激情，看到一段生活。其所凭借的，仍是真实的人生经验。这种以读者的情志与经验，去追溯诗中表现和反映的情志与生活内容的心理活动，就是孟子所说的"以意逆志"，简称会意。会意到佳处，每觉古人先获我心。《红楼梦》第二十三回有一个"牡丹亭艳曲警芳心"的情节，写的是黛玉在和宝玉"西厢记妙词通戏语"分手后，正欲回房，走到梨香院角，忽听见那十二个女孩子在演习戏文：

> 虽未留心去听，偶然两句吹到耳朵内，明明白白一字不落道："原来是姹紫嫣红开遍，似这般，都付与断井颓垣……"黛玉听了，倒也十分感慨缠绵，便止步侧耳细听，又唱道是："良辰美景奈何天，赏心乐事谁家院……"听了这两句，不觉点头自叹，心下自思："原来戏上也有好文章，可惜世人只知看戏，未必能领略其中的趣味。"想毕，又后悔不该胡想，耽误了听曲子。再听时，恰唱到："只为你如花美眷，似水流年……"黛玉听了这两句，不觉心动神摇。又听道："你在幽闺自怜……"等句，越发如醉如痴，站立不住，便一蹲身坐在一块山子石上，细嚼"如花美眷，似水流年"八个字的滋味。忽又想起前日见古人诗中，有"水流花谢两无情"之句；再词中又有"流水落花春去也，天上人间"之句；又兼方才所见《西厢记》中"花落水流红，闲愁万种"之句：都一时想起来，凑聚在一处。仔

细忖度，不觉心瘁神驰，眼中落泪。

关于"良辰美景奈何天"这句须作一点解释。林语堂说，艺术不表现人的欲望则成何意味！"良辰美景"若不加"奈何天"三字神化之，则缺乏诗味。"盖人不加以唏嘘惋叹则辰不良而景不美也。世上岂有辰自良而景自美乎？"（《我的话》）然而全句到底作何解呢？按《诗经·唐风·绸缪》云："今夕何夕，见此粲者。子兮子兮，如此粲者何！""良辰美景"即相当于"今夕何夕"，"奈何天"则相当于"如此粲者何"，语译之即：面对如此良辰美景，真叫人不知如何是好。颇能传达出一种心动神驰的微妙情绪来。如果黛玉没有与杜丽娘类似的幽闺自怜的经历和潜伏的春心，特别是与宝玉谈论《西厢记》的情事，未必对那"偶然"听到的几句戏文"心动神驰"。如果她没有那份学养，又如何能连类而及地将许多诗词一并记起，伤痛得不可开交？这便是"会意"的作用了。唐代诗僧景云《画松》一诗便是对"会意"的形象描述：

画松一似真松树，且待思量记得无？
曾在天台山上见，石桥南畔第三株。

诗中写到读"画"者是怎样由"画"见"真"，即联系个人生活经验去联想，玩味，把握画境，而终于与作者的意图猝然相逢，得到一种发现的乐趣。这一过程在赏析诗词，也是十分近似的。

文艺创作表现情态和反映生活，又绝不像镜子那样简单和确定，诗歌创作尤其如此。在实用文体中，作者总是将字词的意义在运用中尽量固定，即遵循形式逻辑的"同一"原则；而诗人恰恰相反，他往往要利用结构的特质，赋予字词以更多的意义，使诗变成一种多层面的复合结构，这就从客观上具备了一种可能，即读者反复阅读一部作品，总可温故而知新。这种知新，并不是指发现更多的同一种东西，而是指发现了新的层次上的东西。王昌龄《塞下曲》：

> 黄沙百战穿金甲，不破楼兰终不还。

"作豪语看亦可，然作归期无日看，倍有意味"（沈德潜）。其所以如此，就在于高明的诗人没有简单地说"誓不还"，而运用了一个可以从两个方面去体味，从而具有多义性的"终"字。同样，"醉卧沙场君莫笑，古来征战几人回"（王翰《凉州词》）二句，"作悲伤语读便浅，作谐谑语读便妙"（施补华）。古代诗词杰作又往往具有哲理的深度，诗人往往通过审美的形式，把某种宁静淡远的情感、意绪、心境引向去融合、触及或领悟宇宙人生奥秘，从王维的五绝《鹿柴》到张若虚的长篇《春江花月夜》，不同的读者往往各各得到不同层次的审美感受。"采菊东篱下，悠然见南山"（陶潜），"空山不见人，但闻人语响"（王维），"水流心不竞，云在意俱迟"（杜甫），"烟消日出不见人，欸乃一声山水绿"（柳宗元），见浅者从中体会到自然的真趣，见深者谓其深契禅机。诗歌创作自身规律和诗词作品审美属性的复杂性，给"仁者见仁，智者见智"提供了客观的可能。

"看作品因读者而不同"的更为重要的原因还在欣赏的主观方面。欣赏的差异很大程度上取决于欣赏力的等差，而欣赏力的等差是由读者的性分、学养、经历和心境诸多因素决定的。人的性分取决于先天遗传与后天的培养，性分不同，审美趣味大相径庭。古人所谓"观听殊好，爱憎难同"（葛洪《抱朴子》），拉丁谚语所谓"趣味无可争辩"。"譬如放浪于形骸之外，视世界如浮云的人，他视法国高蹈派诗人，和我国的竹林七贤，必远出于《神曲》的作者和屈原之上。性喜自然的人，他见了自然的作品就不忍释手。"（郁达夫《文艺鉴赏之偏爱价值》）在文学史上长期争论不休的李杜优劣问题，大都与个人性分所近有关，只不过不是人人乐于承认。倒是《浮生六记》中那位聪敏过人的女性，对自己偏爱太白诗有明智的剖白：

> 杜诗锤炼精纯，李诗潇洒落拓。与其学杜之森严，不如学李之活泼。……格律谨严，词旨老当，诚杜所独擅；但李诗宛如姑射仙子，有一种落花流水之趣，令人可爱。非杜亚于李，不过妾之私心宗杜心浅，爱李心深。（《闺房记乐》）

今日的文艺大赛往往多人裁判，且要去掉一个最高分，去掉一个最低分，其目的正在于去掉偏见，取得折中公允的评分。年龄、身份与学养也很有关系。对于同一棵松树，在一个画家、一个樵夫、一个行人、一个木匠的眼中，观感必然不同；同一部《红楼梦》，十七八岁的青年和四十开外的成人看来，意味也大相径庭，而"经学家看见《易》，道学家看见淫，才子看见缠绵，革命家看见排满，流言家看见宫闱秘事"（鲁迅）；黄庭坚跋陶诗云："血气方刚时，读此诗如嚼枯木，及绵历世事，知决定无所用智。"同一个人，因年龄学养关系，对一部作品的观感尚不能始终如一，又怎么可能与另一个读者契合无间呢？

在欣赏中，读者总是有意无意地用自己的人生经验与作品所展示的生活相验证，而作者与读者的人生经验，读者各人的人生经验便不完全相同，赏析差异也就难免。如杜诗《羌村三首》中的两句：

> 娇儿不离膝，畏我复却去。

读者在理解上就有争议，一说是"娇儿绕膝，以抛离之久，畏我复去耳"（吴见思《杜诗论文》），主此一说的还有金圣叹、杨伦及近人萧涤非；一说是"不离膝，乍见而喜；复却去，久视而畏。此写幼子情状最肖"，主此一说的,有卢元昌、浦起龙等。诗人的用意当然不可得兼,只能是其中一种。但由于诗句本身导致歧义,而这两种解法,都包含着论者自身的生活体验,都是真实的。在这种情况下,一定要辨明作者用心已十分困难,同时也没有这个必要,聪明的办法还是各随所解。所以:

> 看别人的作品,也很有难处,就是经验不同,即不能心心相印。所以常有极紧要、极精彩处,读者不能感到。后来自己经验了类似的事,这才了然起来。例如描写饥饿罢,富人是无论如何都不会懂的,如果饿他几天,他就明白那好处。(鲁迅《致董永舒》)

没有相应的生活体验,便难产生相同的感应。杜甫的诗在经过抗战期间的人们读来特别亲切有味,而在今天的青年男女,则很少十分喜欢的。唐人绝句有这样一首:

> 虫思莎庭白露天,微风吹竹晓凄然。
> 朝来始悟朝回客,暗写归心向石泉。(羊士谔《台中寓直览壁画山水》)

一向都没有看出的画意,如何"朝来始悟"?其原因也就在观画者已有了仕途厌倦的经验,产生了新的感应。生活之树常青,人生经验也是一个积累的过程。故优秀的诗作,能调动读者经验,提示新的意义,历久弥新。

二　功夫在诗外

写作需要相当的生活功力,乃是尽人皆知的道理,作诗也不例外。

有一种说法，谓创作小说须有相当的人生阅历，而作诗则"不必多阅世"（如王国维《人间词话》），其实似是而非。阅世作为一种创作积累，对诗人和小说家一般莫二。唐诗最早的选家之一唐人殷璠就讲到崔颢作诗因此长进的逸事："颢年少为诗，名陷轻薄。晚节忽变常体，风骨凛然。一窥塞垣，说尽戎旅。……可与鲍照并驱也。"（《河岳英灵集》）陆游晚年回忆自己的创作经历，教导儿子有两首诗，尤是现身说法：

> 我昔学诗未有得，残余未免从人乞。力屏气馁心自知，妄取虚名有惭色。四十从戎驻南郑，酣宴军中夜连日。打球筑场一千步，阅马列厩三万匹。……诗家三昧忽见前，屈贾在眼元历历。天机云锦用在我，剪裁妙处非刀尺。（《读诗稿有感》）

> 我初学诗日，但欲工藻绘。中年始稍悟，渐欲窥宏大。……诗为六艺一，岂用资狡狯。汝果欲学诗，功夫在诗外。（《示子》）

陆游这里所谓诗外的功夫，便指生活功力了。

既然读者应有与作者相应的生活体验，才谈得上透彻的理解，可见诗词欣赏，也有赖于人生的功力，否则如不能识货者，难免买椟还珠，如入宝山空手而还。南宋吕祖谦论读史说："观史如身在其中，见事之利害，时之祸患，必掩卷自思：使我遇此等事，当作何处之？如此观史，学问亦可以进，知识亦可以高，方为有益。"读诗也须如此。《读杜心解》作者浦起龙说："吾读杜十年，索杜于杜，弗得；索杜于百氏诠释之杜，愈益弗得。既乃摄吾之心印杜之心，吾之心闷闷然而往，杜之心活活然而来，邂逅于无何有之乡，而吾之解出焉。"所谓"心解"，亦得力"会意"。须知读诗应具一种生活的想象还原能力，即在审美对象的世界中找回生活。好诗往往写出了"人人心中所有而笔下所无"，善读者阅读时也

须"心有灵犀一点通",觉"夫子之言于我心有戚戚焉"。金圣叹解诗每有发明,如《北征》中几个很平常的句子:

坡陀望鄜畤,岩谷互出没。我行已水滨,我仆犹木末。

他却读出了兴味:"前回首凤翔,是去君已远而忽然重顾;此坡陀远望,是到家将近而忽然先望,都是一样奇笔。'岩谷互出没'五字,便是一幅平远画,写得鄜州远已不远,近还未近,已是目力所及,尚非一蹴所至,妙绝。我已水涯,仆犹木末者,我心急步急,仆心宽步宽。仆本不自知其迟,然不因仆迟,我亦不自知其急也。看他用'已'字、'犹'字,都是心急中写出。"余解类多如此。他的《唐诗解》与《杜诗解》,虽短于知人论世,却是以会意见长的。他评点《闻官军收河南河北》诗道:"喜极反泪,此亦人心之常,勿作文章顿跌法会去了也。"可见其读诗善会意,善活参,难怪当时人就"叹为灵鬼转世",而他也自负道:"此是王宰异样心力画出来,是先生(杜甫)异样心力看出来,是圣叹异样心力解出来。"这异样心力,即来自生活功底。

近年我去敦煌,乘大客车沿河西走廊往返七日,考察了武威(古凉州)、张掖(古甘州)、酒泉及敦煌。陇西之行最大的收获,就是亲历唐人出塞之路,认识了河西走廊和戈壁滩,对唐人边塞诗有所解会。从兰州乘车西行,不久就穿行于茫茫戈壁,左面是绵亘不断的祁连山脉,晴天可以看到山峰上终年不化的积雪,山那边便是青海。乃知王昌龄《从军行》"青海长云暗雪山",写的河西走廊南望的景色,"雪山"便是祁连山。王之涣《凉州词》"一片孤城万仞山"的"万仞山",也便是祁连山。从而我相信王昌龄是来过陇右的,也许他走得没有岑那么远,但至少到过凉州一带。因为如果没有实地的观察,对诗中写的地理方位不甚了了,何能写得如此扼要!祁连山脉在左构成一壁,万里长城在右则构成另一壁,有此二壁,则"走廊"的概念也就十分清晰了。河西走廊上的每一座城都是一个居民点，一个绿化带，城中是驻军和市民，绕城有树木和田舍，从当年流行的《凉州》《甘州》一类歌曲可以想象这些古城在汉唐时的情景。从此城到彼城，中间隔着沙漠。正因为这样，才有岑参的"今夜不知何处宿，平沙万里绝人烟"（《碛中作》）之叹。也正因为这样，唐诗人才把这些边城称为"孤城"："孤城遥望玉门关"（王昌龄《从军行》）、"一片孤城万仞山"（王之涣《凉州词》）、"孤城落日斗兵稀"（高适《燕歌行》），唐后的诗人也沿用了这一语汇："长烟落日孤城闭"（范仲淹《渔家傲》）、"几家同在一孤城"（吴兆骞）。戈壁并非流沙，而是荒滩，沙碛，地面全是粗沙碎石，间有耐旱的茅草丛，一望荒芜，难怪"碛"字从"石"，难怪"碎石"一词在岑诗中出现的频率之高。什么"十日过沙碛，终朝风不休。马走碎石中，四蹄皆血流"，什么"一川碎石大如斗，随风满地石乱走"……读这样的诗，得有点实地感受才成。王维边塞名句："大漠孤烟直，长河落日圆"，诗人如真看到"长河落日"景象，那他一定还未到达洮河，离凉州还远着，因为一到河西，就不会再有"长河落日"景象了。同行有位先生说当大家打瞌睡时，他已经亲眼看到了"长河落日圆"的景色，那"河"完全是云霞形成的一种假象，但十分的逼真。他相信王维当年看到的，就是这种自然的奇观。

人生经历，生活功力，非一朝一夕之功，不可力强而致。但读者如能在日常生活中随时留意，从诗中领会生活情趣，用生活经验去解诗，必能培养敏锐的艺术感觉即"异样心力"。人生经历有限，而读书可增长见识，丰富间接的经历，也有助于会意。"根据固有的资禀性情而加以磨砺陶冶，扩充身世而加以细心的体验，接收多方的传统习尚而求截长取短，融会贯通，这三层功夫就是所谓的学问修养。"（朱光潜《文学的趣味》）有了如此准备，大到作品全篇的命意，小到一词一字之微，无不可以温故知新，有所创获。如杜牧《山行》一诗，向来说者多从"白云生处有人家"、"霜叶红于二月花"等句看到作者心情的悠游与闲远，殊不知其中颇有"山行"的生活情趣。

远上寒山石径斜，白云生处有人家。

停车坐爱枫林晚，霜叶红于二月花。

　　这诗哪一句最好？回答是异口同声的："霜叶红于二月花。"然而，要是问哪一字最妙，读者可能就不曾留意，或答"爱"，或答"红"，其实都不如说"停"字更妙。诗题叫《山行》，一开篇写的也是山行："远上寒山石径斜"。山路远，气候寒，石径曲折，又是晚行，本该投宿了。却道一句："白云生处有人家"——可以投宿的山家还远隔白云。俗语道"看到屋，走得哭"，须抓紧行呢。这两句决不全是悠闲地写景，是写景中见一派行色匆匆。以下是一个转折，在这不该停车的当儿，偏停了，并非小车出了毛病。"停车——坐爱枫林晚，霜叶红于二月花。"山回路转，迎面而来的景色迷人，"停车"是情不自禁的。枫叶逢秋，又逢晚照，红上加红，尤为美艳。"叶"向来是作"花"之陪衬入诗的，这里却夺了"花"的席位。悲秋伤晚，古诗中司空见惯，此诗却独标高格，比刘禹锡"我言秋日胜春朝"之句更蕴藉，更出色。这个说秋叶胜春花的句子之好，还好在它出现在山行一停的情节中。行人居然置天晚、秋寒、山远、径斜于不顾，停车相看，爱不忍去。使得"霜叶红于二月花"之说更有艺术说服力。"停"与"行"是矛盾的，用来颇具别趣。这"停"字下得实在是好。据称乃是杜牧所作的《清明》，也很富于生活情趣：

清明时节雨纷纷，路上行人欲断魂。

借问酒家何处有，牧童遥指杏花村。

　　有人说后两句的妙处，在于那牧童的一指，如《小放牛》之舞蹈动作，以至连音乐都似乎听到了。这恐怕是脱离了全篇，尤其是未着眼于生活而产生的幻觉。读时如参以生活经验，便可体会此诗写的是清明佳节忽来的阵雨中的一幅风俗画。杜甫《清明》写时俗道："著处繁华矜是日，长沙千人万人出。"所谓"路上行人"，乃郊游踏青者。因先前晴明，故未带雨具。"春天孩儿面，一天变三变。"忽遇阵雨，行人衣裳沾湿，故狼狈不堪，致"欲断魂"。故欲寻酒家避雨祛寒。"酒家何处"，唯当地人知之，牧童便是路上偶逢的一个。这牧童想必也是带雨鞭牛还家的，哪有许多闲工夫回答路人的询问，故只将鞭一指远处杏花林边的帘招，算是回答。全诗之妙，正在于画出了这样一幅富于情节性的"雨中问津图"。

朱光潜《咬文嚼字》(《谈文学》) 多有分析精微，极见功力的例子：

姑举一个人人皆知的实例。韩愈在月夜里听见贾岛吟诗，有"鸟宿池边树，僧推月下门"两句，劝他把"推"字改成"敲"字。这段文字因缘古今传为美谈，于今人要把"咬文嚼字"的意思说得好听一点，都说"推敲"。古今人也都赞赏"敲"字比"推"字下得好。其实这不仅是文字上的分别，同时也是意境上的分别。"推"固然显得鲁莽一点，但它表示孤僧步月归寺，门原来是他自己掩的。于今他"推"。他须自掩自推，足见寺里只有他孤零零一个和尚，在这冷寂的场合出来步月，兴尽而返，独往独来，自在无碍，他也自有一副胸襟气度。"敲"字就显得他拘礼些，也就显得寺里有人应门。他仿佛是乘月夜访友。他自己不甘寂寞，那寺里假若不是热闹场合，至少也有一些温暖的人情。比较起来，"敲"的空气没有"推"的那么冷寂。就上句"鸟宿池边树"来看，"推"似乎比"敲"要调合些。"推"可以无声，"敲"就不免啄剥有声，惊起了宿鸟，打破了岑寂，也似乎平添了搅扰。所以我很怀疑韩愈的修改是否真如古今所称赏的那么妥当。

　　…………

189

苏东坡的《惠山烹小龙团》诗里三四两句"独携天上小团月，来试人间第二泉"，"天上小团月"是由"小龙团"茶联想起来的，如果你不知道这个关联，原文就简直不通；如果你不了解明月照着泉水和清茶泡在泉水里那一点共同的清沁肺腑的意味，也就失去原文的妙处。这两句诗的妙处就在不即不离若隐若约之中。它比用"惠山泉水泡小龙团茶"一句话来得较丰富，也来得较含混有蕴藉。难处就在于含混中显得丰实。由"独携小龙团，来试惠山泉"变成"独携天上小团月，来试人间第二泉"，这是点铁成金。

如果生活趣味和经验狭窄，哪得如此会心深远？

跳跃性是诗歌表现上的特点之一。诗词的叙事抒情，往往有省略，有空白。而读者的还原能力，在很大程度上便是运用历史知识生活经验和想象去填补其中的空白。这一点，我们在分析《赠汪伦》时已经涉及了。现以杜甫《石壕吏》为例，予以进一步说明。杜甫的叙事诗是以叙事的简洁洗练著称的，这首诗便是很典型的实例。通首才一百二十字，但内容十分丰富，人物、事件、环境十分典型，在惊人的广度和深度上反映了生活中的矛盾和冲突。读者必须在熟悉历史背景的基础上，像"读"生活本身那样去读这首诗，才能从诗行的无字处看出深长的意思。

　　暮投石壕村，有吏夜捉人。老翁逾墙走，老妇出门看。吏呼一何怒，妇啼一何苦。听妇前致词：三男邺城戍。一男附书至，二男新战死。存者且偷生，死者长已矣！室中更无人，惟有乳下孙。有孙母未去，出入无完裙。老妪力虽衰，请从吏夜归。急应河阳役，犹得备晨炊。夜久语声绝，如闻泣幽咽。天明登前途，独与老翁别。

这首诗第一个值得读者留意的句子是："老翁逾墙走"。既是老翁，过门槛也得小心，岂能跳墙？然情急到生死攸关之时，自有其事。这一客观叙写，展示的却是惊心动魄的场面。老翁跳墙而老妇应门，是因为抓丁一般不要妇女，尤其是老妇，便有些安全感。紧接着诗人便写到："吏呼一何怒，妇啼一何苦。"似乎有些突然。其实这两句之前就有一个"空白"。记得在重庆一个画展上，看到一幅工笔彩墨人物画，画的标签遗失了。画上画着一位古装的老妇在院坝里俯身拾一草鞋，眼却直直地望着那柴门，一只狗正冲着那门叫。对着这幅失题的画，几乎一眼就认定是《石壕吏》诗意画。这画展现的情景，正是这个"空白"应有的内容。因为老翁逾墙要一点时间，老妇出门必然延宕。那吏夜出捉人，用心良苦，久敲门而未开，门开时又扑了空，叫他如何不怒？而夜里遭此袭击，闹得鸡犬不宁，老妇的确也苦，但那时恐怕更多的是慌张，要掩饰老翁逾墙之事，拖住吏的后腿，恐怕也只能是应声而啼了。这以下的十三句，只写"听妇前致词"，未写吏的盘问，"空白"就更多了。霍松林说是"藏问于答"。要真切地理解这一段所叙情事，便需读者发挥想象还原的能力。

那吏一进门见是一年老的妇人，自然恼羞成怒，首先要盘问家中的男子。所以老妇一答话便是"三男邺城戍"，为掩护老翁，拉扯上三个当兵的儿子，其中两个已在最近的邺城一役中牺牲了！"存者且偷生，死者长已矣"，话说得十分痛切，意在争取同情，而且很可能产生了效果。不过，无论那吏如何动恻隐之心，因系公务在身，不得又问及家中是否还有其他的人。所以老妇人有"室中更无人"的对答。但这话说得太绝对，马上又补一句"惟有乳下孙"。既言"更无"，又言"惟有"，是矛盾的，可见老妇当时却有些语无伦次。供出吃奶的孙儿，实际已牵涉到儿媳，但她既在哺乳，又出入无完裙，那吏也无可奈何。出乎读者意料的，是老妇人不待吏的诘问，即挺身而出，自告奋勇："老妪力虽衰，请从吏夜归。急应河阳役，犹得备晨炊。"这里有三重弦外之音，其一是从对话中可知吏对老妇也做了一些解释说服工作，使她知道河阳形势急迫，勤王事不得已；其二是对家里一切都如实交代了，唯有老翁逃跑一节打了埋伏，再遭诘问，必图穷而匕现；其三是有倚老之心理，未尝不存侥幸。可是万没料到，那吏为了交差，抓丁不着，真的把老妇带走了。

诗中就通过一个已贡献三个儿子给国家的家庭的解体，深刻揭示在动乱时世中人民承受的苦难。其中那个老妇为亲人、为国家所做牺牲，是颇富悲剧意味的。假若读者不能在论世的基础上参以会意，读后的感觉将会非常肤浅，所得甚少。有的青年觉得杜诗兴味不浓，其实是自己训练不够的缘故，不应因自己的胃口去埋怨食物。故王世贞有"十首以前，少陵较难入"之说。

生活是复杂的，现象与本质不一定统一，诗往往亦如此。有言在此而意在彼者，有正言欲反者，有辞若有憾实深喜之者。凡此，皆宜凭生活经验，裁决以己意。崔颢《长干曲》云"同是长干人，生小不相识"，看来是说相逢恨晚，实则是"乐莫乐兮新相知"。李白《古意》(《南陵别儿童入京》)云："游说万乘苦不早，著鞭跨马涉远道"，虽说着致身苦晚，其实全是按捺不住狂喜的心情，故下文就有："仰天大笑出门去，我辈岂是蓬蒿人"的和盘托出。李商隐《骄儿诗》："交朋颇窥观，谓是丹穴物。前朝尚器貌，流品方第一。不然神仙姿，不尔燕鹤骨。安得此相慰？欲慰衰朽质。"貌似自谦，其实津津乐道，掩饰不住内心对爱子的激赏。史达祖《双双燕》："应自栖香正稳，便忘了天涯芳信。"言燕子巢成之后，不再劳劳花底。辞若有憾，实深喜之。凡此，不谙生活底蕴，均难以知其佳妙。

诗人好句，往往有极炼若不炼，即"成如容易却艰辛"者。本来他"吟安一个字，捻断数茎须"，而读者作寻常意思解会，这种情况也是经常有的。《长恨歌》有句云：

　　春寒赐浴华清池，温泉水滑洗凝脂。

因是温泉水，故春寒赐浴尤佳。但水何以"滑"？或以为温泉水含矿物质而滑，到过温泉洗浴的人方知此说似是而非。盖会解此字关键着落在"洗凝脂"三字上。从水浇凝脂的情形，可悟"滑"意。故非水"滑"，实以形容贵妃肌肤细腻。这样写比露骨的形容有效得多。由此可知诗人用字之工。刘长卿《送灵澈上人》：

> 苍苍竹林寺，杳杳钟声晚。
> 荷笠带夕阳，青山独归远。

诗人以二十个闲淡的字面，写出一个深邃的意境。他提炼了几个意象：一座寺庙和从寺庙传出的钟声，一道青山和西下的夕阳，一个踽踽独行的僧人。钟声代表一种召唤，僧人的渐行渐远代表一种皈依。值得玩味的是"带夕阳"三字。一般读者往往解"带"为静态的"戴"，但有山行见落日经验的人则不同。他将认此字为动态的"引"：盖夕阳随行者移动而移动，渐行渐远，人归日落。诗中从行者角度写景，寓一片依依惜别之情。无独有偶，陶渊明《归园田居》已有"晨兴理荒秽，带月荷锄归"之句，下句说的也不是"披星戴月"，而是月行与人相随，景物与人亲近如此，以见初参加劳动的喜悦，此种会心，亦无不依赖于生活经验。还有这样一种情况：

有些作品，我们初一看见，就觉得它幼稚，毫无一读价值；但有些作品，在初看时觉得幼稚，及等到一看再看时，又发觉了它的淳朴而不可企及之处。相传有人咏雪，开首是"一片一片又一片"，接着是"两片三片四五片"，接着又是"六片七片八九片"，弄得站在旁边的朋友，大大的发急，以为这样一片一片地数了下去，将到什么时候可以完结？但等到最后写出的一

句"飞入梅花都不见"，于是才觉得一气呵成天衣无缝，意境超然，使人叹服。(许杰《文艺欣赏论》)

关键就在到最后一句时，读者才能一下子看到了一幅生活中的情景，即联系到一种生活经验，前面的片片雪花，一下子都活起来了。

三　读者何必不然

传统的美学与文艺学于文学的创造只看到作家和作品，而往往忽视读者的积极作用，这是片面的。作品的价值和地位恰恰是创作意识和接受意识两种因素共同作用的结果，作品实际有待于读者能动地接受，而这个过程是积极的、主动的、再创造的。接受美学的这种观点，不仅可以解释一些作家作品 (如张若虚《春江花月夜》) 何以取湮当代，而在数百年后却被重新发现，身价与日俱增的现象；而且也为赏析的创造性提供了科学的理论基础。

从另一角度看，在创作中，作家受潜意识的支配，往往使一些他未曾清楚意识到的深层的思想情感，通过文学形象或诗歌意象流露出来，故"形象大于思想"，是文艺创作和欣赏中一个具规律性的现象。我们在阅读诗词的时候，有时不但能穷尽作者创作时感受到的境界，而且能凭借作品超越作者，即从中领悟到更多的东西。假使能起作者于九泉下而问之，恐怕他也会由此受到启发，重新认识自己的创作。

这是因为一切伟大的作品必定具有一种超越原作者的意旨和境界的弹性与暗示力；也因为心灵活动的程序，无论表现于哪方面，都是一致的、普遍的。掘到深处，就是说，穷源归根的时候，自然可以找着一种"基本的态度"，从那里无论情感与理智，科学与艺术，事业与思想，一样可以融会贯通。（梁宗岱《谈诗》）

因此，从某种意义上说，读者不但可能，而且应当通过会意，以积极的态度参与艺术形象的创造，使自己的赏析活动具有一种创新倾向。王夫之说："作者用一致之思，读者各以其情而自得。"金圣叹说："先生（杜甫）句不必如此解，然比解人胸中固不可无也。"谭献说："作者之心未必然，而读者之心何必不然。"他们如出一口的见解，均是深谙此中奥妙的。

海涅认为：每一时代，在其获得新的思想时，也获得了新的眼光。这时，他就在旧的文学艺术中看到了许多新精神。在"论世"章里我们对《次北固山下》和《黄鹤楼》诗的解会便是如此，它在相当程度上已是超越作者了。这里我们再举一个很典型的例子。现代散文家碧野在《情满青山》一书中，引用了据称是太平天国将领某某所写的一首诗：

> 千岩万壑不辞劳，远看方知出处高。
> 溪涧焉能留得住，终归大海作波涛。

这首咏瀑布的诗气魄很大，颇有一点不畏艰难，以天下为己任，弃燕雀之小志，慕鸿鹄以高翔的革命情怀。然而它的原作者却并非什么农民革命领袖，而是唐代一位皇帝和一位僧侣的联句，本事见《庚溪诗话》："唐宣宗（李忱）微时，以武宗忌之，遁迹为僧。一日游方，遇黄檗禅师同行，因观瀑布。黄檗曰：'我咏得此一联（即此之上联），而下韵不接。宣宗曰：'当为续成之。'（以下联句从略）其后宣宗竟践位，志先见于此诗矣。"禅师作"千岩万壑"两句，有暗射李忱当日处境用意，而宣宗所续"溪涧焉能"二句，则寄寓着不甘寂寞，思有作为的情怀。由于诗中脱弃凡近，不涉具体事实，而假冲决一切阻碍的自然意象作象征性的抒怀，这就使得农民革命领袖人物也能激赏，并从中发现了为原作者所不可能想象的大无畏的革命精神和气概。使今日读者感到这诗由后者创用之后，更为够味，创造性的赏析使得原诗的风貌焕然一新。

我国古代诗词以押韵为通则，以"联"为一完整的意义单位。而诗歌结构的特点之一，便是具有跳跃性，空白感。即使是佳作，也往往可截取一联或数联，成为较原诗更为凝练的小诗。这种特性有些像生物中的蚯蚓，斩断后的蚯蚓仍能生存，且自成首尾。散文不可断章取义，而"断章取义"在诗歌赏析中司空见惯。

  百川东到海，何时复西归？少壮不努力，老大徒伤悲。（《长歌行》）

  步出城东门，遥望江南路。前日风雪中，故人从此去。（古诗）

  煮豆燃豆萁，豆在釜中泣。本是同根生，相煎何太急。（曹植《七步诗》）

  离离原上草，一岁一枯荣。野火烧不尽，春风吹又生。（白居易《赋得古原草送别》）

以上各例均非全豹，但长久以来，它们都独立在全篇之外为人传诵。这种文摘式的小诗，一方面较原诗文字更少，更精练；另一方面较其在原诗中意蕴更多，更灵活。这是因为诗的摘句较之全篇，更只表现片段情感和某一情感之情态，更不受具体人事和一时一处思想的拘束，这使得欣赏者所产生的感应所受制约较少，而随机生发的可能性却较大。"赋诗言志"，在春秋战国时代是很时髦的磨饰外交辞令的办法，诗句的借用，实际上包含着创新性的赏析，非相当熟悉诗篇、熟悉生活，而反应敏捷者，是难于措置如意的。在今天，我们仍经常在全新的意义上借用古人诗句来表情达意，如：

海内存知己，天涯若比邻。（王勃《送杜少府之任蜀川》）

无边落木萧萧下，不尽长江滚滚来。（杜甫《登高》）

沉舟侧畔千帆过，病树前头万木春。（刘禹锡《酬乐天扬州初逢席上见赠》）

旧时王谢堂前燕，飞入寻常百姓家。（刘禹锡《金陵五题·乌衣巷》）

野火烧不尽，春风吹又生。（白居易《赋得古原草送别》）

春蚕到死丝方尽，蜡炬成灰泪始干。（李商隐《无题》）

夕阳无限好，只是近黄昏。（李商隐《乐游原》）

这些诗句都已超出诗人写作时的思想，而具有新的归趣。诗词欣赏虽然也是从字词句义的理解开始，必受到作品一定的规范和制约，须摸索作者形象思维的途径进行，但这种探求又远非亦步亦趋，反之，它带着被形象兴发的全部激情和想象，能动地发掘着隐藏在形象深处，连作者也不曾意识到的东西。"玩奇不觉远，因以缘源穷。遥爱云木秀，初疑路不同。安知清流转，偶与前山通。"（王维《蓝田山石门精舍》）是记游山玩水之实，然熟味之却又感到它不仅如此，还能从中体认到一种寻求与顿悟的情趣。陶渊明的"平畴交远风，良苗亦怀新"，表面是写景，苏东坡却看出"见道之言",亦其例也。王国维《人间词话》有一段论学妙语向为人所乐道：

> 古今之成大事业大学问者，必经过三种之境界："昨夜西风凋碧树。独上高楼，望尽天涯路。"（晏殊《蝶恋花》）此第一境也。"衣带渐宽终不悔，为伊消得人憔悴。"（柳永《凤栖梧》）此第二境也。"众里寻他千百度，蓦然回首，那人却在灯火阑珊处。"（辛弃疾《青玉案》）此第三境也。此等语皆非大词人不能道。然遽以此意解释诸词，恐为晏、欧诸公所不许也。

王国维节取了三首词，一是晏殊《蝶恋花》，原意不过说离愁别恨，被引申为迥出时流，立志高远；二是柳永《凤栖梧》，原意不过说春日相思的憔悴与执着，被引申为锲而不舍，百折不回；三是辛弃疾《青玉案》，原意不过是情人邂逅，被引申为柳暗花明，事业成功。这种引申实际上已经是远离作者原意的创用，虽"为晏、欧诸公所不许"，但它们确实又具有超越自身的象征意蕴，"非大词人不能道"，也非深于美学的大学者不能发。与此相映成趣的，还有李泽厚的"三境界"说：

> 禅宗常说有三种境界，第一境是"落叶满空山，何处寻行迹"，这是描写寻找禅的本体而不得的情况。第二境是"空山无人，水流花开"，这是描写已破法执我执，似已悟道而实尚未的阶段。第三境是"万古长空，一朝风月"，这就是描写在瞬刻中得到了永恒，刹那间已成终古。在时间是瞬刻永恒，在空间则是万物一体，这也就是禅的最高境地了。（《中国古代思想史论》）

习惯是诗歌创作的大敌，也是审美与欣赏之大敌。有形容它是感觉的厚茧，感情的面具，语言的套轴，是停滞和衰老。正因为如此，古代诗人不断地创新和变运，唐有唐音，宋有宋调，审美经验是一种凝神观照的形式，是对审美对象的性质以及结构的一种喜爱的注意，而习惯对审美经验则起着障碍与败兴的作用。好诗被说坏，往往因为说论者心中先有习惯的框框，如此一见诗中有落花，先就得出"见容华易谢"的结论。如王琦评论李贺《南园》（花枝草蔓眼中开），认为仍是伤春的套路。殊不知这诗颇有奇趣，诗人独具只眼，恰恰从人们只看得见感伤的落花景象中看到一段好的故事：不是零落成泥，不是落花流水，而是风花相爱，燕尔新婚。所以洋溢在诗中的不是凄楚的感伤，而别有一种轻快与亲昵的情调，是对大自然的丰富含蕴的富于奇趣的一个发现。这种童话般的优美境界，在同一作者的《梦天》《天上谣》一类诗中也可以看到。

诗贵创新，赏析岂可仍旧？高明的鉴赏者将诗读到会心处，也有一种创造的愉快和自豪。金圣叹解杜诗《戏题王宰画山水图歌》"巴陵洞庭日本东，赤岸水与银河通，中有云气随飞龙。舟人渔子入浦溆，山木尽亚洪涛风"数句道：

> 此方看画。上既说明此图为昆仑方壶矣，此忽故作惊怪，恍恍惚惚，疑是洞庭，疑是日本，疑是赤岸。约此图，满幅是颟洞大水，天风翻卷，其势振荡。而于一角略作山坡、树木，更点缀数船，避风小港。画者既无笔墨相着，题者如何反着笔墨？于是万不得已，作此眼光历乱，猜测不得之语，以描写满湖大水。然后承势补完渔舟山木，悉遭大风之所刮荡也。而又有"中有云气随飞龙"七字者，原来王宰此图，满湖纯然大水，却于中间连水亦不复画，只用烘染法，留取一片空白绢素。

披诗见画，能入能出，可谓善于还原了。赏析到此，他又不禁得意起来："此是王宰异常心力画出来，是先生异样心力看出来，是圣叹异样心力解出来。王宰昔日滴泪谢先生，先生今日滴泪谢圣叹，后之锦心绣口君子，若读此篇，拍案叫天，许圣叹为知言，即圣叹后日九泉之下，亦滴泪谢诸君子也。"这种自豪与愉快，是那些感情冰结的批评家和"读诗必此诗"的村学究们所难于领略的罢。

四　赏析示例

野有死麕 (《诗经·召南》)

野有死麕 (jūn)，白茅包之；有女怀春，吉士诱之。

林有朴樕 (sù)，野有死鹿；白茅纯束，有女如玉。

舒而脱脱兮，无撼我帨 (shuì) 兮，无使尨 (máng) 也吠。

这首情诗写一位少年猎手求爱的事，余冠英说："丛林里一位猎人获得了獐和鹿，也获得了爱情。"(《诗经选》)

猎人打得的这獐和鹿，同时就是送给女方的礼物了。以自己亲手打来的猎物作馈赠，意义当然不同寻常，比市场上买来的值得炫耀。首章是对情事的概略叙述。注意那个"包"字，这是关于送礼需要包装的最早记载。在周代，白茅是南方贡物，《左传》有"包茅"一说 (见僖公四年)。白茅是编织材料。我想这鹿不会是用白茅草草包裹，而应是以白茅编织物包之，这一点于诗意很重要。其次要注意的是"诱"字："诱"是有前提的行动；女方有爱的要求 ("有女怀春")，男方和她套近乎，便是"诱"。

首章已把话说完了。二章实是在首章的基础上作补充描绘，是变相的叠咏。诗中的獐和鹿实在只是一回事，是易辞申意 (诗的同义词借代很宽

泛），把它说成送了两回礼，是误会。二章除了增加一个兴句"林有朴
樕"，其余三句就是首章前三句的变格（错位）反复。

三章纯写对话，是此诗特色所在。约会当在女家，必是黄昏以后，
背了女方家人的幽会。所以女方叫男方不要毛手毛脚，不要把衣上玉饰
弄得太响，不要惊动了宠物小狗。钱锺书："按幽期密约，丁宁毋使人惊
觉，致犬哗喋也。王涯《宫词》：'白雪猧儿拂地行，惯眠红毯不曾惊。
深宫更有何人到，只晓金阶吠晚萤'；高启《宫女图》：'小犬隔花空吠
影，夜深宫禁有谁来?'可与'无使尨也吠'句相发明。"（《管锥编》一）

诗写女方口吻极妙，完全从声音上着想，符合夜晚幽会的特定情境。
这里写了幽会中拉拉扯扯的事，《毛诗序》说是"恶无礼也"，不免煞风
景。其实，这就像今天男女幽会时，女方对男方说："讨厌——有人。"
"讨厌"是因为有人，心里美滋滋的，哪里就"恶无礼"呢。对话的加
入，为诗平添风趣。

全诗语译如下："野外猎得一头獐，白茅编袋来包装；少女多情人漂
亮，少年和她搞对象。/林中乔木连灌木，野外猎得一头鹿；白茅编袋红
绳束，少女纯情美如玉。/'哥哥你别慌嘛，别拉我衣裳嘛，别使狗儿叫
汪汪嘛。'"

| 按语 |

汉儒解此诗为"恶无礼也"，这篇赏析解为"讨厌——有人"。就是以意逆志，还
原生活。

焦仲卿妻（汉乐府）

（原诗太长，从略）

这首诗最早见于梁·徐陵《玉台新咏》，题作《古诗为焦仲卿妻作》，
《乐府诗集》作今题，通行本或取首句为题。开篇"孔雀东南飞"两句是

起兴，浓缩了汉乐府中一首禽言诗即《艳歌何尝行》的诗意："飞来双白鹄，乃从西北来。十十五五，罗列成行。妻卒被病，行不能相随。五里一反顾，六里一徘徊。吾欲衔汝去，口噤不能开。吾欲负汝去，毛羽何摧颓。"暗示这首诗将叙述一则夫妻悲剧。汉乐府中还有另一首诗即《古艳歌》："孔雀东飞，苦寒无衣。为君作妻，心中恻悲。夜夜织作，不得下机。三日载匹，尚言吾迟。"与这首诗开头的内容相同，或是它的蓝本。

诗前有序："汉末建安中，庐江府小吏焦仲卿妻刘氏，为仲卿母所遣，自誓不嫁。其家逼之，乃没水而死。仲卿闻之，亦自缢于庭树。时人伤之，为诗云尔。"从最后两句可知，这个序不出于作者，而出于编者。它概括得并不好，比如说"为仲卿母所遣，自誓不嫁"，就很不准确。"其家逼之，乃没水而死"，也很粗略。但它告诉读者，这首诗是汉末人所作，诗中屡入了汉以后风俗描写，应出后人增饰。不过从全诗的意匠经营和艺术水准看，应主要成于一人之手。

这首诗在艺术上最使人称道的，是人物语言的描写。沈德潜《古诗源》评点说："诗中淋淋漓漓，反反复复，杂述十数人口中语，而各肖其声音面目，岂非化工之笔！"鲁迅称赞《红楼梦》中人物语言是可以闻其声而知其人。《焦仲卿妻》以五言诗摹写人物语言，居然也达到这样个性化、性格化的水准，更称绝活。读懂人物语言，也就成为赏析这首诗的一个关键。这首诗把前两句的起兴撇开，一开篇就是人物语言：

> 十三能织素，十四学裁衣。十五弹箜篌，十六诵诗书。十七为君妇，心中常苦悲。君既为府吏，守节情不移。鸡鸣入机织，夜夜不得息，三日断五匹，大人故嫌迟。非为织作迟，君家妇难为。妾不堪驱使，徒留无所施。便可白公姥，及时相遣归。

这一段是兰芝对焦仲卿讲的话,是小两口儿关上门讲的话。"十三能织素,十四学裁衣。十五弹箜篌,十六诵诗书"这几句话是什么意思呢?通常分析只说这是"年龄序数法",就是没悟出它是什么意思。这个意思一句话说完,就是:"我是完全配得上你焦仲卿的。"因为这段话表明兰芝是受过良好教养的。这段话讲得这么直率,这么不客气,表现出这小两口儿的关系是好呢,还是坏呢。当然是好,不然就不可能说得这样冲:"你在府中忙公事,天天不回家,你妈在家折磨我,焦家的媳妇难当。"常言道:"婆婆不是妈妈",真是一个精辟的命题。总之,兰芝这段话是情绪化的,也只有在焦仲卿的面前,兰芝才控制不住自己的情绪。后来,在焦仲卿向兰芝致歉的时候,她还拿话顶撞过他:"勿复重纷纭!往昔初阳岁,谢家来贵门。奉事循公姥,进止敢自专?昼夜勤作息,伶俜萦苦辛。谓言无罪过,供养卒大恩。仍更被驱遣,何言复来还?"但换了一个对象,换了一个场合,兰芝就不这样说话。

昔作女儿时,生小出野里,本自无教训,兼愧贵家子。受母钱帛多,不堪母驱使。今日还家去,念母劳家里。

这段话是在兰芝离开焦家,即"上堂谢阿母,母听去不止"时,对焦母讲的。这段话的意思用一句话说完,就是:"我完全配不上焦仲卿。"这段话自责自谴,与她当焦仲卿面讲的那段话,形成鲜明的对照。这当然是违心的话,却也表现出兰芝这个人物在语言上的一个特点,就是她是注意到对方的可接受性的,是看人说话、因人而异,看场合说话、因地而异的。换言之,她很会说话。而且常常准备违心地迁就别人,尤其是家长。由此可见,焦母加给她的"无礼节"的罪名,是不成立的,是不攻自破的。

兰芝回家,受到母亲的责备,心中很委屈,她的申辩只有一句:"儿实无罪过。"对于母亲,只需女儿这一句话,就沟通了,就原谅了。但在婆婆那里就不行——"婆婆不是妈妈"呀。这一段对话还表明，这一对母女是很能交心的。在县令来求媒时，母亲还征求女儿意见，"汝可去应之"，让女儿自己拿主意，是多么民主呀。兰芝是这样回答的：

> 兰芝初还时，府吏见丁宁，结誓不别离。今日违情义，恐此事非奇。自可断来信，徐徐更谓之。

这段话捏拿得多么好啊，"恐此事非奇"就是：恐怕这样不好吧。人们在生活中就是这么说话的。"自可断来信，徐徐更谓之"，这十个字最耐人寻味，须痛下眼看。"徐徐更谓之"就是：慢慢再说吧。这是什么意思？用民间的话说，就是骑驴看唱本——走着瞧。看焦仲卿的，如果"结誓不别离"之说并不停留在口头，兰芝还有什么话说呢，她只能奉陪。要是事情并不如此，换言之，焦仲卿的话兑不了现，那就是另一码事了。总之，兰芝是替妈妈着想了的，她并没有把话说死。她坚守的只是，宁使曲在人，莫使曲在我——"今日违情义，恐此事非奇"。所以，"自誓不嫁"的概括，是不够准确的。

母亲好说话，哥哥就不那么好说话了。当太守家来求婚时，阿母道："女子先有誓，老姥岂敢言。"——依然是一副慈母心肠。哥哥却不依了：

阿兄得闻之，怅然心中烦。举言谓阿妹："作计何不量！先嫁得府吏，后嫁得郎君。否泰如天地，足以荣汝身。不嫁义郎体，其往欲何云？"

好个"怅然心中烦"，现在人们还是这样说话。"作计何不量"就是：拿主意怎么不动脑子。连这样一个简单的道理都想不明白："先嫁得府吏，再嫁得郎君。否泰如天地，足以荣汝身。""否"是否卦，天在下地在上。"泰"是泰卦，天在上地在下。"否泰如天地"就是：彼此有天壤之别。"其往欲何云"说是：这样发展下去怎么得了！通常分析都说哥哥态度专横，其实他这一番话也很在理。出乎意料的是，兰芝听完哥哥的

204

话，竟然把头抬起来，说话也简明扼要起来，表明她的主意拿定了：

> 兰芝仰头答："理实如兄言。谢家事夫婿，中道还兄门。处分适兄意，那得自任专？虽与府吏要，渠会永无缘。登即相许和，便可作婚姻。"

"理实如兄言"，这是兰芝的换位思考，她永远会换位思考。虽然她与焦仲卿有割不断的情根爱胎，但对母亲和哥哥也怀有很深的负罪感——毕竟自己成了娘家人的包袱。"处分适兄意"，是承认家长的权利。"虽与府吏要，渠会永无缘"，是说自己和焦仲卿虽有情分，却无缘分，是认命。总之，在家庭、在哥哥施加的压力下，"不久望君来"的底线是守不住了。所以，兰芝一边以泪洗面，一边下意识服从和迁就——"朝成绣夹裙，晚成单罗衫"。

古今道德家读这首诗，一致认为兰芝至此死志已决。而作品文本只告诉读者，兰芝此时心里很乱——"是死？是活？这确乎是个问题！"（《哈姆雷特》）莎士比亚的这句著名台词，用在兰芝身上也是适合的。因为兰芝不仅要为焦仲卿着想，而且要为母亲和哥哥着想，很难说哪一方面对她更加重要。何况太守家已经定了迎娶的日子，母亲又央求她："适得府君书，明日来迎汝。何不作衣裳？莫令事不举！"她就更下不了死的决心。所以她很矛盾、很痛苦，所以她一边做嫁衣，一边不停地哭——"左手持刀尺，右手执绫罗。朝成绣夹裙，晚成单罗衫。晻晻日欲暝，愁思出门啼"。

在这首诗中，兰芝形象的成功和可爱，并不在于作者写出了一个贞洁的女人，而在于他写出了一个活生生的女人。

再来看看焦仲卿的言行吧。

在衙门里，焦仲卿是个小公务员，他循规蹈矩，自甘平庸。然而他的性格特点有闪光的东西，那就是他认死理儿，较真。与兰芝说话顾忌别人的可接受性不同，焦仲卿说话一是一、二是二，不会拐弯。他特别不会说话，爱说使气话，换言之，他的语言特点是情绪化的。这首诗开篇时，写他听了兰芝一番数落，无话可说，便面见母亲，进行调停。

府吏得闻之，堂上启阿母："儿已薄禄相，幸复得此妇。结发同枕席，黄泉共为友。共事二三年，始尔未为久。女行无偏斜，何意致不厚？"

会说话的人，一定先讲兰芝的缺点，再讲她的优点，面面俱到。焦仲卿不会这一套，他打头两句话，就令母亲生气。天下没有一个母亲爱听儿子讲没出息的话，他偏偏讲："儿已薄禄相。"也难怪母亲骂他"太区区"。天下也没有一个母亲爱听儿子站在媳妇的立场讲话，特别是在婆媳发生冲突的时候，他偏偏讲："幸复得此妇！"这两句话焦母都断难接受，因为感情倾向太过明显。"女行无偏斜，何意致不厚"更是以反诘作顶撞。在母亲讲出一个罗敷让他下台阶时，他是软硬不吃，并向老太太交代了他的底线："今若遣此妇，终老不复取！"于是这次调停就谈崩了。焦仲卿只好回头再向兰芝下话：

府吏默无声，再拜还入户。举言谓新妇，哽咽不能语："我自不驱卿，逼迫有阿母。卿但暂还家，吾今且报府。不久当归还，还必相迎取。以此下心意，慎勿违吾语。"

兰芝头脑比焦仲卿更加清醒，认识到她与焦母的矛盾很难调和。所以她说了"勿复重纷纭"那番决绝的话。焦仲卿这时的处境，真是老鼠钻风箱——两头受气。但他是一个执拗的、一条道走到底的人。他寄希望于时间，所以在归庐去的路上，等到了被遣归的兰芝，钻进车中，再一次向她下话，要兰芝和他一起坚守那条底线——说好不分手。

> 府吏马在前，新妇车在后，隐隐何甸甸，俱会大道口。下马入车中，低头共耳语："誓不相隔卿！且暂还家去，吾今且赴府。不久当还归，誓天不相负！"

面对仲卿一再表态，兰芝的态度又软了下来："感君区区怀，君既若见录，不久望君来！"这是符合兰芝这个人物的性格的，因为她总是心太软，总是太在乎别人的感受。她甚至被焦仲卿的执着所打动，不小心就说出一段山盟海誓来："君当作磐石，妾当作蒲苇；蒲苇纫如丝，磐石无转移。"这就给焦仲卿留下了一个话把儿。同时她自己也很担心，因为家中还有一个强势的哥哥。所以她又有一笔但书："我有亲父兄，性行暴如雷。恐不任我意，逆以煎我怀。"这一不祥预感，不久就得到了印证。当挡不住一场婚变的时候，兰芝最牵肠挂肚的就是焦仲卿，第六感觉告诉她，他随时可能出现在她的面前。果然，说曹操，曹操就到。

> 新妇识马声，蹑履相逢迎。怅然遥相望，知是故人来。举手拍马鞍，嗟叹使心伤："自君别我后，人事不可量。果不如先愿，又非君所详。我有亲父母，逼迫兼弟兄。以我应他人，君还何所望！"

在焦仲卿出现之前，兰芝一定一千遍地想过，她该怎样讲话。这一段描写，再一次表现出兰芝是个会讲话的人。她旧话重提，说到过去就有的担心，又说到自己如今的无奈，最后一句"君还何所望"，把球一脚踢给焦仲卿。现在一切都取决于焦仲卿了。试想一下，假如焦仲卿态度漠然，或默认了这个现实，或掉头一走了之，这时，兰芝纵然难洗满面的羞愧，但心中一块石头也从此落地——她活了！可令人意料不到的是，焦仲卿听了兰芝的话，立即以"蒲苇磐石"之誓反唇相讥。这个老实巴交的人，说话就像刀子一样锋快："贺卿得高迁！磐石方且厚，可以卒千年。蒲苇一时韧，便作旦夕间"——因为情绪化，不免言重了，却表现出他的志诚与戆直。

面对这样一往情深的指责，面对"卿当日胜贵，吾独向黄泉"的表态，兰芝该哭耶？笑耶？悲耶？喜耶？兰芝从没有像这一时候一样深刻地认识到焦仲卿的可贵。作为一个小公务员焦仲卿很平庸，作为一个丈夫焦仲卿却堪称伟大。——这一段是作者的绝妙好辞，如果没有这一段文章，就让兰芝去死，就等于是让她去殉"从一而终"的观念，就必然大大削减这首诗的思想深度。真的，如果在这样关键的时刻焦仲卿态度漠然，读者实在不能断定这两个人之间会不会上演一出《上山采蘼芜》的戏剧。

这番生诀，与前番盟誓，有异同、有呼应，使全诗在结构上显得丰满而匀称。"同是被逼迫，君尔妾亦然！"于是读者看见了兰芝个性刚强的一面。"黄泉下相见，无违今日言！"——这是一锤定音：死，可不要到时不死啊！"执手分道去，各各还家门"，壮颜毅色出现在他们脸上，不复有"举手长劳劳，二情同依依"的缠绵。这番生诀，实际上已促使焦仲卿自己突破"终老不复娶"的底线，决定与兰芝一道采取更激进的方式，对家长制度以死抗争。作者的高明表现在并不事先设定事件的发展方向，而按照生活的逻辑，将悲剧表现为底线的突破。于是真压倒善，真摧毁美，成为悲剧。

作者的绝妙好辞还没有完。在写焦仲卿殉情之前，又写了上堂拜母的一场，最终完成了焦仲卿性格的描写。

府吏还家去，上堂拜阿母："今日大风寒，寒风摧树木，严霜结庭兰。儿今日冥冥，令母在后单。故作不良计，勿复怨鬼神！命如南山石，四体康且直。"

像焦仲卿这样一个一是一、二是二的人，是不能死得不明不白的，所以他必须把话讲清楚。"勿复怨鬼神"，那么该怨谁呢？这是不言而喻的。自己都"故作不良计"了，还请母亲保重身体，等于说："祝母亲寿比南山，我要去寻死了！"——这样的话，真是比刀子还要锋快。

通过以上分析不难看出，在这出悲剧中，焦仲卿这一人物实在起到了关键的作用，这一人物形象具有新人的性质。在汉代，"百行孝当先"是一种主流的伦理观和价值观，天下无不是的父母，按照这样的观念，一个男人在母亲和妻子之间站队，应该无条件地站在母亲一边才是。然而，焦仲卿却违背了这样的伦理，此其一。在整个封建时代，都是以男性为中心社会，加上生物学上的原因，"痴心女子负心汉"是一种很普遍的社会现象。焦仲卿却扮演了一个"痴心汉"的角色，此其二。

诗中反复提到一个字眼——"自由"——这可是一个重大话题。焦母强加给兰芝的罪名是"此妇无礼节，举动自专由！"她对儿子声称："吾意久怀忿，汝岂得自由！"总之，只有家长的自由，没有子女的自由。尽管兰芝自称"奉事循公姥，进止敢自专？""处分适兄意，那得自任专？"但自由化的帽子还是要落在她的头上。一个承认家长制的人被家长逼死，较之一个反对家长制的人被家长逼死，更能暴露家长制的罪恶，也更具有悲剧的意味。而家长的专制，又是整个封建社会专制的一个缩影。

总之，这个伟大的无名作者，以其冷峻的生活观察力、深厚的同情心和力透纸背的揣写，为读者展现了一个感天动地的寻常夫妻间不同寻常的生离死别的故事，是汉乐府中最厚重的作品。这是一部真正的悲剧，而且不亚于莎士比亚的水平。

对《焦仲卿妻》的通常讲解，往往把注意力放到"鸡鸣外欲曙，新妇起严妆……
纤纤作细步，精妙世无双"之类的描写上，殊不知——四体妍媸本无关于妙处，传神
写照全在"对话"中。通过对话的分析，本文指出焦仲卿这一人物在悲剧中所起的关
键作用，以及这一人物形象具有何种新人的性质，这是发人所未发。由此可见，会意
就是对生活的洞察，对作品意蕴的洞察。

蝉 （唐）虞世南

垂緌饮清露，流响出疏桐。

居高声自远，非是藉秋风。

蝉，一名知了，其幼虫在地下吸食大树根汁长达数年至十余年之久，
始于夏夜出土上树，蜕变成身体丰满而翅膀透明的蝉。雄蝉求偶时，能
发出亢奋的嘶鸣，成为蝉的一大特征。虞世南这首咏蝉之作，除首句刻
画蝉的形象和习性外，其余三句就都是从蝉声上作想的。

一首咏物诗大体有两个层面：一个是表示的层面，是诗的本指，须
贴切；一个是暗示的层面，是诗的能指，须浑成。只有第一个层面的咏
物诗，不能算好的咏物诗，同时具有这两个层面的咏物诗，才算好的咏
物诗。

先看表示的层面，即咏蝉的层面。首句，"垂緌"二字写蝉的形象，
是拟人法。"緌"是什么呢？是古代绅士结在额下的帽带，又叫冠緌。一
说："蝉首有触须，如人之冠緌。"（刘永济）读者多信而不疑。然而端详蝉
的标本，便觉其说不妥——蝉的触须在头顶，而且是短短的两根，像角、
也像眉，怎样也不像冠緌。一说："蝉喙长在口下，似冠之緌也。"（孔颖达）
按，蝉喙细长如带，部位又在额下，所以说法成立。接着，"饮清露"三
字写蝉的习性。古人不知道蝉吸食树汁以存活，以为它餐风饮露。诗非科

学，无妨出以想象。次句，始说蝉声："流响出疏桐"。蝉栖高树，梧桐是其中的一种。"流"字状出一种声声不息的感觉，暗逗下文的"秋风"。"疏桐"则暗逗下文的"居高"。三四句就蝉声发议论——"居高声自远，非是藉秋风。"这两句耐人寻味，通向暗示的层面，即借蝉喻人的层面。

《荀子》"劝学篇"有这样两句话："登高而招，臂非加长也，而见者远；顺风而呼，声非加疾也，而闻者彰。"说的是君子"善假于物"。什么是"善假于物"呢？用今天的话说，就是借助媒介来达到人体的延伸。"登高"、"顺风"在这里是并列的，无所轩轾的。而虞世南却别出心裁地将"居高"和"藉秋风"加以轩轾，将蝉声之所以远达的原因，归结于"居高"，而不归结于"藉秋风"。显然，"居高"和"藉秋风"，被人为地赋予了文化的意义。那么，"藉秋风"指什么呢？指外力、指运作、指广告，曹丕论文学说："不假良史之辞，不托飞驰之势，而声名自传于后。"（《典论·论文》）其所"不假"、所"不托"与"藉秋风"是一类范畴。"居高"呢？正好相反，照应首句的"饮清露"，可知不是指高位，而是指品格、指修养、指造诣，孔子论君子说："其身正，不令而行。"（《论语·子路》）俗谚云："酒好不怕巷子深"。"身正"、"酒好"和"居高"是另一类范畴。接受理论告诉我们，同一句话出自不同人之口，其效果也不同。一方面是人微言轻，一方面则相反——说话者越有权威、话的分量就越重。"居高声自远，非是藉秋风"就有这个意思，所以令人神远。一联之中，"自"、"非"二字对举，一正一反，很有力度。有人说，作者在这里是隐然自况。"诗者，志之所之也"（《毛诗序》），谁又能说不是呢。

这首诗运用了拟人法，从"垂緌"伊始，贯彻到底。它又是托物言志，同时具备两个层面——表示的层面做到了贴切，暗示的层面做到了浑成，所以全诗充满了神韵。以蝉喻人，在陈诗中就有——刘删《咏蝉诗》云："声流上林苑，影入侍臣冠。得饮玄天露，何辞高柳寒。"这首诗对虞世南诗当有影响。不过，虞世南之作的后来居上，却是显而易见的。

这篇赏析主要从拟人的角度，予以会意。因为是咏物诗，所以对蝉的生活习性有一定的了解，有助于对诗意的解会。

秋思 (唐) 张　籍

洛阳城里见秋风，欲作家书意万重。

复恐匆匆说不尽，行人临发又开封。

这首题为"秋思"的绝句，具有很强的叙事性，写旅中寄书的一段生活情事。最有意味的一点就是，寄书者在投递书信前一刻的那个多此一举的动作，把明明记得很清楚的书信，非得要拆开来再检查一遍不可，而检查的结果一定是并无疏漏。在心理学家看来，这甚至是一种心理上的毛病，叫作"强迫症"——明明知道并无问题，却始终不能放心，非要强迫自己去反复检查不可。

然而，这个情节发生在特定的时刻和特定的对象身上，又是很正常的。就像诗中这个人写这封家书，一定不是一封简单的平安家书，而是一个细心的人，对家人有着千叮咛万嘱咐的家书。他对这封家书的重视超乎寻常，生怕遗漏了重要的内容，虽然其实什么也没有遗漏。如果写他真的遗漏了什么，又补上了什么，倒把本来富于生活情趣的生动细节化为平淡无味了。

首句"洛阳城里见秋风"的"见秋风"，暗用晋代张翰的典故，张翰在洛阳"因见秋风起，乃思吴中菰菜、莼羹、鲈鱼脍，曰：'人生贵得适志，何能羁宦数千里，以要名爵乎？'遂命驾而归"（《晋书》本传）。张籍祖籍吴郡，此时客居洛阳，心情也许与当年的张翰相仿佛，却有种种未能明言的理由，使他不能"命驾而归"，所以只能写一封家书向家人做一些交代了。

"欲作家书意万重"的"意万重",与"复恐匆匆说不尽"的"匆匆",是一个矛盾,其结果就有"书被催成墨未浓"(李商隐)的感觉。这个感觉,就为末句那个富于戏剧性的动作,预先作好铺垫。这使得末句的到来,显得水到渠成。

| 按语 |

这首诗中包含着一种普遍的生活经验,所以读起来特别亲切。

晚春 (唐)韩　愈

草树知春不久归,百般红紫斗芳菲。
杨花榆荚无才思,惟解漫天作雪飞。

《晚春》是韩诗颇富奇趣的小品,然而,对诗意的理解却诸说不一。

题一作"游城南晚春",可知诗中所描写的乃郊游即目所见。乍看来,只是一幅百卉千花争奇斗妍的"群芳谱":春将归去,似乎所有草本与木本植物都探得了这个消息而想要留住她,各自使出浑身招数,吐艳争芳,一刹时万紫千红,繁花似锦。可笑那本来乏色少香的柳絮、榆荚也不甘寂寞,来凑热闹,因风起舞,化作雪飞("杨花榆荚"偏义于"杨花")。寥寥数笔,就给读者以满眼风光的印象。

此诗生动的效果与拟人化的手法大有关系。"草树"本属无情物,竟然能"知"能'解'还能"斗",尤其是彼此竟有"才思"高下之分,着想之奇是此前诗中罕见的。最奇的还在于"无才思"三字造成末二句费人咀嚼,若可解若不可解,引起见仁见智之说。有人认为那是劝人珍惜光阴,抓紧勤学,以免如"杨花榆荚"白首无成;有的从中看到谐趣,以为是故意嘲弄"杨花榆荚"没有红紫美艳的花,一如人之无才华,写不出有文采的篇章;还有人干脆存疑:"玩三四两句,诗人似有所讽,但不知究何所指。"姑不论诸说各得诗意几分,仅就其解会之歧异,就可看

213

出此诗确乎奇之又奇。

　　清人朱彝尊说："此意作何解？然情景只是如此。"此言虽未破的，却不乏见地。作者写诗的灵感是由晚春风光直接触发的，因而"情景只是如此"。不过，他不仅看到这"情景"之美，而且若有所悟，方才作入"无才思"的奇语，当有所寄寓。

　　"杨花榆荚"，固少色泽香味，比"百般红紫"大为逊色，笑它"惟解漫天作雪飞"，确带几分挪揄的意味。然而，若就此从这幅晚春图中抹去这星星点点的白色，你不觉得小有缺憾么？即使作为"红紫"的陪衬，那"雪"点也似是不可少的。再说，谢道韫咏雪以"柳絮因风"，自古称美；作者亦有句云："白雪却嫌春色晚，故穿庭树作飞花。"（《春雪》）雪如杨花很美，杨花如雪又何尝不美？更何况这如雪的杨花，乃是晚春具有特征性景物之一，没有它，也就失却晚春之所以为晚春了。可见诗人拈出"杨花榆荚"未必只是挪揄，其中应有怜惜之意。尤当看到，"杨花榆荚"不因"无才思"而藏拙，不畏"班门弄斧"之讥，避短用长，争鸣争放，为"晚春"添色。正是"柳丝榆荚自芳菲，不管桃飘与李飞"（《红楼梦》黛玉葬花词），这勇气岂不可爱？

　　如果说诗有寓意，就应当是其中所含的一种生活哲理。从韩愈生平为人来说，他既是"文起八代之衰"的宗师，又是力矫元和轻熟诗风的奇险诗派的开派人物，颇具胆力。他能欣赏"杨花榆荚"的勇气不为无因。他除了自己在群芳斗艳的元和诗坛独树一帜外，还极力称扬当时不为人重视的孟郊、贾岛，这二人的奇僻瘦硬的诗风也是当时诗坛的别调，不也属于"杨花榆荚"之列？由此可见，韩愈对他所创造的"杨花榆荚"形象，未必不带同情，未必是一味挖苦。甚而可以说，诗人是以此鼓励"无才思"者敢于创造。诗人对"杨花榆荚"是爱而知其丑，所以嘲戏半假半真、亦庄亦谐。他并非存心托讽，而是观杨花飞舞而忽有所触，随寄一点幽默的情趣罢。

| 按语 |

这篇赏析，着重揭示诗中反映的生活哲理，故有新意。

南园 (唐) 李 贺

花枝苴蔓眼中开，小白长红越女腮。

可怜日暮嫣香落，嫁与东风不用媒。

清人王琦注此诗时加了一个题解："眼中方见花开，瞬息日暮，旋见其落，以见容华易谢之意。"这个解释正确不正确呢？在古典诗歌中，暮春景物是入诗最频繁的题材之一，好多诗人都写过落花诗。的确，很多诗都是借落花来表现所谓"美人迟暮"之感的。但能否就此推出，李贺此诗也是表现的那同一种感情呢？关于这个问题，现成的答案是没有的。理解诗歌，首先应当从诗歌本身的艺术形象和这形象给人的实际感受出发，同时应当充分注意诗人的艺术个性，才能得出正确的结论。让我们逐句分析一下吧。

"花枝草蔓眼中开"，这句说眼见南园花草繁茂可爱。"开"主要是对"花枝"而言的，而诗中"草蔓"二字告诉读者，随着春深，绿草绿叶渐渐多了。万紫千红，逐渐会被"绿肥红瘦"的景象代替。"小白长红越女腮"这句用了一个比喻形容花朵的娇艳。"小白长红"就是白少红多的意思，也就是偏于红的粉红色，与"越女腮"连文，即以美女粉红的脸蛋来比喻花瓣色泽的鲜嫩。"可怜日暮嫣香落"，这句写花落。"可怜"二字既可作可爱讲，又可作可惜可悯讲，这里应取哪一义呢？且先看落花去向："嫁与东风不用媒"。既不是委弃尘土，也不是随逐流水。这句承上美女的比喻，把落花比作一个成熟的姑娘，不经媒妁之言，就自己随着情郎"东风"一起出奔了。显然，上文的"可怜"应该作可爱讲，而不是可悯的意思。

215

此诗给人以极新奇的印象，落花诗尽有佳作，但几曾读到过这样的落花诗呢？诗里虽有"日暮嫣香落"的字样，但充溢在字里行间的绝非感伤，而是一种轻快、亲切的情调，是对大自然丰富含蕴的一个奇趣的发现。这在李贺富于独创的诗歌中并不是罕见的情形。王琦的解释，不免化神奇为平庸。好诗被说坏，往往是评诗者心中先有一个旧的框框，比如一见写落花，不管诗人具体怎样写，先就得出"容华易谢"感叹迟暮的结论。不料诗人独具只眼，恰恰从人们只看得见感伤的落花景象中看出了一段优美动人的"好的故事"。他看到的不是零落成泥，或落花流水，而是燕尔新婚。这是旧题材的翻新，是化平庸为神奇。

此诗体现了李贺诗歌的一个最显著的特色，这就是奇特的幻想。古典诗歌中，用花枝比拟少女，或用少女比拟花枝，本来是习见的。在此诗里，虽然也用了这样的比拟，但毫无陈陈相因之感，反而令人觉得耳目一新。其原因就在诗人匪夷所思地把落花比作一个新娘，而不是一个普通的少女。这一幻想使花落的景象有了更新更丰富的含义，完全摆脱了俗套，给人以美的感受。诗人这种奇异幻想，体现了他对理想的憧憬，对美好事物的神往。类似这样的童话般优美的境界，在他的《天上谣》《梦天》等诗中也可以看到。

李贺诗的独创性体现是多方面的，"辞尚诡奇"（《新唐书》本传）就是一个方面。如"小白长红"的造语就很奇特。形容色彩的程度，一般只用"深"、"浅"，间或有用"多"、"少"的，像此诗用"长"、"小"，的确见所未见。这显然是诗人有意避熟就生，不肯落入常套的缘故。后来宋词中有"绿肥红瘦"的名句，与"小白长红"实际是同一性质的创新。

| 按语 |

　　如不善于会意，这首诗很容易像王琦讲解那样，不过是许多伤春诗中的一首罢了。

乐游原 （唐）李商隐

向晚意不适，驱车登古原。

夕阳无限好，只是近黄昏。

乐游原在长安东南，为唐时登览胜地。这首诗写作者登乐游原遥望夕阳而触发的感受。它是一首小诗，也是一首大作。

"向晚意不适，驱车登古原。"两句写作者黄昏登上古原，为了排愁解闷。"向晚"二字的字面意义是天色向晚，然而，也可以理解为人过中年，而耐人寻味。这就是汉语因具有模糊性，而造成的魅力。"古原"是个有意思的词汇，照理说，土地是不可再生的资源，所以无原不古。然而，强调是"古原"，无非是说它未经开发，是纯自然而非人化的自然。因此，"古原"一词，不仅与"向晚"呼应，更有一种回归之意。还要说说"意不适"。什么是"意不适"呢？纪昀说"百感茫茫，一时交集，谓之悲身世可，谓之忧时事亦可"，总之是有些介意，不能超脱。除了"驱车登古原"，还有什么更好的办法呢！

"夕阳无限好，只是近黄昏。"两句写登古原所见到的景色和得到的启示。"夕阳无限好"这一句极好，应画一路密圈。一方面是夕阳确实好，人们都知道夕阳在下山的时候特别红、特别圆、特别大，可以对视，有很强的视觉冲击力。另一方面是人们只强调旭日东升的好，没有人强调过夕阳西下的好，特别是没有人强调过"无限好"，所以让人耳目一新。这一句提神，却增加了下一句的难度。做得不好，全盘皆输。老实说，"近黄昏"三字容易想到，特别是因为用韵，更容易想到。不容易想到的是"只是"二字，如果留白让人填写，恐怕谁也猜不到是"只是"二字吧——并不是因为奇崛、别人想不到，而是因为平易、别人想不到。通常的理解，"只是"是限制语、转折语，等于只不过、但是，这两句的意思就成了：夕阳纵然太好，无奈时近黄昏、即将没落，令人流连怅惘、

217

徒唤奈何。是颓唐语。却有人指出，"只"乃语气词，"只是"即正是、恰是。举证："只在此山中"（贾岛）的"只在"即正在，"游人只合江南老"（韦庄）的"只合"即正该，"只缘身在此山中"（苏轼）的"只缘"即正为，等等。这两句的意思非但不是颓唐，反而是充分的肯定，是化瞬间为永恒，也就是作者在另一诗中说的"人间重晚晴"。这再一次显然了汉语因为模糊性而特具的魅力。

人生难免遇到负面的情绪，人的一生都要注意拒绝负面情绪，给自己以积极的心理暗示。唐诗杰作，往往给人以这方面的启示，如李白《将进酒》，又如此诗。它们不但给人以思想启迪，而且给人以充分的美的享受。管世铭称这首诗为"消息甚大，为五绝中所未有"，是极为中肯的。

| 按语 |

　　对这首诗的"只是"，存在两种不同的理解，这与各人的经验相关，很难绝对说谁是谁非。

江城子·乙卯正月二十日记梦（宋）苏　轼

　　十年生死两茫茫，不思量，自难忘。千里孤坟，无处话凄凉。纵使相逢应不识，尘满面，鬓如霜。　　夜来幽梦忽还乡，小轩窗，正梳妆。相顾无言，惟有泪千行。料得年年肠断处，明月夜，短松冈。

这是一首悼亡之作，也是一首感伤之作。作者发妻王弗于治平二年（1065）死于京师，明年迁葬眉之东北彭山县安镇乡可龙里，至熙宁八年（1075）作此词时正好十年。全词通过记梦，暗用白居易诗"悠悠生死别经年"、"两处茫茫皆不见"、"一别音容两渺茫"、"此恨绵绵无绝期"等语意，深刻地表现了人生长恨的主题。

218

一说没法忘记：谁说时间可以抹去一切？有些人是一辈子也不会忘记的，有些爱是再痛苦也不忍心忘记的。如一句话剧台词所说，"爱他，是我做过的最好的事。"（《恋爱的犀牛》）有一句歌词说："从来不需要想起，永远也不会忘记"——这就是"不思量，自难忘"的意思了。真正深入你骨髓、血液中的爱又怎么会因为这个人不在你身边就忘记了呢？无论这个人在何处，十年相隔也好，千里相隔也好，生死相隔也好，一切早刻在你的心里。只要心还在，就没法忘记。

再说无能为力：最痛苦的事莫过于在两个人热恋时被迫生生分离，眼看着你爱的人远去、死去、消失，却无能为力。"千里孤坟，无处话凄凉"，死去的人再也不会活过来，离去的人再也不会回来，甚至连可以凭吊的东西也找不到。除了从心里寻找痕迹，就是找不到一点确实的凭据，证明这个人真的存在过。一切就像一场大梦，再也看不到她的笑容，再也听不到她的声音，写出的信再也不被回复，找不到一点和她联系的方式。人在凄凉的处境中，渴望倾诉，却再也无法向她倾诉衷肠。唯一表示她存在过的竟是坟墓，可连坟墓也在千里之外。

三说不堪回首：就算真的再相逢，两人也成了陌生人了吧，岁月在每个人身上都刻下痕迹。"纵使相逢应不识，尘满面，鬓如霜"，青春已逝，光阴的故事改变了两个人，站在她面前的好像已经不再是那个她曾爱的人，好像不是她日夜思念的那个人。由于不在身边，关照不到，他改变得太厉害，几乎认不出来。字里行间，暗示着妻子生前对他在生活上的关照，以及心灵上的抚慰、排遣。纵使痛心，也无法挽回，无法弥补。"夜来幽梦忽还乡"，遥接"不思量，自难忘"。"小轩窗，正梳妆"，对于新婚的男人，乃是一种视觉享受。然而在梦中，却产生了距离感。梦里相逢，是莫名其妙的久久地失语，不停流泪。

最后说人生之谜：命运为什么如此冷酷？为什么越是追求越是事与愿违？为什么人们那么渴望爱，渴望天长地久，渴望幸福，可是谁也得不到？"料得年年肠断处：明月夜，短松冈。"牢记只能换来年年断肠之痛，为什么还是舍不得遗忘？为什么几天的幸福要付出几个月、几年甚至一生的痛苦作代价？为什么有的人是这么不可替代，这个人究竟有什么魔力？为什么越珍贵的东西越要失去？为什么失去了就再也找不回来？这些追问，有谁能够回答？

王国维说："词以境界为最上。有境界则自成高格，自有名句。五代、北宋之词所以独绝者在此。"(《人间词话》) 感伤诗词的创作和欣赏，都是对积郁的一种释放，其结果必然是获得轻松，获得审美的享受。晚唐到北宋词多立足女性本位，多绮艳之作。此词将悼亡引入词体创作，而且出以白描手法，也可以说是"一洗绮罗香泽之态"了。

| 按语 |

这篇析文在某种程度上超越了词的具体生活内容，而着重发挥其所蕴涵的富于哲理性的对人生的思索，这就是会意，亦即《孟子》所说的"以意逆志"。

过松源晨炊漆公店 (宋) 杨万里

莫言下岭便无难，赚得行人错喜欢。

正入万山圈子里，一山放出一山拦。

这首诗作于绍熙三年 (1192) 作者任江东转运副使外出时。题中的"松源"是山区地名，"漆公店"是前一夜投宿的客栈，"晨炊"犹言早餐。题目告诉读者这样一些信息：作者山行至少走过一天山路了，又要开始第二天的行程。从头一天的行程，他取得了一个经验，也便是这首诗的缘起。

"莫言下岭便无难，赚得行人错喜欢。"两句写走山路容易产生的一种误区。首句以"莫言"打头，是个祈使句，是过来人教训"行人"的口气。"下岭"是个关键词，犹言下坡。山行的特点是道路崎岖不平，除了上坡就是下坡，谚云："上坡脚杆软，下坡脚杆闪"，都不好走，唯有下坡后的一段平路走起来比较轻松。然而，这段平路一般是不长的，接下来就会再上坡、再下坡。所以，作者告诫道："莫言下岭便无难"。次句便是说那个误区，什么误区呢？就是"错喜欢"，就是高兴得太早，以为走上平路，以后就不再上坡下坡了。而这个误区是有以导之的，这个意思通过"赚得"表达出来，什么是赚得呢？说严重点就是诱骗。谁诱骗呢？这就是个悬念，且待下文分解了。

"正入万山圈子里，一山放出一山拦。"两句讲山行的崎岖，是"行人"必须面对的现实。以"正"字领起，是汉语中的正在进行时，表明某一状态的正在持续。"万山"犹群山，便是诱骗者了。当然这是拟人的手法，"圈子"犹言圈套。这里包含一个暗喻，说山行好比进入了"万山"这个家伙的圈套。什么圈套呢？这又是一个悬念。末句揭秘，令人恍然大悟："一山放出一山拦。""放出——拦"这样的说法，继续拟人。而"一山"又"一山"，就好像是"万山"安排在途中的圈套，前面的放你一马，让人'错喜欢'一下，后面的又拦住去路，让人愁一下。简直是一场恶作剧。"一山放出"和"一山拦"，形成句中排，出以唱叹，增加了诗的风趣。

风趣是杨万里诗（诚斋体）的生命，使诗特别活泼。在这首诗中，悬念的设置，拟人法的运用，语言的民间，比喻的妙用，都增加了诗的风趣。这些都很有代表性。谁都不喜欢别人板着脸说话，何况是诗呢？这是诚斋体所以为人喜爱的一个原因。

这首诗还不仅仅止于风趣，还有一个隐喻的层面、义理的层面，给读者以启迪。世界是充满矛盾的，科学上没有平坦的道路可走，人生道路不会一味平坦，人类的事业更不是一帆风顺。必须面对一个一个的问题，必须克服一个一个的困难。而且不能指望克服了一个困难就万事大吉，解决了一个问题就一劳永逸。在现代社会，问题不是越解决越少，但是还得要解决。旧的问题解决了，新的问题还会出现，还得要面对。而人类的事业，正是在这样的过程中前进的。人们的危机处理意识，社会的应急机制也就是这样建立起来的。当然，杨万里想不到这些。然而，文学的成功之作，都是形象大于思想的，都有重新解读的可能性。这首诗只是一例。

| 按语 |

　　这是一首山行纪趣诗，它包含的象征意蕴，是作者可能没有想到的。

艾青说，他没有专门为朗诵写过诗，但他的许多诗被人朗诵过。常常有人说："我朗诵过你的《向太阳》。"有人说："我朗诵过你的《火把》。"还有人说："1938年，我在桂林朗诵你的《反侵略》，受到你的鼓励，爱上了诗，走上了诗的创作道路。"由此可见，人们是喜欢朗诵诗的，而且一经朗诵，就会感染人、影响人。他说，让诗能飞翔！

为朗诵而写的新诗，称为朗诵诗。朗诵诗写作的要求，是尽量口语化，比喻要十分明朗，句子要短，浅显易懂，丢掉那些使人听不清的句子和字眼，音调铿锵，尽可能押韵。因为新诗的朗诵，是让别人听的。而诗词的吟诵，更主要的是让自己听的，所以它的意义有所不同。

朱自清说："古文和旧诗词等都不是自然的语言，非看不能知道它们的意义，非吟不能体会它们的口气——不像白话诗文有时只听人家读或说就能了解欣赏，用不着看。吟好像电影里的慢镜头，将那些不自然的语言的口气慢慢显示出来，让人们好捉摸着。桐城派的因声求气说该就是这个意思。"（《论朗读》）

一　新诗改罢自长吟

在各种艺术中，文学最本质的特征之一，就是其形象不能直接感知，它在本质上是诉诸想象的。语言文字于文学形象仅具符号意义，这些符号要在想象中还原为形象，则必须经过视、听感官的中介（看书或读书）。

从而文学欣赏仍与视、听感官相联系，而与听觉器官联系尤为密切，故有人又称其为"听觉——想象艺术"。

声音因素在文学，固然不如它在音乐中结构层次那样高；但在不同的文学类型（体裁），其具体状况也大相径庭。"诗歌是最接近音乐的文体"（《别林斯基论文艺》）。小说可以看，诗歌却必须诵读；小说可译性较强，诗歌可译性较差（李白、杜甫的诗译成外文，便很难保持原作的神韵）。"文学固然没有完全抛弃声音因素，但是已把音调降低为只供传达用的单纯的外在的符号"（黑格尔）。对于诗歌来说，又不尽然。声音因素在诗歌，比较于其他文学体裁，有着更为积极的意义。

诗与文从其诞生之日始即有一根本的区别。即最早的文是刻在甲骨上用来看的；而最早的诗歌是活在人们口头上吟唱着的。列代乐府"于周代则属于《风》《骚》，于汉则属于古诗，于晋唐则属于《房中》《竹枝》《子夜》边调等，于两宋则属诗余，则金元则属杂剧。"（吴梅《中国戏曲概论》）因此诗歌从一开始就富于节奏，与音乐结下不解之缘，比文更具审美价值和艺术活力。虽然诗与音乐在发展中也有分有合，但由节奏、音律等规定的音乐性却始终不曾消失，列于乐府的诗固然能唱，即使不能唱的诗也可以吟诵。这大约是古代诗歌能长期流传的一个重要因素，而一旦诗歌只供印出来看的时候，诗的活力也就减值了。印度大诗人泰戈尔在诗中对此表示了深深的遗憾，原诗过长，节编如下：

　　我把我的诗紧密地装在这本子里/像一只挤满了鸟雀的笼子一般送去给你。/我的诗句群飞穿过的空间，/都被留在外面。/在公子王孙闲暇的悠闲的年月，/诗人天天在他的仁慈君王面前/朗诵他的诗句，/那时候还没有出版社的鬼魂/在用黑色的沉默/来涂抹那共鸣的悠闲的背景，/那时候诗句还不是用整齐的字母排列起来，/叫人默默地吞咽下去。/我叹息，我恨不生在迦梨陀娑的黄金时代，/我是无望地生在这忙乱的出版社的时代，/而你，我的情人，是极端的摩登的。/懒洋洋地靠在安乐椅上/翻着我的诗卷，/你从来没有机会半闭着眼睛/来听那音节的低吟/而最后给你的诗人戴上玫瑰的花冕。/你给予的唯一报酬/就是几个银角/支付给大学广场上/那个书摊的售书员。

这使人联想到鲁迅说的话："诗虽然有着看的和唱的两种，但究竟以唱的为好。"在泰戈尔看来，诗歌如不靠吟唱流传，而用整齐的字母排印叫人默默吞咽，是多么煞风景的憾事啊。而我国的古代诗词，正是在吟诵中写出，又在吟诵中得到流传的。俞平伯深知个中三昧，他说：

> 目治与耳治，不可偏废；泛览即目治，深入宜兼口耳，所谓"声入心通"也。《诗大序》："情动于中而形于言，言之不足，故嗟叹之；嗟叹之不足，故永歌之。"长言、嗟叹、永歌，皆是声音。诗与声音的关系，自较散文尤为密切。杜甫云"新诗改罢自长吟"，又说"续儿诵文选"，可见他自己作诗要反复吟哦，课子之方也只是叫他熟读。作者当日由情思而声音，而文字，及其刊布流传，已成陈迹。今之读者去古云遥，欲据此迹进而窥其所以迹，恐亦只有遵循原来轨道，逆溯上去之一法。当时之感慨托在声音，今日凭借吟哦背诵，同声相应，还使感情再现，反复吟诵，则真意自见。（《略谈诗词的欣赏》，有删节）

吟与诵严格说来是一事二体，它们的目的相同、效果相当，而方法不同。吟近乎唱，又称吟唱，这是一种传统的或旧式的吟诗法。由于伴有一种类乎曲谱的特殊腔调，所以较能体现诗歌的音乐性，这是它的优长。据杜甫《夜听许十一诵（当即吟）诗爱而有作》形容道："诵诗浑游衍，四座皆辟易。应手看捶钩，清心听鸣镝。精微穿溟滓，飞动摧霹雳。"可见效果是好的。但古人吟诗之法，没有科学手段记载，只能口授心传，具体情况至今不得而知。时下还有不少老一代的同志雅好此道。笔者曾从宋谋瑒先生处得到中华诗词学会成员吟唱旧体诗词的录音磁带，得以一饱耳福。大抵这种传统吟诗方法并无一致的标准，有的腔调依傍地方戏曲，有的是自谱歌曲，有的则是即兴的吟唱，均带浓厚的地方色彩与方音，或为京腔，或为楚声，或为越调。传统吟唱法的不足之处，似乎也就在这里了。它近似唱戏，演员尽管唱得很好，但没有字幕，一般听众难以听懂。不免有音隔胡越终不相解之憾。它似乎更适宜作为一种吟诵形式供爱好者欣赏，似不适宜作为普遍的方法加以推广。

笔者曾就吟诵一道请教于郑临川先生。郑先生说："吟诵是我多年读诗词古文的习惯，由好之而乐之，历时甚久。尤其是诗词，非吟诵无以见其妙，因为诗词作为文体，意境词句固不可缺，声律尤不可少，我尝说诗词的灵魂大半存乎音韵，而音韵非通过口耳无以传其神。故每吟诵之际，如幽灵附体，不知不觉进入诗人境界，入神之处，几乎感到此词此句是出自本人肺腑，乐在其中矣。我的吟诵经验有两点可供参考：一是要主客相生。就是说吟诵先从自己根据阅读作品的心得体会来行腔，其中保持着自己的个性，这一点很重要；其次，再从平时爱听的歌调、戏曲、曲艺等方面自然地融入原来的本腔，主客相生，增加音调之美。最重要的是必须化得天衣无缝，丝毫不能勉强做作。唯其有个性在，吟诵才没有固定程式，此与唱歌大不一样，机械学习他人，只能供作笑柄，不可不注意。二是要行腔自然，根据原作与个人体会吟诵出来，如风行水上，自然成文；或如风来松下，泉流石上，以自然之美，引人入胜。旁人侧听，易兴同感。"这一席甘苦之言，可说将吟诗的奥秘，它的优长与难能之处，和盘托出了。

诵与吟略有不同，它偏于读，或称朗诵。它扬弃了旧有的类乎唱戏的腔调，但只要得法，仍能传达诗、词特具的音乐性。这种办法宜于采用普通话，因而容易推广。据说闻一多朗诵楚辞和唐诗，就给听者留下过极深刻的印象，可见也是行之有效的"因声求气"之方法。总之，吟唱与朗诵的办法不妨兼收并蓄，根据不同场合予以采用，以获得充分的诗美享受。

二　内在韵律·外在韵律

诗词是诉诸听觉的艺术，因而有韵律的追求。诗有内在韵律，有外在韵律。"内在韵律便是'情绪的自然消涨'……这种韵律非常微妙，不曾达到诗的堂奥的人简直不会懂。这便说它是'音乐的精神'也可以，但是不能说它便是音乐。"（郭沫若《论诗三札》）

> 对酒当歌，人生几何？譬如朝露，去日苦多。慨当以慷，忧思难忘。何以解忧？惟有杜康。青青子衿，悠悠我心。但为君故，沉吟至今。呦呦鹿鸣，食野之苹。我有嘉宾，鼓瑟吹笙。明明如月，何时可掇？忧从中来，不可断绝。越陌度阡，枉用相存。契阔谈宴，心念旧恩。月明星稀，乌鹊南飞。绕树三匝，何枝可依？山不厌高，水不厌深。周公吐哺，天下归心。（曹操《短歌行》）

这首诗表现的胸襟广阔，志向高远，而同时又具有浓厚的悲凉情调。林庚谈此诗道：一方面是人生的无常，一方面是永恒的渴望；一方面是人生的忧患，一方面是人生的欢乐——这本来就是人生的全面，是人生态度应有的两个方面。难得它表现得如此自然，从"青青子衿"到"鼓瑟吹笙"两段连贯之妙，古今无二，你不晓得何以由哀怨这一端忽然会走到欢乐那一端去，转折得天衣无缝，仿佛本来就该是这么回事儿似的。从"明明如月"到"山不厌高"两段也是如此，将你从哀怨缠绵带到豁然开朗的境地。读者只觉得卷在悲哀与欢乐的旋涡中，不知道什么时候悲哀没有了，变成欢乐，也不知道什么时候欢乐没有了，又变成悲哀。（详参《唐诗综论·谈诗稿》）这就是内在韵律。

诗人的内发情感起伏不平，诗思就不会一顺平放，就会有意想不到的变化。李白的《将进酒》首句是："君不见黄河之水天上来，奔流到海不复回"，很壮阔，是大起。接下来一句是"君不见高堂明镜悲白发，朝如青丝暮成雪"，说到"悲"，是大落。再下来"人生得意须尽欢，莫使金樽空对月"，说到"尽欢"，又是大起，等等。李白诗在吟诵层面上的迷人之处，就在于诗情的跌宕起伏，也就是说，有很强烈的内在韵律。

《红楼梦》第二十八回，宝玉去冯紫英家聚会，席间玩诗行令，规定主题词为"女儿"，四句诗要依次写悲、愁、喜、乐，这个规定，可以说就是对内在韵律的规定。宝玉作的一首是："女儿悲，青春已大守空闺。女儿愁，悔教夫婿觅封侯。女儿喜，对镜晨妆颜色美。女儿乐，秋千架上春衫薄。"可以说出色地完成了他的任务，概括了女孩子一生的悲欢，最后一句非常出彩。曹雪芹为薛蟠设计的那一首，更为奇妙："女儿悲，嫁了个男人是乌龟。女儿愁，绣房撺出个大马猴。女儿喜，洞房花烛朝慵起。女儿乐，一根毛毛往里戳。"妙在何处呢？妙在第三句道出后，众人听了，都诧异道："这句何其太韵？"原来曹雪芹为薛蟠安排的这首小令，除了悲、愁、喜、乐的内在韵律外，还有一重内在韵律，那就是：粗鄙—粗鄙—何其太韵—更加粗鄙。第三句的何其太韵非常重要，狗嘴里居然吐出了象牙，制造出一个惊喜，然后这个惊喜马上就被更加粗鄙所破坏掉了。如果没有这一重内在韵律，薛蟠的酒令就完全是一场恶搞，是一段涉黄文字，删掉亦不足惜了。

在诗词的吟诵中，一定要注意内在韵律，即情绪的自然消涨，才能因声求气。

外在韵律是一种美声之道，主要是诗词格律。诗词格律除了约句准篇，主要体现为骈偶和调声。骈偶这种形式，为什么不产生在别的语种，而唯独产生在汉语中呢？这与汉语及其文字符号相关。汉语多单音词，汉字是方块字，汉语诗歌句式又比较划一，一组对仗的意思，从语音到文字上可以搞得十分整饬。在别的语种如英语中，则很难做到。从构词上看，汉语成语就存在大量的对偶组合：一清二白、三长两短、四通八达、五颜六色、千言万语、左顾右盼、南辕北辙、家长里短、国泰民安、虎踞龙盘、狼吞虎咽、鸡飞狗跳、去伪存真、挑肥拣瘦、欢天喜地等，在别的语种罕有类似的现象。表现在文体上，骈文（四六）、近体律诗、楹联、八股文等，都是汉语特有的文体，在某些时代甚至是主流的文体。这些文体的形象思维方式就是对仗的思维，构思时，句子是成对地出现，一唱一和，无往不复。因此，在律诗的写作中，骈偶学是一种专门的学问。

调声从本质上讲，就是平仄的思维。什么是平仄思维呢？简单说，诗句的出现，是以两个音节为单位，平仄相间、周而复始（相重），"前有浮声，则后须切响"（沈约《宋书·谢灵运传》）。汪曾祺讲过一个故事：过去的样板戏《智取威虎山》里有一句词，杨子荣"打虎上山"唱的，原来是"迎来春天换人间"，后来毛泽东给改了，把"春天"改成"春色"。这就是平仄的思维在起作用。迎来、春天、人间，基本上是平声字，安上腔是飘的，没法唱。换个"色"呢，把整个声音扳下来了，平衡了。他说，"平仄的关系就是平仄产生矛盾，然后推动语言的声韵。外国没有这个东西。"（《小说的思想和语言》）

"不讲平仄，即非律诗。"（毛泽东《致陈毅》）吾师宛老（敏灏）戏云："写《西江月》如不合律，不如改题《东江月》。"要之，近体诗词应讲求格律，是比较一致的意见。习惯平仄思维的人，一个诗句形成的时候，平仄基本就调好了。即使没有完全调好，捣鼓捣鼓，腾挪一下，也就好了。"烽火城西百尺楼"（王昌龄《从军行》）不能作"城西百尺烽火楼"，

"直到门前溪水流"（常建《三日寻李九庄》）不能作"溪水直流到门前"，就是平仄思维的结果。以下主要讲一讲外在韵律。

三　因声求气

吟和诵作为"因声求气"的赏析方法，具有共通的规律，有一些须共同遵循的注意事项。分说如下：

一、音步的顿宕。旧体诗词的音步（顿）较现代新诗为整饬，一般是两字一顿，也有一字一顿的（一般见于五、七言诗句的句尾）。对于近体诗词来说，音律的节奏是第一义的，是先于意义节奏的。即吟诵时以音步为单位，为了迁就音步，不惜割断意群。五言诗句一般读为三顿，而七言诗句一般读为四顿：

白也——诗无——敌，

飘然——思不——群。

清新——庾开——府，

俊逸——鲍参——军。

渭北——春天——树，

江东——日暮——云。

何时——一樽——酒，

重与——细论——文。（杜甫《春日怀李白》）

竹外——桃花——三两——枝，

春江——水暖——鸭先——知。

蒌蒿——满地——芦芽——短，

正是——河豚——欲上——时。（苏轼《惠崇春江晓景》）

　　这里的"无敌"、"不群"、"庾开府"、"鲍参军"、"先知"等原是不可分割的意群，但为了照顾音步，读时都割断了。每音步的时值，根据后一字的平仄，略有差异，平脚的音步时值较长。即五言句第二、第四字及七言句第二、四、六句遇平声时，均要适当地延宕（以下用符号——表示）。

墙角—数枝——梅，

凌寒——独自—开。

遥知——不是—雪，

为有—暗香——来。（王安石《梅花》）

世味—年来——薄似—纱，

谁令——骑马—客京——华。

小楼——一夜—听春——雨，

深巷—明朝——卖杏—花。

矮纸—斜行——闲作—草，

晴窗——细乳—戏分——茶。

素衣——莫起—风尘——叹，

犹及—清明——可到—家。（陆游《临安春雨初霁》）

　　五、七言近体诗平仄限制较严，读时应加注意。有一些字因义训而声调不同，如"空"、"吹"、"思"等一般为平声，但是"屡空"、"鼓吹"、"秋思"等词中则读作去声。还有一些字可依格律句调而平仄通读，如"看""教""过"等，如"晓看红湿处"、"不教胡马度阴山"、"魑魅喜人过"中的"看"、"教"、"过"均读平声。上例中"谁令骑马客京华"

233

的"令"，亦属此例。五、七言律句的上述吟诵方法可以推广到词曲，即词曲中的五七言律句也应按这一规律来吟诵。电视连续剧《红楼梦》在人物形象塑造上有一美中不足之处，便是一些主人公在吟咏诗词（曲）句时未充分注意这些规律，如"林黛玉"行令时念"良辰美景奈何天"，就缺乏相宜的顿宕，听起来像滑过去的，仿佛演员、导演，乃至编剧都不懂得那句中的意味。

词的句法调式较近体诗复杂，讲究音步的停顿并无二致。除多数五、七言律句的吟诵与近体相仿，其余则因调而异：

由于以参差不齐的长短句组成，缓急就必须更好地配合；又遇分阕处亦须作适当的休止。更应注意的，词里面常有以一字领起的句子，如"对潇潇暮雨洒江天，一番洗清秋。渐霜风凄紧，关河冷落，残照当楼。"（柳永《八声甘州》）"对"、"渐"两字各应作一停顿。有两字短韵，如"消魂，当此际"（秦观《满庭芳》）"魂"字必须停顿并重读。除三字外，上三下四的七言句尤多，读时定要依照句法的特点，这与古近体诗的读法都是不同的。例如"更能消几番风雨"（辛弃疾《摸鱼儿》）必须在"消"字处停顿。若在律绝诗里如"桃花潭水深千尺"（李白《赠汪伦》）竟割断意群改为上四下三句，不仅在"花"处停顿，并且加以延宕，倘以"桃花潭"三字连读倒是错了。（宛敏灏《略谈古典文学作品的朗读》）

同时词在吟诵中，音步与意群更易兼顾，略举两例：

无言—独上—西楼，月—如钩。寂寞—梧桐—深院—锁—清秋。剪—不断，理—还乱，是—离愁。别有—一般—滋味—

在—心头。（李煜《相见欢》）

叠嶂—西驰，万马—回旋，众山—欲东。正—惊湍—直下，
跳珠—倒溅；小桥—横截，缺月—如弓。老合—投闲，天教—
多事，检校—长身—十万—松。吾庐—小，在—龙蛇—影外，
风雨—声中。争先—见面—重重，看—爽气—朝来—三数—峰。
似—谢家—子弟，衣冠—磊落；相如—庭户，车骑—雍容。我
觉—其间，雄深—雅健，如对—文章—太史—公。新堤—路，
问—偃湖—何日，烟水—蒙蒙？（辛弃疾《沁园春》）

五、七言古体诗，实际上分两大类。一类讲究平仄，近乎近体诗。
七古属于此类者称王杨卢骆体，平仄韵互换。凡属此类，在吟诵时与五、
七言近体诗相类：

明月—出天——山，
苍茫——云海—间。
长风——几万—里，
吹度—玉门——关。
汉下—白登——道，
胡窥——青海—湾。（李白《关山月》）

长安—大道—连狭—斜，
青牛—白马—七香—车。
玉辇—纵横—过主—第，
金鞭—络绎—向侯—家。
龙衔—宝盖—承朝—日，

235

凤吐—流苏—带晚—霞。（卢照邻《长安古意》）

　　另一类则不协平仄，或与近体诗相拗。凡属此类，读时就比较自由，音步与意群兼顾，不延宕字音：

　　十五—从军—征，

　　八十—始得—归。

　　道逢—乡里—人，

　　家中—有—阿谁？

　　遥望—是—君家，

　　松柏—冢—累累。（古诗《十五从军征》）

　　我家—江水—初—发源，

　　宦游—直送—江—入海。

　　闻道—潮头—一丈—高，

　　天寒—尚有—沙痕—在。

　　中泠—南畔—石—盘陀，

　　古来—出没—随—涛波。（苏轼《游金山寺》）

　　至于散曲亦分两类，一是衬字较少之令曲，读法同词；二是衬字较多，纯用口语的套曲、杂剧，读法上更加自由，音步也突破两字之限。各举一例：

　　枯藤—老树—昏鸦，小桥—流水—人家，古道—西风—瘦马。夕阳—西下，断肠—人在—天涯。（马致远《天净沙》）

没来由—犯—王法，不提防—遭—刑宪，叫声屈—动地—惊天。顷刻间—游魂先赴—森罗殿，怎不将—天地也—生埋怨。

（关汉卿《窦娥冤》第三折《正宫·端正好》）

显然后者在读法上更接近口头语言，更接近新诗。

二、字音的重轻。诗词句除了音步的顿宕，还有字音轻重的变化。这需要根据诗意，将语法重音、逻辑重音和节奏的重音适当配合，对句中的中心字、词，篇中的重要句子，加以强调，从而形成高低、强弱的语调。杜甫《兵车行》"牵衣顿足拦道哭"七字中连用了"牵"、"顿"、"拦"、"哭"四动词，将送亲人参加战争的爷娘妻子的惨痛情状刻画得淋漓尽致，便应配合顿宕，在诵读中予以强调，读为：

牵衣—顿足—拦道—哭

同类例子还有：

手把—文书—口称—敕，
回车—转牛—牵向—北。（白居易《卖炭翁》）

有的在修辞上能形成特殊风趣的，如顶真，其接字处即重复的后一字或句，亦宜重读，与首字呼应，以尽其致，勿忽略作者用心：

春江潮水连海平，海上明月共潮生。……江畔何人初见月，江月何年初照人。人生代代无穷已，江月年年望相似。（张若虚《春江花月夜》）

惟将旧物表深情，钿合金钗寄将去。钗留一股合一扇，钗
擘黄金合分钿。但令心似金钿坚，天上人间会相见。（白居易《长
恨歌》）

他部从入穷荒，我乘舆返咸阳。返咸阳，过宫墙。过宫墙，
绕回廊。绕回廊，近椒房。近椒房，月昏黄。月昏黄，夜生凉。
夜生凉，泣寒蛩。泣寒蛩，绿纱窗。绿纱窗，不思量！呀！不思
量，除是铁心肠。铁心肠，也愁泪啼千行。美人图今夜挂昭阳，
我那里供养，便是我高烧银烛照红妆。（马致远《汉宫秋》第三折）

这样分轻重高低读去，真有明珠走盘的意趣。

三、语调的变化。这种变化分缓急、曲直，配合音步的顿宕，字音
的高低强弱，表现力尤为丰富。这里总的原则是在理解诗意的基础上，
从容自然地顺应情绪的反应与发展。以《琵琶行》为例，读"大弦嘈嘈
如急雨"宜重而急；"小弦切切如私语"宜轻而缓；"嘈嘈切切错杂弹，
大珠小珠落玉盘"宜流走；"间关莺语花间滑，幽咽泉流冰下难。冰泉冷
涩弦凝绝。凝绝不通声暂歇。别有幽愁暗恨生，此时无声胜有声"数语，
则应渐读渐轻，渐入徐缓；至于"银瓶乍破水浆迸，铁骑突出刀枪鸣"
则又宜突发而响亮，如此方能传答诗句本身的感染力。至于叙事诗，涉
及对话，更宜体会描摹人物口吻：

阿母谓府吏："毋乃太区区！此妇无礼节。举动自专由。吾
意久怀忿，汝岂得自由！东家有贤女，自名秦罗敷。可怜体无
比，阿母为汝求，便可速遣之，遣去慎莫留。"府吏长跪告：
"伏惟启阿母，今若遣此妇，终老不复取。"（《焦仲卿妻》）

238

阿母的话，有叱责，有利诱，读时宜有变化；仲卿的答语，则干脆利落，读时要平稳，以见其坚定不移。

四、音情的配合。古代诗人在创作中往往根据内容情绪的要求，选择相宜的声音，不仅限于字义的斟酌。其高妙者，不啻能以语言声响传达生活的音响。最常见的是在选韵上，韵按洪亮、细微分若干级，表示欢快的每用"江"、"阳"，抒写怨愁的每用"萧"、"尤"，慷慨激昂多用"东"、"冬"，感叹惋伤多用"支"、"微"。当然也有不尽然者，有不止此者，如：

> 喇叭，唢呐，曲儿小，腔儿大；官船来往乱如麻，全仗你抬声价。军听了军愁，民听了民怕，哪里去辨什么真与假？眼见的吹翻了这家，吹伤了那家，只吹的水尽鹅飞罢！（王磐《朝天子·咏喇叭》）

此曲采用洪亮的"家麻"脚韵，而且破题四字"喇叭，唢呐"（lǎ ba suǒ nà）字字入韵，惟妙惟肖地从声音上描摹出这种乐器"曲小腔大"的特点。王维《送元二复西安》上联"渭城朝雨浥轻尘，客舍青青柳色新"，入韵者达六字之多："城"、"轻"、"尘"、"青青"、"新"，读来轻柔明快，为全诗定下了乐观而多情的基调。李清照《声声慢》不仅选用细微而短促的入声韵，而开篇"寻寻觅觅，冷冷清清，凄凄惨惨戚戚"七组叠字，均属齿音，念来具有轻细而凄清的感觉，吟诵时也要注意其音情的配合。而杜甫名句"无边落木萧萧下，不尽长江滚滚来"，不但从声音上，以"萧萧下"的低微叠韵传达落叶声响，以"滚滚来"的洪亮声音传达江流的气势，而且形成强烈的对比，相得益彰。岑参《轮台歌奉送封大夫出师西征》《走马川行奉送出师西征》"是两篇胜利的颂歌。在音节上，它们都有独特之处。上一篇全用七言，先是句句用韵，两句一转，先仄后平，交替出现，最后四句，以平韵收束，而'古来'一句不押韵，音节遂由急促转为安和。后一篇篇首以'君不见'三字领起，先以三、三、七言，后以七、七、七言构成，而句句用韵，三句一转，先平后仄，交替到底，音节亢烈。两篇都整齐中见变化，变化中含统一，富于创造性，是以语言的音响传达生活的音响的成功范例。"（程千帆、沈祖棻《古诗今选》）

如果我们能充分注意上述四点，诵来悉中其节，便能更神会古人匠心，而古代诗词杰作也会更见赏心悦耳。

四　美声之道

音乐美的讲究，对于古典诗词，从来不是可有可无的。近体诗的诞生，是中国古代诗歌史上一大转变。它标志着汉语诗歌对视觉、听觉的形式美的追求，进入了更积极、自觉的阶段。近体诗是骈偶学和调声术的产物，它讲究对仗的艺术和声音的技巧。而后者，就是调声，其目的是使诗歌美听。齐梁人发现汉字具备四声，后来又由四声归纳出平仄两类，使调声术变得简易可行，具有普遍推广的价值。初学者对旧体诗词讲究音律的必要性和积极意义往往认识不足，以为既束缚思想又有碍于表意，可讲可不讲。殊不知此事对塑造意境大有关系。在这一点上，诗歌与音乐有相通之处。

汉语好听有赖于声音的抑扬顿挫，而这声音的抑扬顿挫是由四声的交互使用而造成的。郭沫若在世界和平理事会发言，外国朋友曾觉得他的声音像唱歌一样好听。而机器人讲的话，则单调难听，原因就在于机器人发音一律作平声，取消了四声的差别。不妨让对诗意一无所解的老妪或小孩听一听下列诗词名词（平、仄分别用一、｜两种符号表示）：

（1）中巴之东巴东山——————

（2）无可奈何花落去 ｜ ｜ ｜——｜｜

　　例（1）出杜甫《夔州歌》，例（2）出晏殊《浣溪沙》。听的人几乎一口便能回答出哪句更好听。原因就在于前句单调拗口，而后句上口悦耳。可见声音之道对美感有直接影响。

　　传统的诗美原则是"温柔敦厚"。反映在音律上则以谐和为美。根据声音搭配的美听与否，有律句与非律句之分。律句，体现着声音抑扬交替即相间的原则，亦即谐和的精神。中国古代诗歌以四言出现较早。四言诗句可分为"二二"两个节奏，叫顿或音步。每顿的末字落在板眼上，最关紧要，不可不讲究。用相间法配声，四言句平仄定式有二：

　　（1）——｜｜红花满树
　　（2）｜｜——夕日江滨

　　五言诗句则在四言诗句上增加一个音节，成为"二三"两顿，细分则为"二二一""二一二"或三顿。五言的平仄格式即在四言句末加上一个相间的平声或仄声：

　　（1）——｜｜→——｜｜—
　　天寒白屋→天寒白屋贫
　　（2）｜｜——→｜｜——｜
　　日暮苍山→日暮苍山远

　　或在四言句中加一个与后一顿相间（与前一顿相重）的平声或仄声。

　　（1）——｜｜→————｜｜

黄鹂翠柳→黄鹂鸣翠柳

(2)　｜｜｜——→｜｜｜———

白鹭青天→白鹭上青天

于是五言句平仄定式可有四种：

(1) 仄起仄收 ｜｜——｜

(2) 平起平收 ——｜｜—

(3) 平起仄收 ———｜｜

(4) 仄起平收 ｜｜｜——

五言绝句的平仄定式，就是根据相间的原则，组合上列律句而成：

(1) 仄起式。因为汉诗以偶句用脚韵和用平韵为通则，故第一句应为仄起仄收。根据相间原则，第二句为平起平收。第三句不入韵与第一句相间，为平起仄收。第四句则为仄起平收。

　　｜｜——｜爱此江边好，

　　——｜｜—留连至日斜。

　　———｜｜眠分黄犊草，

　　｜｜｜——坐占白鸥沙。（王安石《题舫子》）

(2) 平起式。第一句平起仄收。第二句仄起平收。第三句仄起仄收。第四句平起平收。

　　———｜｜寒川消积雪，

　　｜｜｜——冻浦暂通流。

242

｜｜——｜日暮人尽归，

——｜｜—沙禽上钓舟。（欧阳修《晚过水花》）

从上述两式，可以归纳出格律学中两个重要的概念。近体诗（律、绝）的一联之中上句与下句平仄格式完全相反，这叫"对"。相邻的两联间，上联的下句（对句），与下联的上句（出句）起步的一顿，平仄相同，这叫"黏"。近体诗必须讲究黏对（只有个别例外，如绝句之"折腰格"）。违犯对的规则叫"失对"；违犯黏的规则叫"失黏"。作为律诗的禁忌，失对失黏和出韵一样，是不能允许的。

然而，要在古人诗词中找出完全合乎平仄定式的名篇，是不易的。这是因为诗词格律在实际操作中，应有一定灵活性，否则真要害意，成为桎梏了。须要严格讲究的只是板眼上的字，即每顿的末字和每句的末字。对五言绝句来说，第一、第三字都无关紧要，可以灵活掌握。

｜｜——｜日暮苍山远，

——｜｜—天寒白屋贫。

———｜｜柴门闻犬吠，

｜｜｜——风雪夜归人。（刘长卿《逢雪宿芙蓉山》）

此诗第四句首字当仄而平，如改作"大雪"则合律。但"大雪"与"风雪"，一字之差，韵味顿别。

｜｜——｜日净山如架，

——｜｜—风暄草欲眠。

———｜｜梅残数点雪，

｜｜｜——麦涨一溪云。（王安石《题齐安壁》）

243

此诗第三句第三字当平而仄，只因此"数"字不便改动，又与前首"风"字一样，皆不在板眼上，故可权宜处置。

从五绝的两种格式可以推出七绝两种相应的格式。七言诗句比五言诗句多出一个音节。其平仄格式，亦可在五言律句前增加与第一顿相间的"平平"或"仄仄"音节。

（1）五绝仄起式变七绝平起式

——｜｜——｜天门中断楚江开，

｜｜——｜｜—碧水东流至此回。

｜｜———｜｜两岸青山相对出，

——｜｜｜——孤帆一片日边来。（李白《望天门山》）

（2）五绝平起式变七绝仄起式

｜｜———｜｜两个黄鹂鸣翠柳，

——｜｜｜——一行白鹭上青天。

——｜｜｜—｜窗含西岭千秋雪，

｜｜——｜｜—门泊东吴万里船。（杜甫《绝句》）

在五言绝句，第一、第三字有时可以不论；在七言绝句相应的便是第一、三、五字有时可以不论。故前人将它归纳为"一三五不论，二四六分明"两句口诀，而末字必须分明，则是一个前提。"一三五不论"在某些情况下例外。如平起平收的五言律句，和相应的仄起平收的七言律句，各自的第一字和第三字，不得不论。否则叫"犯孤平"。如果五言平起平收式第一字当平作仄，就须将当仄的第三字作平；七言仄起平收式第三字当平作仄，就须将当仄的第五字作平，叫作"拗救"：

244

(1) 　—　—　|　|　—→|　—　—　|　—

　　故园芜欲平 （李商隐《蝉》）

(2) 　|　|　—　—　|　|　—→|　|　|　—　—　|　—

　　双鬓向人无再青 （陆游《夜泊水村》）

　　五绝和七绝的平仄格式均不止上述两式。上述每一种绝句平仄格式相重一遍，均可以得到相应的律诗平仄格式，略示一例，余可类推：

　　|　|　—　—　|　|　—　世味年来薄似纱，

　　—　—　|　|　|　—　—　谁令骑马客京华。

　　—　—　|　|　—　—　|　小楼一夜听春雨，

　　|　|　—　—　|　|　—　深巷明朝卖杏花。

　　|　|　—　—　—　|　|　矮纸斜行闲作草，

　　—　—　|　|　|　—　—　晴窗细乳戏分茶。

　　—　—　|　|　—　—　|　素衣莫起风尘叹，

　　|　|　—　—　|　|　—　犹及清明可到家。（陆游《临安春雨初霁》）

　　词体的平仄格式是近体律绝的平仄格式的发展和推广，由于调式众多，句式种类不少，不能一一述及，读者可参阅有关专书，这里只列举与律绝句式最为接近的词调，以见一斑：

　　—　|　|　思往事，

　　|　—　—　渡江干，

　　—　—　|　|　|　—　—　青蛾低映越山看。

　　—　—　|　|　—　—　|　共眠一舸听秋雨，

　　|　|　—　—　|　|　—　小簟轻衾各自寒。（朱彝尊《桂殿秋》）

此调一、二句为两个对仗的三言句，可视为由一个七言句分化而成，其余各句皆同于七言绝句，仍然符合黏对规律。它相当于一首《鹧鸪天》的下片。一首《鹧鸪天》则近于一首七言律诗。

｜｜——｜｜—重过阊门万事非，

——｜｜｜——同来何事不同归？

——｜｜——｜梧桐半死清霜后，

｜｜——｜｜—头白鸳鸯失伴飞。

—｜｜原上草，

｜——露初晞，

——｜｜｜——旧栖新垅两依依。

——｜｜——｜空床卧听南窗雨，

｜｜——｜｜—谁复挑灯夜补衣！（贺铸《鹧鸪天》）

除换头处两个三言句，试观各句及各联之黏对，实从七律格式化出。变化全在过片换头，如将两个三言句改为七言律句与下句对仗，则俨然律诗。

｜｜——｜｜—又值风清月白时，

——｜｜｜——书传云外梦先知，

——｜｜｜——绿窗惊觉细寻思。

｜｜———｜｜亭合双江成锦水，

——｜｜｜——桥分九眼到斜晖，

——｜｜｜——芳尘一去邈难追。（欣托居《浣溪沙》）

此调可以看作一首七律减去第四、第八句，而将第三、第七句作平收押韵。相当于一首稍微简化了的七律。故在宋词八百多个词调中，《浣溪沙》是使用频率最高的一个。

　　｜｜——｜｜—莫听穿林打叶声，

　　——｜｜｜——何妨吟啸且徐行。

　　｜｜———｜｜竹杖芒鞋轻胜马，谁怕，

　　——｜｜｜——一蓑烟雨任平生。

　　｜｜——　　｜料峭春风吹酒醒，微冷，

　　——｜｜｜——山头斜照却相迎。

　　｜｜———｜｜回首向来萧瑟处，归去，

　　——｜｜｜——也无风雨也无晴。（苏轼《定风波》）

　　此调中有三个两言句，通作"—｜"不标注，其余均为七言律句，两两对仗。其与七言律诗平仄格式不同者，乃在各联之间不黏。同时在三、五、七句后添二字叶仄韵，遂形成平仄韵交互，以平韵贯彻全词，而间以仄韵，颇有别致。

　　由于调声协律的需要，旧体诗词创作在运用语言上须掌握一种捯腾的艺术。也就是将句中字词适当倒装，不必符合文法之语序，但必须符合声律的讲求。读者因其涵咏有素，对诗词语言结构自有一种特别的心理期待，不会以文法斤斤计较，以致误解。"城阙辅三秦，风烟望五津"，只是"三秦辅城阙，望五津风烟"的捯腾而已。讵有它哉！

　　诗词创作中同义词范围较散文为宽，词语的选择，也是一种"捯腾"。

一女当垆锦里秋，　｜｜——｜｜｜

　　千金难赎富翁羞。——｜｜｜｜

　　咏"文君"，诗作"一女"，即属平仄讲求。同样理由，诗用"锦里"，而不用"锦城"、"成都"。

　　入冬小雨接轻阴，——｜｜｜｜——

　　一夜寒多报可晴。｜｜——｜｜—

　　"寒多"即"寒重"，却不能作"寒重"，但可作"寒增"。但"多"字较有新意。一位老同志作《岁阑述怀》起云："世事销尽老兵心，沂蒙风雪入梦频。冷雨闲斋临岁晚，远山落日近黄昏。"两联失黏，首联失对。但将"世事"改作"世情"，"沂蒙风雪"倒作"风雪沂蒙"则合于律。就诗意而言，"世情销尽老兵心，风雪沂蒙入梦频"与"世情销尽老兵心，沂蒙风雪入梦频"是"等价"的。"等价"的诗句，以合律者为上乘。故"春色满园关不住"决不作"满园春色关不住"。

　　平仄的协调在诗词只是基本的美声要求。诗人词客，还根据抒情的需要，调动各种修辞手法调声，以达到美听的效果。这些格律之外的美声之道，其极致的运用，往往具有文字游戏的性质。不少怪诗趣诗的根据即在于此。逐类分说如下。

　　一、叠韵双声。"叠韵如两玉相扣，取其铿锵；双声如贯珠相连，取其婉转。"（《贞一斋诗说》七四）叠韵双声是在诗经时代就得到广泛运用的最古老、最有效、最持久的调声方法。多见用于形容词，也用于名词、动词：

　　陟彼崔嵬，我马虺隤。（《诗经·卷耳》）

伊威在室，蟏蛸在户。（《诗经·东山》）

渐霜风凄紧，关河冷落，残照当楼。（柳永《八声甘州》）

二、叠字。叠字有玗珠走盘之致。其实是双声叠韵之特例。也是经常见于《诗经》之美声法。刘勰说诗人"沉吟视听之区"，"属采附声，亦与心而徘徊。故'灼灼'状桃花之鲜，'依依'尽杨柳之貌；'杲杲'为日出之容；'瀌瀌'拟雨雪之状；'喈喈'逐黄鸟之声；'喓喓'学草虫之韵；……并以少总多，情貌无遗矣。"他认为美声有内在和外在的根据，可以达到"以少总多，情貌无遗"，是富于启发性的。

夜夜夜深闻子规（刘驾《春夜》）

庭院深深深几许（欧阳修《蝶恋花》）

寻寻觅觅，冷冷清清，凄凄惨惨戚戚。（李清照《声声慢》）

前二例在叠字中兼有顶针（详后）之致。

三、联音。叠韵的特例。一般在两字以上，或间隔使用叠韵，追求四声的变化，构成极富抑扬之致的联音。

客舍青青柳色新（王维《渭城曲》）

七字为"kè—shè—qīng—qīng—liǔ—sè—xīng"，"客舍"、"色"、"青青"、"新"分别叠韵而平仄相同，音色明快轻柔，能传达深情乐观的诗意。

无可奈何花落去，似曾相识燕归来。（晏殊《浣溪沙》）

"无可奈何"（wú—kě—nài—hé）"可"、"何"叠韵，四字以平上去平构成美听的四联音。"似曾相识"（sì—céng—xiāng—shí），"似"、"曾"、"识"双声，"似""识"叠韵，四字以去平平入构成四联音。故晏殊出句与王琪对句在音韵上亦有天衣无缝之妙，不特以虚字相骈见巧，故为千古名联。

四、象声。模拟某种声音，以造成与描绘或吟咏的情景相类似的听觉效果，使读者如闻天籁，易生共鸣。这也是叠韵双声叠字运用的特例。钱钟书称为逐声学韵。

无边落木萧萧下，不尽长江滚滚来。（杜甫《登高》）

喇叭，唢呐，曲儿小，腔儿大。（王磐《朝天子·咏喇叭》）

这鼓儿时常笑我，他道是"不通！不通！又不通！"（阮大铖《春灯谜》）

布布谷，哺哺雏。雨，苦！苦！去去乎？吾苦，苦！吾苦，苦！吾顾吾姑。（江天多《三禽言》）

"萧萧下"（xiāo xiāo xià）状落叶声，"滚滚来"（gǔn gǔn lái）状江声皆妙。"喇叭，唢呐"（lǎ ba suǒ nà）叠韵，韵部洪亮，将喇叭吹奏之声，颇具匠心。后两例"依声寓意"（钱锺书）。末例通首叠韵拟布谷之声，已近游戏文字。

另有一种情形，便是并不具体地模拟自然音响，或是利用声音效果制造某种氛围，以强化抒情。如写凄苦情绪多用舌齿音，以造成一种啮齿叮咛、如泣如诉的抒情气氛。前举柳永《八声甘州》、李清照《声声慢》句例即如此。又如晏几道《鹧鸪天》词下片写别后梦见如真，而重逢真见转如梦，这样迷离恍惚的意境，就多用鼻音（m、n 声，n、ng 韵）：

> 从别后，忆相逢，几回魂梦与君同，今宵剩把银钉照，犹恐相逢是梦中。

十六个鼻音造成一片嗡嗡嗡的声音，绝类梦幻之氛围，以视听通觉故也。毛泽东七律《答友人》（九嶷山上白云飞）意象情采绝佳，其抒情氛围的构成，显然与细微的"支微"韵部的选择，是有密切关系的。

五、拗怒。美听不完全等于悦耳，一味追求悦耳，也可能导致另一种弊病——甜熟软媚。皆和的反面即拗怒。亦即有意造成与律句格格不入的音调，以造成某种特殊的语言效果。拗调实际上就是根据诗情的需要，以苦济甜，以生救熟，以刚济柔，以丑为美。

> 中巴之东巴东山，江水开辟流其间。
> 白帝高为三峡镇，瞿塘险过百牢关。（杜甫《夔州歌》）

写三峡天险，诗语亦不取流利。首句以七平声造成拗口的句调，就在音情上产生一种石破天惊的不同寻俗之感，能将读者导入意境。

六、顶针。又称联珠、蝉联格。即以上文的结尾（有时是句中字）作起下文的开头，往往用在诗节的转换间，造成一种意断辞联的效果。是重叠的特例。

> 恸哭六军俱缟素，冲冠一怒为红颜。红颜流落非吾恋，……

电扫黄巾定黑山，哭罢君亲再相见。相见初经田窦家，⋯⋯（吴伟
业《圆圆曲》）

将这种技巧加以极致的运用，"三言"中有托名苏轼的游戏之作，题
名"回文诗"，其实只是顶针。唯结尾三字作起首句首三字，是曰"回
文"：

> 赏花归去马如飞，去马如飞酒力微。
> 酒力微醒时已暮，醒时已暮赏花归。

此诗逐句顶针，重叠三四字之多，巧妙运用七言句的三四节奏，使
前后句因朗读时节奏上出现一字之差而构成不同的词组。如第一句"去"
字尾随"赏花归"，在第二句中则与"马"字结合构成词组。余类推。

七、回文将前句中的部分或全部音节在后句逐一倒装，形成音韵上
的对称，有回环往复之致，即能收到回肠荡气的效果。

> 年年岁岁花相似，岁岁年年人不同。（刘希夷《代悲白头翁》）

> 见难恒别伤鸿燕，燕鸿伤别恒难见。风雨泣山空，空山泣
> 雨风。梦余悲老凤，凤老悲余梦。肠断话西窗，窗西话断肠。
> （宛敏灏《菩萨蛮》）

全句回文且押韵的诗词，句子构造上首字须入韵，故此体又称"颠
倒韵"。将其技巧运用到极致的，是苏东坡的游戏之作《题金山寺回文
体》，此诗顺读为：

> 潮随暗浪雪山倾，远浦渔舟钓月明。

桥对寺门松径小，槛当泉眼石波清。

迢迢绿树江天晓，霭霭红霞海日晴。

遥望四边云接水，碧峰千点数鸥轻。

倒读为：

轻鸥数点千峰碧，水接云边四望遥。

晴日海霞红霭霭，晓天江树绿迢迢。

清波石眼泉当槛，小径松门寺对桥。

明月钓舟渔浦远，倾山雪浪暗随潮。

顺读是从月夜到清晓的寺景，倒读是从清晓到月夜的寺景。

上引各例，皆音节兼文字上的回文。也有文字不同，在音节上形成回文之美的，如：

啼鸟数声深树里，屏风十幅写江南。（刘大櫆《西山》）

"数声——深树"是句中音节上的回环。此种全凭兴会神到而笔随之，非搜索枯肠所得，最足称道。此外有一首《二十四节气歌》：

春雨惊春清谷天，夏满芒夏暑相连。

秋处露秋寒霜降，冬雪雪冬小大寒。

春夏秋冬四字各在句雪反复出现，唤起读者的一种心理期待和如愿的快感，如"冬雪——雪冬"则饶有回文之美。歌诀非诗，但就调声而言，这实在是一首佳作。故易成诵。

253

八、分总。即前文分别出现的音节文字，在后文中合并再现；或在前文中合并出现的音节文字，在后文中分散出现。是一种特殊的重叠与顶针，特具擒纵、收放之致，饶有唱叹之音。

惟将旧物表深情，钿合金钗寄将去。钗留一股合一扇，钗擘黄金合分钿。但令心似金钿坚，天上人间会相见。（白居易《长恨歌》）

先总出"钿合金钗"四字，后分说钗、合、金、钿。在音情上渲染出杨妃缠绵悱恻的入骨相思。

大弦嘈嘈如急雨，小弦切切如私语。嘈嘈切切错杂弹，大珠小珠落玉盘。（白居易《琵琶行》）

这是前分后总，再加重叠，真有明珠走盘之感。
深处种菱浅种稻，不深不浅种荷花。（阮元《吴兴杂诗》）

从意义上看，"深"、"浅"、"不深不浅"是三个并列的层次。但在"深"、"浅"音节文字上而言，则属前分后总。而嵌入两个"不"字，"不深不浅"对前文的"深"、"浅"，又显示出一种折中平衡，在音节上洋洋乎愈歌愈妙。

白石山过紫石山，鸬鹚滩下鲤鱼滩。
山山连接滩滩急，游子南还何日还。（魏际瑞《江头别》）

将顶针、回文、分总等调声手法大量运用于诗歌创作，造成一气贯注而又回环往复的旋律，以唱叹之音动人心魄的，首推初唐四杰和"四杰体"。这又是将近体诗的调声成果运用于歌行古体的成功尝试。其后的歌行体叙事诗大家如白居易、吴伟业，莫不深于此道。顶针、回文、分总等手法，实际上都是造成音节往复的不同形式，其本质都在于美声，即使诗词音情并茂，总而言之，皆属于美声之道。

五 赏析示例

青青河畔草（古诗十九首）

青青河畔草，郁郁园中柳。盈盈楼上女，皎皎当窗牖。娥娥红粉妆，纤纤出素手。昔为倡家女，今为荡子妇。荡子行不归，空床难独守。

"古诗十九首"诗无题，皆以首句标其目。"青青河畔草"是天然一句好诗，是清词、是自作语、是直寻语，是直接从汉乐府引用来的。五个字透露的是河边无边的春意、无限的生机。琼瑶喜欢从古诗词汲取灵感，有一首歌词也用这个句子打头："青青河边草，悠悠天不老。……青青河边草，绵绵到海角。……"总之，用这个句子起兴，对表达"相思情未了"的诗意，好得不得了。

此诗先以六句画一幅春色美人图：河边的草色是青青的，园中的柳条是郁郁的，在一派生机盎然的春光中，园林中心的楼头窗前，出现了一位颇为白皙的少妇，是风致盈盈的。她的脸儿搽得粉红粉红的，白净的手儿细长细长的。诗中连用这样六个叠字作形容，从草写到柳，从柳写到楼，从楼写到人，从人写到衣袖，从衣袖写到素手，却不使人觉得呆板，那颜色是一步步由青而绿而粉而红，终于停止在一点素净之上，有镜头之美。

六个叠字在音调上也富于变化，"青青"是平声，"郁郁"是仄声，"盈盈"又是平声，"皎皎"又是仄声，"娥娥"、"纤纤"虽同为平声，却是一清一浊。这样平仄相间，清浊映衬，利落错综，一片宫商，形成了自然而又丰满的音乐形象。这种用叠字注意平仄清浊的互节相成，在"十九首"并非偶然，它如"青青陵上柏，磊磊涧中石"、"迢迢牵牛星，皎皎河汉女"、"盈盈一水间，脉脉不得语"，如果把这些叠字换成全平或全仄，读来一定会感到单调滞涩。在没有音韵学的当时，这是由诗人凭直觉天才把握到的。

这一幅景色，已给人以"春色满园关不住"的感觉——窗口的人是青春的人，寂寞的人，不甘寂寞的人。马上就使人想到元杂剧的情节，李千金在后花园窥春，只差一个裴少俊往墙外路过："兀那画桥西，猛听得玉骢嘶，便好道：杏花一色红千里，和花掩映美容仪。"（《墙头马上》）而这首诗中女主人公的身份不是一个小姐，而是一个从良的歌女，一个潘金莲。"三月春光明媚时分，金莲打扮光鲜，单等武大出门，就在帘下站立。……但见她：黑沉沉赛鸦翎的鬓儿，翠弯弯的新月眉儿，清冷冷杏子眼儿，香喷喷樱桃口儿，直隆隆琼瑶鼻儿，粉浓浓红艳腮儿，娇滴滴银盆脸儿，轻袅袅花朵身儿，玉纤纤的手儿，白堆堆的奶儿……"《金瓶梅》中的这一段人物描写，是深得"十九首"神髓的。

歌女从良，最难堪的就是嫁了一个不回家的人，落个空房独守！诗中人春日浓妆，当窗眺望，即使没有"红杏出墙"的胆，也有"红杏出墙"的心。特定的身份，决定了诗中人比《诗经·卫风·伯兮》中人的心更为痛苦。无怪她要在内心呐喊出"空床难独守"的强烈呼号。这是人性受到压抑的呐喊，所以震撼人心。和唐人李益《江南曲》中的"早知潮有信，嫁与弄潮儿"一样，是摘下面具说话，王国维说："无视为淫词鄙词者，以其真也。"

指出叠字在这首诗中所发挥的作用，就是因声求气。

行路难 (唐) 李　白

金樽清酒斗十千，玉盘珍馐值万钱。停杯投箸不能食，拔剑四顾心茫然。欲渡黄河冰塞川，将登太行雪满山。闲来垂钓碧溪上，忽复乘舟梦日边。行路难，行路难！多歧路，今安在？长风破浪会有时，直挂云帆济沧海。

《行路难》系乐府旧题，《乐府解题》云"备言世路艰难及离别悲伤之意"。李白此诗作于离开长安之时，有系于开元十八九年（730—731），言是初入长安困顿而归时所作；有系于天宝三载（744），谓是赐金放还时作。参照《梁园吟》《梁甫吟》二诗，与此结尾如出一辙，故以前说为允。

诗从高堂华宴写起，可能是钱筵的场面。"金樽清酒斗十千，玉盘珍馐值万钱"，前句化用曹植《名都篇》"美酒斗十千"，后句本于《北史》"韩晋明好酒纵诞，招饮宾客，一席之费，动至万钱，犹恨俭率"，它展示的是如同《将进酒》"烹羊宰牛且为乐"那样的盛宴，然而接下来却没有"会须一饮三百杯"的酒兴和食欲。"停杯"尤其"投箸"这个动作，表现的是一种说不出的悲愤和失落，"拔剑四顾"这一动作，更增加了这种感觉。"心茫然"也就是失落感的表现。于是诗的前四句就有一个场面陡转的变化。

"欲渡黄河冰塞川，将登太行雪满山"是写景，但这是象征性的写景。它象征的是李白一入长安，满怀壮志，却备受坎坷，没有找到出路。具体而言，"欲渡黄河"、"将登太行"是以横渡大河、攀登高山来象征对宏大理想的追求；"冰塞川"、"雪满山"则是以严酷的自然条件来象征在政治上遭受的阻碍和排斥。两句既交代了"心茫然"的原因，又起到点醒题面的作用。以下一转，连用两个典故，一是姜子牙未遇周文王时曾在渭水之滨钓鱼，一是伊尹在辅佐成汤之前曾梦见自己乘舟从红日之旁驶过。显然又是幻想自己有朝一日也会时来运转，一骋雄才。这四句中诗情又经历了一次大的起落。

以下诗情再一次由浪峰跌至深谷，而且是一连串儿几个短句："行路难，行路难！多歧路，今安在"，诗人仿佛走到一个歧路的路口上，不知道该怎么走，甚至不知道自己身在何方，这与前文"拔剑四顾心茫然"相呼应，表现了理想破灭，陷入迷惘。而最后两句却又振起音情，冲决出迷惘："长风破浪会有时，直挂云帆济沧海。"

全诗在音情上大起大落，充分表现了理想和现实的矛盾，尽管几度陷入悲愤，但结尾却奏出了最强音。所以虽然写的是《行路难》，却自有豪气英风在。诗中拉杂使事，长短其句，也是太白惯用伎俩。

| 按语 |

这首诗的内在韵律，体现了李白诗风的一大特点，即大起大落、造成强烈的情感冲击波。李白诗的吸引力一半在此。

寄夫 （唐） 陈玉兰

夫戍边关妾在吴，西风吹妾妾忧夫。
一行书信千行泪，寒到君边衣到无？

此诗显著的特色表现在句法上。全诗四句的句法有一个共同处：每句都包含两层相对或相关的意思，在大致相同的前提下，又有变化。"夫戍边关——妾在吴"，这是由相对的两层意思构成的，即所谓"当句对"的形式。这一对比，就突出了天涯暌隔之感。这个开头是单刀直入式的，点明了题意，说明何以要寄衣。下面三句都从这里引起。"西风吹妾——妾忧夫"，秋风吹到少妇身上，照理说应该引起她自己的寒冷的感觉，但诗句写完"西风吹妾"一层意思后，接下去不写少妇自己的寒冷感觉，而是直接写心理活动"妾忧夫"。前后两层意思中有一个小小的跳跃或转折，恰如其分表现出少妇对丈夫体贴入微的心情，十分逼真。此句写"寄衣"的直接原因。"一行书信——千行泪"，这句通过"一行"与"千行"的强烈对比，极言纸短情长。"千行泪"包含的感情内容既有深挚的恩爱，又有强烈的哀怨，情绪复杂。此句写出了"寄"什么，不提寒衣是避免与下句重复；同时，写出了寄衣时的内心活动。"寒到君边——衣到无?"这一句用虚拟、揣想的问话语气，与前三句又不同，在少妇心目中仿佛严冬正在和寒衣赛跑，而这竞赛的结果对她很紧要，十分生动地表现出了少妇心中的焦虑。这样，每一句中都可以画一个破折号，都由两层意思构成，诗的层次就大大丰富了。而同一种句式反复运用，在运用中又略有变化，并不呆板，构成了回环往复、一唱三叹的语调。语调对于诗歌，比较其他体裁的文学作品具有更大意义。所谓"情动于中而发于言，言之不足故嗟叹之，嗟叹之不足故永歌之"，"嗟叹"、"永歌"都是指用声调增加诗歌的感染力。试多咏诵几遍，就不难领悟这种唱叹的语调在此诗表情上的作用了。

构成此诗音韵美的另一特点是句中运用复字。近体诗一般是要避免字词的重复。但是，有意识地运用复字，有时能使诗句念起来上口、动听，造成音乐的美感。如此诗后三句均有复字，而在运用中又有适当变化。第二句两个"妾"字接连出现，前一个"妾"字是第一层意思的结尾，后一个"妾"字则是第二层意思的开端，在全句中，它们是重复，但对相关的两层意思而言，它们又形成"顶针"修辞格，念起来顺溜，有"累累如贯珠"之感，这使那具有跳跃性的前后两层意思通过和谐的音调过渡得十分自然。而三、四两句重叠在第二、第六字上，这不但是每句中构成"句中对"的因素，而且又是整个一联诗句自然成对的构成

259

因素，从而增加了诗的韵律感，有利于表达那种哀怨、缠绵的深情。

此外，内心独白的表现手法，通过寄衣前前后后的一系列心理活动：从念夫，到秋风吹起而忧夫，寄衣时和泪修书，一直到寄衣后的悬念，生动地展现了女主人公的内心世界。诗通过人物心理活动的直接描写来表现主题，是成功的。

（此诗一作王驾《古意》诗。）

| 按语 |

这首诗内容题材很普通，而语言表现很有特点，能传达一种特殊的音情。析文即抓住其语言形式的特点，阐明其音乐美是如何有助于抒情性的。

金缕衣 （唐）杜秋娘

劝君莫惜金缕衣，劝君惜取少年时。
花开堪折直须折，莫待无花空折枝。

这是中唐时的一首流行歌词。据说元和时镇海节度使李锜酷爱此词，常命侍妾杜秋娘在酒宴上演唱。歌词的作者已不可考，故各本多以演唱者杜秋娘署名。

此诗含意很单纯，可以用"莫负好时光"一言以蔽之。这原是一种人所共有的思想感情。可是，它使读者感到其情感虽单纯却强烈，能长久在人心中缭绕，有不可思议的魅力。它每个诗句似乎都在重复那单一的意思："莫负好时光！"而每句又都寓有微妙变化，重复而不单调，回环而有缓急，形成优美的旋律。

一、二句式相同，都以"劝君"开始，"惜"字也两次出现，这是二句重复的因素。但第一句说的是"劝君莫惜"，二句说的是"劝君惜取"，意正相反，又形成重复中的变化。这两句诗意又是贯通的。"金缕衣"是华丽贵重之物，（白居易《秦中吟·议婚》"红楼富家女，金缕绣罗襦"），却"劝君莫惜"，可见还有远比它更为珍贵的东西，这就是"劝君惜取"的"少年时"了。何以如此？诗句未直说，那本是不言而喻的："一寸光阴一寸金，寸金难买寸光阴"，贵如黄金也有再得的时候，"千金散尽还复来"；然而青春对任何人也只有一次，它一旦逝去是永不复返的。可是，世人多惑于此，爱金如命、虚掷光阴的真不少呢。一再"劝君"，用对白语气，致意殷勤，有很浓的歌味和娓娓动人的风韵。两句一否定，一肯定，否定前者乃是为肯定后者，似分实合，构成诗中第一次反复和咏叹，其旋律节奏是迂回徐缓的。

三、四句则构成第二次反复和咏叹，单就诗意看，与一、二句差不多，还是"莫负好时光"那个意思。这样，除了句与句之间的反复，又有上联与下联之间的较大的回旋反复。但两联表现手法就不一样，上联直抒胸臆，是赋法；下联却用了譬喻方式，是比义。于是重复中仍有变化。三、四没有一、二那样整饬的句式，但意义上彼此是对称得铢两悉称的。上句说"花开"应怎样，下名说"无花"会怎样；上句说"须"怎样，下句说"莫"怎样，也有肯定否定的对立。二句意义又紧紧关联："有花堪折直须折"是从正面说"行乐须及春"意，"莫待无花空折枝"是从反面说"行乐须及春"意，似分实合，反复倾诉同一情愫，是"劝君"的继续，但语调节奏由徐缓变得峻急、热烈。"堪折——直须折"这句中节奏短促，力度极强，"直须"比前面的"惜取"更加强调。这是对青春与欢爱的放胆歌唱。这里的热情奔放，不但真率、大胆，而且形象、优美。"花"字两见，"折"字竟三见；"须——莫"云云与上联"莫——惜取"云云，又自然构成回文式的复叠美。这一系列天然工妙的字与字的反复、句与句的反复、联与联的反复，使诗句朗朗上口，语语可歌。除了形式美，其情绪由徐缓的回环到热烈的动荡，又构成此诗内在的韵律，诵读起来就更使人感到回肠荡气了。更何况它在唐代是配乐演唱，难怪它那样使人心醉而被广泛流传了。

此诗另一显著特色在于修辞的别致新颖。一般情况下，旧诗中比兴

261

手法往往合一，用在诗的发端；而绝句往往先景语后情语。此诗一反常例，它赋中有兴，先赋后比，先情语后景语，殊属别致。"劝君莫惜金缕衣"一句是赋，而以物起情，又有兴的作用。诗的下联是比喻，也是对上句"惜取少年时"诗意的继续生发。不用"人生几何"式直截的感慨，用花（青春、欢爱的象征）来比少年好时光，用折花来比莫负大好青春，既形象又优美，因此远远大于"及时行乐"这一庸俗思想本身，创造出一个意象世界。这就是艺术的表现，是形象思维。错过青春便会导致无穷悔恨，这层意思，此诗本来可以用却没有用"老大徒伤悲"一类成语来表达，而紧紧朝着折花的比喻向前走，继而造出"无花空折枝"这样闻所未闻的奇语。没有沾一个悔字恨字，而"空折枝"三字多耐人寻味，多有艺术说服力！

| 按语 |

《金缕衣》在艺术上的魅力，不但在内容煽情，尤在于韵度美妙。故析文着重抓住诗的回文式句法、章法予以剖析，发掘其所以能产生回肠荡气效果的奥秘。

相见欢 （南唐）李　煜

　　林花谢了春红，太匆匆。无奈朝来寒雨晚来风。　　胭脂泪，留人醉，几时重？自是人生长恨水长东。

　　诗词创作如果仅局限于具体事情，满足于吟风弄月，意义是不大的。李后主词的一个显著的优长便是善于从小小题材中提炼出重大的主题，赋予风花雪月以象征意蕴，从而使他的作品具有很强的生命力。这首《相见欢》便是很突出的作品。

　　在上片里，后主将一己亡国的哀痛转化为对自然界花木的盛衰的慨叹。"林花谢了春红"与北宋晏殊《破阵子》"荷花落尽红英"句法略同但韵味迥别。"红英"便是"荷花"的同义反复；而"春红"则是春天的红色，生命与青春的象征，写来就多一层意蕴，比一般的写落花要令人心惊，使人联想到同一作者"只是朱颜改"的名句。于是"太匆匆"的一叹尤见沉重，似乎是对春天的抱怨。花谢是无可更改的自然规律，可怨只在这一切来得太快，出人意表。其所以如此，乃是外来摧残的缘故："无奈朝来寒雨晚来风。"这个九字长句，意思与赵佶《燕山亭》："易得凋零，更多少无情风雨"，辛弃疾《水龙吟》："可惜流年，忧愁风雨"相同。将"风"、"雨"分属"朝"、"晚"是互文，能增添一重风雨相继无休无止的意味。通过这样的对比，最易看出后主在铸词造句上的功夫。

下片从自然界生命的盛衰感慨转入对人生无常的感慨，过渡极其自然。"胭脂泪"三字是春花与美人的泯合。"胭脂"承"春红"而来，"泪"承"风雨"而来。可见上文"无奈朝来寒雨晚来风"不仅有风雨落花的含意，同时也兼关岁月催人之意。于是只有借酒浇愁。有人认为"胭脂泪，留人醉"意言亡国的当初宫人哭送情事，虽无不可，却不必然，似更具一般叹惋人生的色彩。"几时重？"这一问更进一步，春花谢了还会重开，而失去的青春与欢娱，是永不重来。此即所谓"花有重开日，人无再少年"。所以词人最后归结到人生无常这一普遍规律上来："自是人生长恨水长东。"这一句与作者《虞美人》"恰似一江春水向东流"在明喻上极为相似，但在音情上别饶顿挫。叶嘉莹细致地辨析道：《虞美人》的"恰似一江春水向东流"九字，乃是承接上句的"问君能有几多愁"，"愁"在上句，"水"在下句，因此下一句就是一个单纯的象喻而已，九个字一气而下，中间更无顿挫转折之处；而此词末句把"恨"隐比作"水"，前六字写"恨"，后三字写"水"，因此"自是人生长恨水长东"九字形成了一种二、四、三之顿挫的音节，有一波三折之感。如果以自然奔放而言，则《虞美人》之结句似较胜，但如果以奔放中仍有沉郁顿挫之致而言，则《相见欢》之结句似较胜。

又

　　无言独上西楼，月如钩。寂寞梧桐深院锁清秋。　　　剪不断，理还乱，是离愁；别是一般滋味在心头。

　　后主词大都萦回着一种恋旧伤逝情绪，这种情绪，经受过人世挫折的人皆有之，可说是一种极普遍的情绪。这首词中"无言独上西楼"的抒情主人公形象，以及中夜梦回听"帘外雨潺潺"的"客"者、面对"春花秋月"之景哀怨难排的愁人……都具有一个共同特点，就是对美好过去的痛悼与忏悔。

　　词人虽然有着帝王身份，却并不过多涉及具体情事，而是常将一己的深哀剧痛与普遍的人生感慨结合，这是后主词表情上一大特色。即如《梦江南》点出"游上苑"，而"车如流水马如龙"的风月繁华之事，也是具有普遍性的经验。而此词中的抒情主人公的身份，也并不是确定的。词人经常的做法是，或将个人特有的哀痛，与宇宙人生的哲理感喟融为一体，如《虞美人》（春花秋月何时了），或用模糊语言，说明而不说尽，留下未定与空白，让读者用自身经验去填补，如此词的"别是一般滋味在心头"。只说别是一般滋味，不说别是什么滋味，让人低回深思。

　　后主词虽然反复歌咏一个主题，却毫无雷同之感，而令人百读不厌，这与他语言和造境的独创性分不开。如比喻这种最通常的修辞手法，在此词中便别开生面。"心乱如麻"，乃是极平常的比喻，然而到后主笔下，变得多么富于艺术魅力啊！究其所以然，盖在比喻四要素（喻体——麻，本体——心，喻词——如，共通特性——乱），通常是不能省略喻体的。而此词恰恰省去这个"麻"，而用"剪不断，理还乱"，将一团乱麻的意念活脱脱表达出来。一个漂亮的、独出心裁的比喻，照亮了全部词境。

　　后主词潜伏着一种低回唱叹的情韵，这与长短错综的形式的创用大有关系。词人注意形式对抒情的巨大作用，在词中成功地将短而急促和长而连续的两种句式妥帖地安排在一起，来表现沉郁复杂的情感。其词中九字句常常出现在三字句之后，如此词的"月如钩，寂寞梧桐深院锁清秋"、"剪不断，理还乱，是离愁；别是一般滋味在心头"及别一词的"胭脂泪，留人醉，几时重？自是人生长恨水长东"，这种长短错综的音调来表达莫可名状的惆怅，真有长吁短叹之妙。

南吕·四块玉·别情 (元)关汉卿

自送别，心难舍，一点相思几时绝。凭栏袖拂杨花雪。

溪又斜，山又遮，人去也。

此曲用代言体写男女离别相思，从语言、结构到音情上，都有值得称道处。

曲从别后说起，口气虽平易，但送别的当时已觉"难舍"，过后思量，自有不能平静者。说"相思"只"一点"，似乎不多，却不知"几时"能绝。这就强调了离别情绪的缠绵的一面，此强调其沉重的一面，更合别后情形，以真切动人。藕（偶）断丝（思）连，便是指的这种状况。"凭栏"一句兼有三重意味：首先点明了相思季节，乃在暮春（杨花如雪）时候，或许含有"今年春尽，杨花似雪，犹不见还家"（苏轼）那种意味；再就是点明处所，有"栏干"处，应在楼台；第三点明了女主人公这时正"独上高楼，望尽天涯路"（晏殊），她在楼头站了很久，以致杨花扑满衣襟，须时时"袖拂"之。"杨花雪"这一造语甚奇异，它比"杨花似雪"或"雪一般的杨花"的说法，更有感性色彩，差近温庭筠"香

265

腮雪"的造语。

末三句分明是别时景象，与前四句在承接上有一种不确定的关系。可作多重解会：一种是作顺承看，前既说"凭栏"，此既写遥望情人去路黯然神伤之态。"溪又斜，山又遮"是客路迤逦的光景，"人去也"则全是痛定思痛的口吻。这种理解，造成类乎古诗"步出城东门，遥望江南路。前日风雪中，故人从此去"的意境。另一种是作逆挽看，可认为作者在章法上作了倒叙腾挪，先写相思，再追忆别况，便不直致，有余韵。小山词所谓"从别后，忆相逢"，此法近之。以上两解还可融合，因为倒叙也可以看作女主人公在望中的追忆。这种"多义"现象包含着一种创作奥秘。接受美学认为，文学欣赏是一种补充性的确定活动，读者须用自己的想象填补作品的未定点和空白。此曲之妙，就在于关键处巧设了这样的空白，具有多义性、启发性、令人百读不厌。

曲味与词味不同，其一在韵度。曲用韵密，而一韵到底。韵，是较长停顿的表记，如此曲短句虽多，但每句句尾腔口均须延宕，读来有韵味悠扬之感。结尾以虚字入韵，为诗词所罕有，而曲中常见（别如马致远《夜行船》套"道东篱醉了也"）。而"人去也"这个呼告的结尾，尤有风致，使人不禁想起"听得道一声去也，松了金钏"那一《西厢》名句。

| 按语 |

析文最后一节论及曲、词韵度上的一个区别，须在具体的吟诵中细细辨味。

266

第七讲

比较

注意识字、知人、论世、诗法，参以会意，形于吟诵，读者便能欣赏诗词。不过，仅此还不足以评定作品高下妍媸，未臻赏析之佳境。因为这里还不可缺少鉴别力，不可缺少较高的审美情趣，不可缺少敏锐的艺术味觉。而这一切，只有通过大量的赏析实践才能养成。"不怕不识货，就怕货比货。"见多方能识广，有比较方有鉴别。比较，这种一切科学研究最基本的方法，在赏析也必不可少。

一　观千剑而后识器

"观千剑而后识器，操千曲而后晓声。"（《文心雕龙·知音》）会喝好茶，先要有坐茶馆的功夫，要有长期品茶练习出来的特别感觉。喝惯白开水的人，对龙井芽茶，珠兰窨片的好处，恐怕是敬谢不敏的。只有丰富的赏析经验才可以培养审美直觉能力。具有这种能力的人，对于作品的优劣高下可以一望而心知，判断大致不差，好比品酒的专家或"一刀准"的庖丁。这种审美感受力，在赏析中是极为重要的，必须在长期审美实践中逐步养成。一位对古代诗词知之不多的读者，可能把"世人结交须黄金，黄金不多交不深"、"公道世间惟白发，贵人头上不曾饶"、"红颜近日虽欺我，白发他年不让君"等诗句当成唐诗妙语，一旦他熟悉李、杜、王、孟名作懂得什么是情韵之后，再回顾自己一向偏爱的"杰作"，或许会面皮发红，感到惭愧。

《围炉诗话》引贺裳语云"不读全唐诗，不见盛唐之妙；不遍读盛唐诸公诗，不见李杜之妙也。"然而，在汗牛充栋的古代诗词总集和别集中，应先取法乎上，即从头号的杰作读起。在精熟名家杰作的基础上广泛涉猎，也就等于据了"一览众山小"的角度。而纵观历代诗歌选本和断代诗词选本为数甚多，今日的古代诗词爱好者须从一两种精选本入手。如程千帆、沈祖棻《古诗今选》，这是一本汉魏六朝唐宋诗的选本，分量适中，持择极精，编次独特，注释扼要。但只限于诗。词的选本，可从张惠言《词选》、陈匪石《宋词举》入手，此二种书选量极少，但都是最本色，最具代表性的词作，进而可读龙榆生《唐宋名家词选》。精熟名篇之后，便可根据个人爱好，选读作家选集、别集，同时尽可能广泛阅览，翻翻总集类书籍，使自己的眼光更加开阔。偏见是鉴赏的一敌，狭窄的心胸不能领略奇姿异彩的作品，只有玩索更多的、种类复杂的、风格各异的诗词，供你比较的资料才愈丰富，你的鉴别力才愈可靠。

同时，可以有意识玩味一些失败之作，因为"知道什么东西不好，就知道什么是好东西了，我们读了一篇不好的文章，如果能一一指摘出它的毛病，等于读一篇好的文章能一一领会它的好处"（叶圣陶《文艺作品的鉴赏》）。知道"认桃无绿叶，辨杏有青枝"的咏梅句之拙劣，便知道"疏影横斜水清浅，暗香浮动月黄昏"的高致；知道"老觉腰金重，慵便玉枕凉"的夸富贵之句的滞累，便知道"笙歌归院落，灯火下楼台"的空灵；知道"红颜未老恩先断，斜倚熏笼坐到明"的直露，便知道"似将海水添宫漏，共滴长门一夜长"的蕴藉。

比较，不但可以使作品的妍媸高下优劣立见，对于互有异同的佳作，还可在互较短长的玩味中，使其优点和特色相得益彰。张九龄《望月怀远》与张若虚《春江花月夜》是有同一主题而在篇幅上相差很大的两篇名作，参较阅读下，两诗在意味上互相发明：

(1) 海上生明月（《望月怀远》）

　　海上明月共潮生（《春江花月夜》）

(2) 天涯共此时（《望月怀远》）

　　江畔何人初见月，江月何年初照人（《春江花月夜》）

(3) 情人怨遥夜，竟夕起相思（《望月怀远》）

　　谁家今夜扁舟子，何处相思明月楼（《春江花月夜》）

(4) 灭烛怜光满（《望月怀远》）

　　可怜楼上月徘徊，应照离人妆镜台（《春江花月夜》）

(5) 披衣觉露滋（《望月怀远》）

　　空里流霜不觉飞（《春江花月夜》）

(6) 不堪盈手赠（《望月怀远》）

　　此时相望不相闻（《春江花月夜》）

(7) 还寝梦佳期（《望月怀远》）

　　昨夜闲潭梦落花（《春江花月夜》）

　　不仅如此，在参读中，愈觉《望月怀远》的含蓄深蕴，便愈觉《春江花月夜》的往复回环、尽情尽致之妙。类似可以参读，短长互较之作还有王昌龄的《出塞》（秦时明月）与高适的《燕歌行》、元稹的《行宫》与《连昌宫词》、李商隐的《马嵬》（海外徒闻）与白居易的《长恨歌》等。由此可见，比较的方法不仅产生于丰富的阅读实践，而且要阅读时善于联想。有的西方心理学家认为联想分散注意力，会妨碍审美鉴赏。对于具象的审美客体，确实如此，需要凝神观照；然而对于已经符号文字化了的诗词形象，又岂可没有联想力呢。联想参较是有益解诗的，我们读杜甫"安危大臣在，不必泪长流"（《去蜀》），如能从首句联想到"肉食者谋"（《左传》）那句老话，便不难明白作者话中之话（"肉食者鄙，未能远谋"）。读高适《塞上听吹笛》"借问梅花何处落，风吹一夜满关山"，如能联想到"此时秋月满关山，何处关山无此曲"（李益《夜上西城》），不仅可以确解诗意，同时也就明白了那诗句拆用曲名的奇妙。

比较方法的运用，不仅有助于优劣的鉴别，特色的辨认，有时对于诗意的揣摩、用语的确解也有帮助，特别是在工具书上找不到现成答案的时候，比较认知乃为不二法门。秦韬玉《贫女》诗云：

　　　　谁爱风流高格调，共怜时世俭梳妆。

或望文生训，将"风流"解为"举止潇洒"，"高格调"解作"气度超群"（社科院文研所《唐诗选》），其实似是而非。如参较以白居易"时世高梳髻，风流淡作妆"（《江南喜逢萧九彻》）、"风流夸堕髻，时世斗啼眉"（《代书寄微之》），则可知"时世"与"风流"可互换，同义。（徐仁甫说"风流"即"流风"。）"高格调"是包括"淡作妆"、"高梳髻"、"堕髻"、"啼眉"在内的化妆风格。"谁爱"、"共怜"云云，乃以问答语写一时风气，以见贫女无法赶时髦。不参较同时诗文，是难得确解的。

又如王维《少年行》句云："孰知不向边庭苦，纵死犹闻侠骨香。"或注前一句为："少年人不理会人们不向边庭受苦的想法，……'孰知'，谁又知道。"增字解"经"，颇为费解。正确的注释应是："是说少年深深知道不宜去边庭受苦，……'孰知'，熟知。"杜诗"孰知是死别，且复伤其寒"（《垂老别》），"孰知"的用法是彼此相同的。高适《燕歌行》"君不见沙场征战苦，至今犹忆李将军"，"李将军"一说指李广，一说指李牧，皆可能。但究竟是李广还是李牧？比较参阅同时诗人所写的"但使龙城飞将在，不教胡马度阴山"、"汉家自失李将军，单于公然来牧马"等句，大体有一共同的指向。

王维《鸟鸣涧》前二句写月出前空山绝对的安静，"人闲"、"夜静"、"春山空"均见无声。"桂花落"何以能形无声？如读者能联系刘长卿"细雨湿衣看不见，闲花落地听无声"（《送严士元》），则可发会心之一笑。

二 各领风骚数百年

一篇优秀作品，在文学史上总能占据一席地位。准确评价作品的历史地位，离不开纵向联系和横向比较。纵向联系和横向比较，犹如寻找平面坐标图上的两个坐标，通过它们可以确定点的位置。赏析到这步境地，也就进入了较高的层次，属于文学评论了。

纵向联系即纵向比较，即将作品放到一定的历史序列中加以考察，向上看继承，向下看影响。这才能弄清它的创新之处到底何在，这创新的意义究竟如何。从而也才能够给出准确的评价。如果没有下这种功夫，我们很可能把一些向古人借贷乞讨的作品认作创举，而对一些确有新意的作品又过于忽略。钱锺书在《宋诗选注》中举过一个例子：

四川有个诗人叫史尧弼，《四库全书总目提要》称赞他"天姿绰绝"，有同乡前辈苏轼的"遗风"；他作过一首《湖上》七绝："浪汹涛翻忽渺漫，须史风定见平宽。此间有句无人得，赤手长蛇试捕看。"这首诗颇有气魄，第三第四两句表示他要写旁人未写的景象，意思很好，用的比喻尤其新奇，使人联想起"捕捉形象的猎人"那个有名的称号。可是，仔细一研究，我们就发现史尧弼只是说得好听。他说自己赤手空拳，其实两只手都拿着向古人借来的武器，那条长蛇也是古人弄熟的、养家的一条烂草绳也似的爬出。苏轼《郭熙秋山平远》第一首说过："此间有句无人识，送与襄阳孟浩然"；孙樵《与王霖秀才书》形容卢仝、韩愈等的风格也说过："读之如赤手捕捉长蛇，不施控骑生马，急不得暇，莫不捉搦。"再研究下去，我们又发现原来孙樵也是顺手向韩愈和柳宗元借的本钱；韩愈《送无本师归范阳》不是说过"蛟龙弄角牙，造次欲手搅"么？柳宗元《读韩愈所著毛颖传后题》不是也说过"索而读之，若捕龙蛇，搏虎豹，急与之角，而力不得暇。"换句话说，孙樵和史尧弼都在那里旧货翻新，把巧妙的裁改拆补来代替艰苦的创造，都没有向"自然形态的东西"里去发掘原料。

姑且撇开好诗是否一定"多非补假，皆由直寻"不论，通过向上联系，即纵比，找到了一首乍读很好的诗作在遣词命意上的承袭，便不至于赞誉失当。同时对于诗意，也有更准确的把握。另一个与此对照的例子是范成大的田园诗中每每写到官吏催租，论者以为过直，殊不知这正是一个大胆的创举：

> 我们看中国传统的田园诗，常常觉得遗漏了一件东西——狗，地保公差这一类统治阶级的走狗以及他们所代表的剥削和压迫农民的制度。诚然，很多古诗描写到这种现象，例如柳宗元《田家》第二首、张籍《山农词》、元稹《田家词》、聂夷中《咏田家》等，可是它们不属于田园诗的系统。梅尧臣的例可以说明这个传统的束缚力，上面选了他驳斥《田家乐》的《田家语》，然而他不但作了《续永叔〈归田乐〉》，还作了《田家四时》，只在第四首末尾轻描淡写的说农民过不了年，此外依然沿袭王维、储光羲以来的田园诗的情调和材料。秦观的《田居四首》只提到"明日输绢租，邻儿入城郭"和"得谷不敢储，催科吏傍午"，一点没有描画发挥，整个格调也还是模仿储、王，并且修辞很有毛病。到范成大的《四时田园杂兴》六十首才仿佛把《七月》《怀古田舍》《田家词》这三条线索打成一个总结，

使脱离现实的田园诗有了泥土和血汗的气息，根据他的亲切的观感，把一年四季的农村劳动和生活鲜明地刻画出一个比较完全的面貌。田园诗又获得了生命，扩大了境地，范成大就可以跟陶潜相提并论，甚至比他后来居上。(《宋诗选注》)

这种纵向联系的赏析，使我们清楚地看到从陶渊明到范成大，田园诗发展的一个轮廓，从而确定了范成大田园诗的历史地位，更明白哪些是《田园四时杂兴》的继承，哪些是它的新意。

纵向比较，找出某一作品与历史上某一作品的联系，加以参照赏析，往往可以发现它后来居上，超越前人之处，给读者以创作上的启发。唐人张仲素《春闺思》：

袅袅城边柳，青青陌上桑。
提笼忘采叶，昨夜梦渔阳。

杨慎说是"从《卷耳》首章翻出"。《诗经·周南·卷耳》是写女子怀念征夫之诗，其首章云："采采卷耳，不盈倾筐。嗟我怀人，置彼周行。"卷耳本不难采得，斜口小筐本不难填满，但老采不满，是心不在焉的缘故。这与"提笼忘采叶"，在手法上确有近似处。但就诗的整体比较而言，后者自有特色。《卷耳》接着就写了女子白日做梦，幻想丈夫上山过冈、马疲人病、饮酒自宽种种情景，把怀思写得非常具体。而《春闺怨》说到"梦渔阳"却不明言梦见什么，梦见怎样(如果要写，成为一首五言古体诗，原也是可以的)，不了了之，将提笼少妇昨夜之梦境及其采叶时的心情，一概留给读者，任其从人物的具体处境去回味、推断。这就以最简的办法，获得极大效果。因此，《春闺怨》又不仅是模拟《卷耳》，而已从古人手心"翻出"了。

同理，王勃的"海内存知己，天涯若比邻"也非简单重复曹子建的"丈夫志四海，万里犹比邻"（《赠白马王彪》），因为他强调"德不孤，必有邻"（《论语·里仁》），强调志同道合者在心理上的亲近，更切合以风义相期的友人分别的心境，这是古人诗中所无的，因而广为读者传诵。张若虚《春江花月夜》"人生代代无穷已，江月年年只相似"，与古人意近的诗句如"天地终无极，人命若朝霜"（曹植《送应氏》）、"人生若尘露，天道邈悠悠"（阮籍《咏怀》）等，也不过是貌合而神离。因为他不仅是看到了宇宙无限而生命有限，更看到了无数的有限也可通向无限，从而具有轻快、积极的情调。苏轼《惠崇春江晚景》的"竹外桃花三两枝，春江水暖鸭先知"，较之唐人刘方平"今夜偏知春气暖，虫声新透绿窗纱"（《月夜》），更是有意地强调物性通灵的理趣，因而更容易作为警句流传。凡此，皆不可以因袭而加贬抑，须知后来者推陈出新处，可以"各领风骚数百年"。

下面是两首不同时代的民歌：

上邪！我欲与君相知，长命无绝衰。山无陵，江水为竭，冬雷震震，夏雨雪，天地合，乃敢与君绝。（汉乐府《上邪》）

枕前发尽千般愿，要休且待青山烂。水面上秤锤浮，直待黄河彻底枯。白日参辰现，北斗回南面，休即未能休，且待三更见日头。（唐无名氏《菩萨蛮》）

两首歌辞都写情人山盟海誓，明快泼辣，用的是"没遮拦"的表现手法，即穷举种种必无之事（都是违背自然规律的现象），以证其意志坚决不可动摇。但两相比较，又可见后出的一首在表现上有与前首异趣之处，即它在结尾处仍不肯说"乃敢与君绝"，而是出人意外地说"休即未能

276

休"，似乎"发尽千般愿"还嫌不够，最后还要加上一千零一愿："且待三更见日头"。其实这一条与以前穷举的若干条还是一样意思，但在语意上却能造成一次递进。同时一连三次说"休"、"休"、"休"，语气也更加激动。

有些诗材并非古无今有或古有今无，比如民歌中的私情或称"自由恋爱"，有时观今可以鉴古。顾颉刚于吴地民歌收集用力甚勤，结为《吴歌甲集》，从而对《诗经》中的某些情歌也有妙悟和别解。如说《诗经·召南·野有死麇》里的女子之所以警告情郎"无撼我帨"，是因为撼动了会发出声音。古人身上佩饰较多，诗经中有"佩玉锵锵"、"杂佩以赠之"等可知。"舒而脱脱兮，无撼我帨兮，无使尨也吠。"三句的意思是："你慢慢儿地来，不要摇动我身上挂的东西，否则狗听到要叫的。"他说，他之所以从声音上作想，是因为吴歌中第六十二首歌词的启发，这歌中男的先说：

> 走到嗯笃（你们）场上狗要叫，
>
> 走到嗯笃窝里鸡要啼，
>
> 走到嗯笃房里三岁孩童觉转来。

这完全是在声音上着眼，而首句与"无使尨也吠"语意更是酷肖。女的答道：

> 来末哉！我麻骨门闩笃帮撑，轻轻到我房里来。
>
> 三岁孩童娘做主，两只奶奶塞子嘴，轻轻到我里床来。

也是完全在声音上注意。有人用苏州口语意译上述《诗经》三句，妙饶风趣："倷慢慢能嘞！倷勿要求我格绢头嘞！倷听听，狗拉浪叫哉！"

顾颉刚还联系在上海天韵楼所听的时装申曲，乃一男访已婚之女欲续旧情，女子允既不能，拒复不忍，遂屡唱"笃笃交来慢慢能"以缓之，这"笃笃交"、"慢慢能"即"舒而脱脱"也。

《红楼梦》中有一首尽人皆知的《葬花辞》，在小说中对于塑造黛玉的形象是极为重要的一笔，就诗论诗也写得不错。诗一开始就是以落花起兴感伤红颜薄命，从"花谢花飞飞满天，红消香断有谁怜"到"桃李明年能再发，明年闺中知有谁"，虽缠绵悱恻之至，却未能翻出唐人刘希夷《代悲白头翁》诗意：

> 洛阳城东桃李花，飞来飞去落谁家。洛阳女儿惜颜色，行逢落花长叹息。今年落花颜色改，明年花开复谁在？……古人无复洛城东，今人还对落花风。年年岁岁花相似，岁岁年年人不同。……

参照读至《葬花辞》后段，就不同了，葬花的构思是曹雪芹自己的创举，葬花的诗句，是曹雪芹自铸的新辞：

> 尔今死去侬收葬，未卜侬身何日丧。侬今葬花人笑痴，他年葬侬知是谁？试看春残花渐落，便是红颜老死时。一朝春尽红颜老，花落人亡两不知。

较之刘希夷之作，简直是翻空出奇了。

其实刘希夷之作前半写洛阳女子感伤落花，抒发人生短促、红颜易老的感慨，也有所本。东汉宋子侯乐府歌辞《董娇娆》云：

> 洛阳城东路，桃李生路旁。花花自相对，叶叶自相当。春

278

风东北起，花吁正低昂。不知谁家子，提笼行采桑。纤手折其枝，花落何飘扬。请谢彼妹子，何为见损伤。高秋八九月，白露变为霜。终年会飘坠，安得久馨香。秋时自零落，春月复芬芳。何日盛年去，欢爱永相忘。……

然而，刘希夷《代悲白头翁》虽翻其意而又精彩十倍。他将原作的叙写变作反复咏叹的抒情，更具有兴发感动力量。一是递进式反复："今年落花颜色改，明年花开复谁在？——古人无复洛城东，今人还对落花风。——年年岁岁花相似，岁岁年年人不同"；二是回文式反复："年年岁岁——岁岁年年"，"寄言全盛红颜子，应怜半死白头翁。——老翁头白真可怜，伊昔红颜美少年。"一气贯注中潜气内转，今人唱叹再三，低回不已。

向上看一首诗的继承，可知其推陈出新之妙；向下看一首诗的影响，则可见其衣被百代之力。好的作品，往往在一个或几个方面给后世诗人以启发，如李商隐《夜雨寄北》：

> 君问归期未有期，巴山夜雨涨秋池。
>
> 何当共剪西窗烛，却话巴山夜雨时。

诗中"期"字两见而"巴山夜雨"重出，构成音调与章法的回环往复之妙，恰切地表现出时间与空间的回环往复的意境，内容与形式高度统一。它在构思谋篇上对后世诗人有启发。

> 与公京口水云间，问月何时照我还。
>
> 邂逅我还还问月，何时照我宿钟山？（王安石《与宝觉宿龙华院》）

归舟昔岁宿严陵，雨打疏篷听到明。

昨夜茅檐疏雨作，梦中唤作打篷声。（杨万里《听雨》）

　　这两首诗并非李诗简单的重复，但却有意效法它的格调以达己意。反过来也可见李诗在艺术上的成就之高。在词中，如张志和《渔歌子》，在后世及域外影响之大，仿作之多，也能使我们更深地认识到它在文学史上的地位。

三　燕瘦环肥谁敢嗔

　　文学史上同一个时期的诗歌园地，往往是姹紫嫣红，争奇斗艳，形成不同的风格和流派。如果我们不能同时欣赏各种风格、流派诗歌的佳妙，也就不能正确地欣赏其中一种风格、流派诗歌的佳妙；如果我们不能辨认各流派作家的艺术特色，也就很难真正把握某一作家的特色。这里，展开横向比较尤有必要。

　　"诗中有画"一辞，本来是苏轼用以评价王维诗歌特色的评语，但它一度在古代诗词批评中用得太滥，似乎只要某诗形象性较强，或用了一二颜色的字面，线与形的字汇，都可奖以此语。其实这事并不那么简单。作为画家兼诗人的苏轼，对于画家兼诗人的王维的诗的特色是确有领悟的。诗和画本来是有区别的两门艺术，借莱辛《拉奥孔》极精辟的论断来说："绘画凭借线条和颜色，描绘那些同时并存于空间的物体；诗通过语言和声音，叙述那持续于时间上的动作。"而自称"前身应是画师"的王维，是有意识地将作为空间艺术的绘画原则用于作诗。这特点，通过与同时代诗人的比较更能清楚地看出。差异太大的诗人或诗篇作比较，效果较小；题材诗风接近的诗人或诗篇相比较，则易猎微穷精，人们不是常将孟浩然与王维并称么？孟浩然《春晓》诗不是也曾被人轻许以

"诗中有画"么？不妨就以二人为例谈起：

> 春眠不觉晓，处处闻啼鸟。
>
> 夜来风雨声，花落知多少？（孟浩然《春晓》）

> 桃红复合宿雨，柳绿更带朝烟。
>
> 花落家僮未扫，莺啼山客犹眠。（王维《田园乐》）

王维《田园乐》写的是春晓之景、有春眠之事，又提到"宿雨"、"花落"、"莺啼"等，这些都与孟浩然《春晓》诗一一吻合。但这两位诗人在表现手法上却大有差异，这种差异也反映在他们别的作品上，是值得注意的。扼要地说，孟浩然《春晓》从春眠不觉晓写到闻啼鸟而惊梦，又写到酒醒后对夜来风雨的回忆，从而引起惜花的心情。全诗展示了一个有序的时间过程，即莱辛所说的"持续在时间上的动作"（可以包括心理的活动），却没有涉及多少空间的显现。所以它更是本色的诗的手法。王维《田园乐》可不同了，桃红带雨、柳绿含烟、满地落花、空中莺啼，都是在"山客犹眠"的那一时刻"同时并列于空间的物体"。按莱辛的标准，这正是绘画的手法。斤以，尽管孟浩然诗也富于形象性，却不能叫"诗中有画"，而王维诗则当之无愧。这种比较还可以继续进行：

> 故人具鸡黍，邀我至田家。
>
> 绿树村边合，青山郭外斜。
>
> 开轩面场圃，把酒话桑麻。
>
> 待到重阳日，还来就菊花。（孟浩然《过故人庄》）

> 斜光照墟落，穷巷牛羊归。

野老念牧童，倚杖候荆扉。

雉雊麦苗秀，蚕眠桑叶稀。

田夫荷锄立，相见语依依。（王维《渭川田家》）

孟浩然《过故人庄》四联可以概括为应邀赴宴、途中所见、开筵谈心、殷勤话别，就"过故人庄"情事——写来，展示着"持续在时间上的动作"，这是诗。王维《渭川田家》则是写黄昏时分散见在村落阡陌上的各种情景：牛羊归巷、老农候门、雉雊蚕眠、田夫闲话等，彼此并无时间延续关系，全诗就像电影的镜头——摇过，着重在空间显现。这是诗中画。再看两组诗句：

山光忽西落，池月渐东上。（孟浩然《夏夕南亭怀辛大》）

大漠孤烟直，长河落日圆。（王维《使至塞上》）

虽然都写暮色落日景象，孟浩然句用"忽"、"渐"等时间副词，仍重时间叙述。王维句用"直"、"圆"等形状线条字面，仍重空间显现。难怪香菱读此二句"合上书一想，倒像是见了这景的"（《红楼梦》第四十八回）。

以上比较，说明偏重于空间的显现是"诗中有画"的一个重要特征，却并不等于说"诗中有画"的含义就仅此而已，因为苏东坡当初给王维诗下评语时只是凭着一种艺术敏感与直觉，并非精确的定义，也并不等于说"诗中有画"就一定好。事物总是在一定条件下向相反的方面转化的。

前人论填词结句有这样的论点："或以动荡见奇，或以迷离称隽，着一实语败矣。"这种论点不只可以用来检验诗词关于物象或行动的描绘。不论是"日出江花红胜火"还是"山寺月中寻桂子",尽管都是有画的,但这种画面写得并不沾滞,没有受物象或行动的种种偶然性细节的束缚……更重要的是表现了诗人对特定的自然景色的爱恋和怀念。……倘若以画译词,不仅难于把"何日更重游"的心境画得像诗句自身那么明确,而且在"郡亭枕上看潮头"或"山寺月中寻桂子"的诗人白居易的精神生活在观众心目中的地位,可能被视觉感受中的各种特征所冲淡。(王朝闻《从白居易〈忆江南〉说开去》)

据此以比较王维《田园乐》和孟浩然《春晓》,就会发现"桃红"、"柳绿"二句不免黏滞,缺乏新鲜的启示,至后二句才渐入佳境;而"春眠不觉晓"的画面却流动着一股生意,启人妙思。所以《春晓》在艺术上反高一筹。

下面举盛唐三大诗人江行五律各一首:

渡远荆门外,来从楚国游。

山随平野尽,江入大荒流。

月下飞天镜,云深结海楼。

仍怜故乡水,万里送行舟。(李白《渡荆门送别》)

楚塞三湘接,荆门九派通。

江流天地远,山色有无中。

郡邑浮前浦,波澜动远空。

襄阳好风日,留醉与山翁。(王维《汉江临泛》)

细草微风岸,危樯独夜舟。

星垂平野阔，月涌大江流。

名岂文章著，官应老病休。

飘飘何所似，天地一沙鸥。（杜甫《旅夜抒怀》）

"'星垂平野阔，月涌大江流'短短十个字就写了多少景物！好像夜空下整个的宇宙都囊括在这两句诗中了。如果对照一下'山随平野尽，江入大荒流。月下飞天镜，云深结海楼。'这里同样是上对天空下临江面的景色，而四句实际相当杜诗中的两句。其爽朗不同于杜诗的凝重是一目了然的。"（林庚）而王维的"江流天地外，山色有无中"，则又是用极省净而入微的笔触，画出山水平远的图景。同类诗句还有："白云回望合，青霭入看无。"（《终南山》）它所表达的色、空关系，深契禅机，又与李杜异趣。

中晚唐擅长爱情诗的三位高手，即刘禹锡、元稹、李商隐，他们各有千秋，不比较不能尽其妙。相形之下，刘禹锡有别于两家的最大特点是拟民歌，而非文人抒情诗。换言之，诗中抒情主人公不等于作者自己。下面是他的三首《竹枝词》：

杨柳青青江水平，闻郎江上唱歌声。

东边日出西边雨，道是无晴却有晴。

山桃红花满上头，蜀江春水拍山流。

花红易衰似郎意，水流无限似侬愁。

春江月出大堤平，堤上女郎联袂行。

唱尽新词欢不见，红霞映树鹧鸪鸣。

这些诗具有桑间濮上之音和劳动生活情调。"银钏金钗来负水，长刀短笠去烧畲"（《竹枝词》），绝类"你耕田来我织布，你浇水来我灌园"的意味；"春江月出大堤平，堤上女郎联袂行"的对歌情景，"月落乌啼云雨散，游童陌上拾花钿"的狂欢舞会，均能反映巴楚民俗。他写民间少女的初恋与失恋，没有纤细柔弱的伤感，具有轻快乐观的情调。这是文人抒情诗不具备的特色。

元稹诗则表现个人生活情感。他的情诗写作于晚年，多恋旧、悼亡、伤逝及忏悔的情绪。下面是他的三首情诗或悼亡诗：

> 半欲天明半未明，醉闻花气睡闻莺。
>
> 狂儿撼起钟声动，二十年前晓寺情。（《春晓》）

> 检得旧书三四纸，高低阔狭初成行。
>
> 自言并食寻常事，惟念山深驿路长。（《六年春遣怀》）

> 昔日戏言身后意，今朝都到眼前来。
>
> 衣裳已施行看尽，针线犹存未忍开。
>
> 尚想旧情怜婢仆，也曾因梦送钱财。
>
> 诚知此恨人人有，贫贱夫妻百事哀。（《遣悲怀》）

他的写法是通过具体情事的白描，以真实的细节感人。《遣悲怀》忆贫贱时夫妻好合，精神反多慰藉；今日虽富贵，而夫妻生死异路，转觉空虚，何以为情。"今日俸钱过十万，与君营奠复营斋"、"诚知此恨人人有，贫贱夫妻百事哀"、"惟将终夜长开眼，报答平生未展眉"，语言朴素，情事感人，正是新乐府作者本色。

李商隐诗虽亦旨抒情感，但全不见具体的情事，只是专工情绪的发抒，扑朔迷离，近于词境，有"所谓伊人，在水一方"之感。诗中表达一种执着的相思，多近单恋的情结。下面是他的三首《无题》：

　　　相见时难别亦难，东风无力百花残。
　　　春蚕到死丝方尽，蜡炬成灰泪始干。
　　　晓镜但愁云鬓改，夜吟应觉月光寒。
　　　蓬山此去无多路，青鸟殷勤为探看。

　　　昨夜星辰昨夜风。画楼西畔桂堂东。
　　　身无彩凤双飞翼，心有灵犀一点通。
　　　隔座送钩春酒暖，分曹射覆蜡灯红。
　　　嗟余听鼓应官去，走马兰台类转蓬。

　　　飒飒东风细雨来，芙蓉塘外有轻雷。
　　　金蟾啮锁烧香入，玉虎牵丝汲井回。
　　　贾氏窥帘韩掾少，宓妃留枕魏王才。
　　　春心莫共花争发，一寸相思一寸灰。

　　刘禹锡诗语具民歌风，元稹诗语较生活化，李商隐诗的语言典丽精工，是高度文学化的。李商隐诗歌意象具有朦胧色彩，诗中对仗或结联多透骨情语，皆警句："春蚕到死丝方尽，蜡炬成灰泪始干"、"身无彩凤双飞翼，心有灵犀一点通"、"直道相思了无益，未妨惆怅是清狂"、"梦为远别啼难唤，书被催成墨未浓"、"春心莫共花争发，一寸相思一寸灰"等，或寓希冀，或示执着，最能见李商隐爱情诗之特色。

　　诗词风格大较在一庄一媚，前人论填词有"娇女步春"之喻。然而就在晚唐五代文人词中也具有不同的风格或个性。虽然我们不能对其妄

286

加轩轾，但通过比较辨析，区别环肥燕瘦，对于作品的品鉴分析，无疑是大有益处的。如温庭筠、韦庄、李煜这些分别代表着晚唐、西蜀、南唐词风转变的里程碑式的作家，关于他们的区别，周济《介存斋论词杂著》有一精到的比譬："毛嫱西施，天下美妇人也。严妆佳，淡妆亦佳，粗服乱头，不掩国色。飞卿（温庭筠），严妆也；端己（韦庄），淡妆也；后主（李煜），则粗服乱头矣。"这比较不但使我们看到了三家词的不同意境（或意象）美，而且还可以领略到一条通向北宋晏欧诸公的令词发展道路，即从歌筵之词到抒情之作的渐洗铅华的发展趋势。周济对温、韦等词人的比较尚停留在风格上，夏承焘则从具体表现手法上，对温韦二家作了更细致的比较，指出"温词较密，韦词较疏；温词较隐，韦词较显"（《论韦庄词》）。试看两家代表作：

> 水精帘里颇黎枕，暖香惹梦鸳鸯锦。江上柳如烟，雁飞残月天。藕丝秋色浅，人胜参差剪。双鬓隔香红，玉钗头上凤。
>
> （温庭筠《菩萨蛮》）

> 人人尽说江南好，游人只合江南老。春水碧于天，画船听雨眠。垆边人似月，皓腕凝霜雪。未老莫还乡，还乡须断肠。
>
> （韦庄《菩萨蛮》）

温词的上片写出了两个人物和两种环境：上两句写居者及其环境的舒适温暖；下两句写行者及其环境的凄清寂寞。四句中说了几层意思。韦词通首只一层意思，说游人到了江南，不愿还乡乃是因为故乡难还。前人论文有"密不容针"、"疏可走马"的说法。正可以用来形容温、韦词的上述区别。再者，温词通过居、行双方环境的对照，自然流出怨别伤离情绪，却未著"愁"、"恨"等情感字面。而韦词的词意则表现得十分明快。由此可见二者的隐、显之别。在比较中点明韦庄疏、显的特色后，夏先生从而肯定："把当时文人词带回到民间作品的抒情道路上来；又对民间抒情词给以艺术的加工和提高。这是他在词的发展史上最大的功绩。"从以上举例可以看出，比较可以从不同角度和层次上进行，无论在作品欣赏和作家评论都是不可忽略的方法。

生活中固不能排斥类似的情景，而诗人有时也会有某种相同（或正好相反）的体验。所以在古人诗词中往往会有惊人的相似之笔，而它们确非彼此承袭，又不能完全替代，姑称之为"诗词类语"。参照比较读之，往往能使读者品鉴入微。

> 十年离乱后，长大一相逢。
> 问姓惊初见，称名忆旧容。（李益《喜见外弟又言别》）

> 故人江海别，几度隔山川。
> 乍见翻疑梦，相悲各问年。（司空曙《云阳馆与韩绅宿别》）

同样写情亲间阔别重逢，前者是自幼分离，及长邂逅，不敢贸然相认，才有"问姓惊初见，称名忆旧容"的富于戏剧性的一幕；后者是故人之别，猝然相逢，惊喜之余，感到各自老了几分，却不至于相见不相识。

> 故人家在桃花岸，直到门前溪水流。（常建《三日寻李九庄》）

> 桃花竟日随流水，洞在青溪何处边？（张旭《桃花矶》）

都用桃源典故写景，前者以直叙作结，见兴会淋漓之情；后者以问语作结，多摇曳不尽之致. 机杼虽同，风趣各异。有语同而情异者，如"人生何处不离群"（李商隐）强调生别之愁，"人生何处不相逢"（杜牧）

288

则强调知遇之乐，正是同一事物的两个方面。有情同而语异者，如"西出阳关无故人"（王维）以恳切动人，"天下谁人不识君"（高适）以豪迈感人，均传送别之深情。他如：

道是无晴却有晴（刘禹锡《竹枝词》）

多情却似总无情（杜牧《赠别》）

相见时难别亦难（李商隐《无题》）

别时容易见时难（李煜《浪淘沙》）

书被催成墨未浓（李商隐《无题》）

满纸春心墨未干（王实甫《西厢记·第三本·第二折》）

换我心，为你心，始知相忆深（顾敻《诉衷情》）

但愿君心似我心，定不负相思意（李之仪《卜算子》）

读者在欣赏中如能留意诗词类语的比勘揣摩，必能于诗意有深细的理解与发明。

四　以杜解杜

"会意"一章曾提到由于诗的多义现象的存在使得赏析具有一定的主

观随意性，即读者对诗意容有发挥。但这种发挥须是建筑在深具会心的基础之上的，决不同于郢书燕说式的曲解和误会。"诗无达诂"与"诗有达诂"是一对二律背反的命题，它们既是矛盾的，又是互补的，而且能在一定条件下相互转化。王国维的"三境界"说，便是在确切而深透地理解原词句的基础上作的发挥，唯其"有达诂"，故能"无达诂"。说韦应物《滁州西涧》是讥"小人在上，君子在下"，人们却不能接受，原因在于说者未懂诗意，隔靴搔痒，故不能惬心贵当。所以，确解诗意对于赏析仍是第一义的。识字、知人、论世、诗法，都通向这一目的。有时还须将比较深入到同一作家的诗集以内，正如某位杜诗注家所指出的："以杜解杜"，是避免误解杜诗的一法。

《旅夜书怀》的"名岂文章著，官应老病休"一联，有人从正反方面作过多层解释，讲得很深曲。如果读者能广泛联系杜诗（如《同谷七歌》"男儿生不成名身已老"的牢骚语和《偶题》"文章千古事，得失寸心知。作者皆殊列，名声岂浪垂！"的自负语），便可知杜甫是以文章自许而又自以为至老无所成名的。因此，"名岂文章著"只是一句愤激话，"官应老病休"则是无可奈何的话。"以杜解杜"的方法可以推广到别的诗人作家。如白居易《花非花》诗：

花非花，雾非雾。夜半来，天明去。
来如春梦几时多？去似朝云无觅处。

其诗意扑朔迷离，却并非隐晦到不可捉摸。参阅《白氏长庆集》同部感伤之作中，有《真娘墓》一诗写道："霜摧桃李风折莲，真娘死时犹少年。脂肤荑手不坚固，世间尤物难留连。难留连，易销歇，塞北花，江南雪。"又有《简简吟》写道："二月繁霜杀桃李，明年欲嫁今年死。……大都好物不坚牢，彩云易散琉璃碎。"二诗均为悼亡之作，其末句的比喻，那"易销歇"的"塞北花"和"易散"的"彩云"，与此诗末

290

二句的比喻如出一辙，音情逼肖。它们都同样表现了一种对于生活中存在过，而又消逝了的美好的人的追念、惋惜之情。而《花非花》一诗在集中编目是紧接在《简简吟》后，更告诉读者关于此诗归趣的确切消息。

钱起《归雁》诗末二句写入湘灵鼓瑟：“二十五弦弹夜月，不胜清怨却飞来”，“清怨”的具体内容似乎空灵。然对照作者《湘灵鼓瑟》一诗的“善鼓云和瑟，常闻帝子灵，冯夷空自舞，楚客不堪听。”可知作者是按照贬迁异地的“楚客”来塑造湘江旅雁形象的。“虽信美非吾土兮，曾何足以少留”(王粲《登楼赋》)，这正是“不胜清怨却飞来”所寄寓的羁旅之思。

李商隐诗向称难解，所谓“诗家纵爱西昆好，独恨无人作郑笺”(元好问)，其《宫妓》诗云：

> 珠箔轻明拂玉墀，披香新殿斗腰支。
>
> 不须看尽鱼龙戏，终遣君王怒偃师。

关于它的寓托有种种猜测。善解者将此诗与《梦泽》《宫辞》等歌咏宫廷生活而有所托讽的诗联系比勘，便发现“不须看尽鱼龙戏，终遣君王怒偃师”与“未知歌舞能多少，虚减宫厨为细腰”、“莫向樽前奏花落，凉风只在殿西头”有十分神似的弦外之音，即隐喻得宠者恩爱难恃，使“普天下揣摩逢世才人，读此可同声一哭”(姚培谦)。又如《嫦娥》诗云：

> 云母屏风烛影深，长河渐落晓星沉。
>
> 嫦娥应悔偷灵药，碧海青天夜夜心。

“这位寂处幽居，永夜不寐的主人公究竟是谁？诗中并无明确交代。诗人在《送宫人入道》诗中，曾把女冠比作‘月娥孀独’，在《月夜重寄宋华阳姊妹诗》中，又以女子学道求仙。因此，说这首诗是代困守宫观的女冠抒写凄清寂寞之情，也许不是无稽之谈。"（刘学锴）当然，弄清诗作的原意并非赏析之极致，却对我们充分玩味作品提供了一个可靠的基础。如《嫦娥》一诗的末二句构成一种象征性境界，其称名也小，取类也大。它既是作者不甘变心从俗而又不堪寂寞的心境写照，又是理想与现实矛盾的更为广义的象征。然而这些，只有在把握诗中主人公的处境的基础上，方能有十分真切的玩味。

五　赏析示例

静夜思（唐）李　白

床前明月光，疑是地上霜。

举头望明月，低头思故乡。

这也是一首国人家喻户晓的唐诗。它的内容是那样家常，语言是那样浅显，毫无雅人深致，深受妇女儿童的欢迎，却偏偏出自大诗人李白之手，这一现象，令某些风雅自命的文士沮丧不已。然而，它的广传却有颠扑不破的道理。《诗经》中就有两派诗，一种是风诗，本源在于民间，一种是雅诗，出自贵族或精神贵族。五绝的本色就不重雅人深致，而重风人之旨，所以妇女儿童往往胜于文人学士。深知个中三昧者莫过于唐代诗人，尤其是李白。

"床前明月光，疑是地上霜。"这两句写客子秋夜梦回的情景。这个情景，在没有电灯的时代是一种普遍的生活经验。那时照明全靠油灯，人们天黑就歇息，很难一觉睡到天亮。中夜梦回时，明晃晃的月光会成为继续入眠的一种困扰。凛冽的夜气，还会使人产生一种错觉，疑心落在地上的月光是一层秋霜。这些因素在"静夜"中对客子心理产生的影响是显著的——感到环境特别陌生，于是思乡之情便油然而生。在电力时代，这种情景已淡出城市的生活经验，但通过想象，读者是不难心领神会的。

"举头望明月，低头思故乡。"这两句正面抒写客子在静夜中的乡思。夜里清醒之后长时间睡不着，也就只好"望明月"而"思故乡"了。"望明月"这一动作和"思故乡"这一心理活动，本属因果关系，作者却稚拙地将它们并列起来，分别与"举头"、"低头"的动作联系。细味这两句，实是互文——举头就不能思故乡？低头也可以看见明月光呀。所以，这里的词语搭配之妙，并不在意义，而在声音。换言之，诗中用"举头"、"低头"做成一个唱叹，读来令人低回不已，使人觉得万种乡愁，俱在不言中。

"明月"是唐诗的重要意象，其来有自：我国传统历法，本质上是月历，晦、朔、望、既望等概念，都源于月象。可以说，月亮对中国人来说，就是一本活的历书，居人看，行人看，中秋看，元宵看，除了雨夜随时都看，它早已融入人灵生活，能激起复杂的情思。用"明月"作为意象来表现相思或乡愁，是古代诗人的天才创举，它的运用在李白诗中达到极致，《静夜思》就是有代表性的一例。顺便说，这首诗第三句一本作"举头望山月"。有人认为这个文本好，因为避免了"明月"的重复。然而，重复于诗有必须避免者，有不必避免者，有不可避免者。重复是可以造成回环之美的。这首诗中的"明月"的重复，就不必避免。

最后应该指出，这首诗在写作上是受到一首古代民歌的影响："秋风入窗里，罗帐起飘扬。仰头看明月，寄情千里光。"（《子夜四时歌·秋》）它也是一首"静夜思"，诗歌的主要意象也是明月，写得也不错，却远没有李白《静夜思》脍炙人口。除了选家造成的原因，还可以指出一个原因：那首民歌写的是闺情，而李白诗写的是乡思，前者能引起恋人的共鸣，而后者几乎将天下人一网打尽。此外，《静夜思》写到"思故乡"戛然而止，"百千旅情，虽说明却不说尽"（沈德潜）。一方面是明白如话，一方面又隽永含蓄，这也是它成为千古绝唱之不可忽略的因素。

│按语│

　　一般说来，赏析中运用比较，是一件令人愉快的事。这首诗家喻户晓，将它与《子夜歌》比较，更能看出它引起广泛共鸣的原因。

月夜 （唐）刘方平

更深月色半人家，北斗阑干南斗斜。

今夜偏知春气暖，虫声新透绿窗纱。

　　刘方平乃唐开元、天宝时人，隐居颍阳太谷，高尚不仕。《唐才子传》称他"神意淡泊，善画山水"，"工诗，多悠远之思；陶写性灵，默会风雅。故能脱略世故，超然物外"。

　　这首诗的题目为《月夜》，容易使人想到秋天的月夜，然而这首的特点，恰恰在于它写的不是秋天的月夜，而是春天的月夜。这就使人想起一个故事，元祐七年正月，苏东坡颍州堂前梅花大开，月色鲜霁。夫人王氏说："春月胜如秋月色，秋月色令人凄惨，春月色令人和悦。何如召赵德麟辈来饮此花下？"先生大喜曰："此真诗家语耳。"

　　刘方平这首诗的妙处，正在他写出了春天月夜令人和悦的那一面。

　　"更深月色半人家"，是说夜深时分，一半的庭院笼罩在月色中，另一半呢，当然是阴影了。这种光景，只有月轮西斜的时候才会有的缘故。"北斗阑干南斗斜"，是春天夜空的征象，古人对星空是非常敏感的，十二个月的星空都不一样，北斗、南斗相互辉映，应是正月星空的特征。这两句合在一起，就造成春夜的静穆，意境深邃。

　　"今夜偏知春气暖"，这一句的妙处在于出人意料，因为月夜给人的感觉总是清凉的，不可能有暖意，作者之所以觉得有几分暖意，是因为

294

他听到了久违的虫声。这表明，有些昆虫已经出土了，这正是气温转暖的结果。"虫声新透绿窗纱"，没有长期乡村生活经验的人，难以道其只字；便是生活在乡村的人，也未必人人都说得出来。今夜虫鸣，究竟是第一回还是第几回，不是有心人，很难注意它。所以诗人的禀赋之一，就是以全身心感受和琢磨生活。

虫声透过"绿窗纱"这个说法，也非常有诗意，换个人，可能会说"虫声是从窗外传来的"，那意味就差远了。"窗纱的绿色，夜晚是看不出的。这绿意来自作者内心的盎然春意。"（刘学锴）这个说法深具会心。绿色，是属于春天的颜色。王安石不是有一句名言"春风又绿江南岸"吗，所以这首诗句句都是关合春意的。

苏东坡也有一句名言，道"春江水暖鸭先知"，这首诗的后二句，其实也就是说，春气转暖虫先知，可以说，刘方平是率先探得骊珠的。

│按语│

初读就觉得这首诗的后两句很美，联想到"春江水暖鸭先知"了，才知道它为什么美。

怨诗 （唐）孟 郊

试妾与君泪，两处滴池水。
看取芙蓉花，今年为谁死！

韩愈称赞孟郊为诗"刿目心，刃迎缕解。钩章棘句，掐擢胃肾。神施鬼设，间见层出"（《贞曜先生墓志铭》）。说得直截点，就是孟郊爱挖空心思作诗；说得好听点，就是讲究艺术构思。

艺术构思是很重要的，有时竟是创作成败的关键，比方说写女子相思的痴情，是古典诗歌中最常见的主题，不同诗人写来就各有一种面貌。薛维翰《闺怨》："美人怨何深，含情倚金阁。不笑不复语，珠泪纷纷落。"从落泪见怨情之苦，构思未免太平，不够味儿。李白笔下的女子就不同了："昔日横波目，今成流泪泉。不信妾肠断，归来看取明镜前。"（《长相思》）也写掉泪，却以"代言"形式说希望丈夫回来看一看，以验证自己相思的情深，全不想到那人果能回时，"我"得破涕为笑，岂复有泪如泉？可这傻话正表现出十分的情痴，够意思的。但据说李白的夫人看了这首诗，说："君不闻武后诗乎？'不信比来常下泪，开箱验取石榴裙'。"使"太白爽然若失"（见《柳亭诗话》）。

孟郊似乎存心要与前人争胜毫厘，写下了这首构思堪称奇特的"怨诗"。他也写了落泪，但却不是独自下泪了；也写了验证相思深情的意思，但却不是唤丈夫归来"看取"或"验取"泪痕了。诗也是代言体，诗中女子的话却比武、李诗说得更痴心、更傻气。她要求与丈夫（她认定他一样在苦苦相思）来一个两地比试，以测定谁的相思之情更深。相思之情，是看不见，摸不着，没大小，没体积，不具形象的东西，测定起来还真不容易。可女子想出的比试法儿是多么奇妙。她天真地说：试把我们两个人的眼泪，各自滴在莲花（芙蓉）池中，看一看今夏美丽的莲花为谁的泪水浸死。显然，在她心目中，谁的泪更多，谁的泪更苦涩，莲花就将"为谁"而"死"。那么，谁的相思之情更深，自然也就测定出来了。这是多么傻气的话，又是多么天真可爱的话！池中有泪，花亦为之死，其情之深真可"泣鬼神"了。这一构思使相思之情形象化，那出污泥而不染的"芙蓉花"，将成为可靠的见证。李白诗云："昔日芙蓉花，今为断肠草。"可见"芙蓉"对相思的女子，亦有象征意味。这就是形象思维。但不是痴心人儿，谅你想象不到。

"换你心，为我心，始知相忆深。"（顾夐《诉衷情》）自是透骨情语，孟郊《怨诗》似乎也说着同一个意思，但他没有以直接的情语出之，而假景语以行。然而"一切景语皆情语"（王国维《人间词话》），这样写来更饶有回味。其艺术构思不但是独到的，也是成功的。诗的用韵上也很考究，它没有按通常那样采用平调，而用了细微的上声"纸"韵相叶，这对于表达低抑深思的感情是相宜的。

| 按语 |

这首诗也是不比不足以尽其妙。将它与前辈诗人比，则可以看出其是如何后出转精的。

观祈雨 （唐）李　约

桑条无叶土生烟，箫管迎龙水庙前。

朱门几处看歌舞，犹恐春阴咽管弦。

此诗写观看祈雨的感慨。通过大旱之日两种不同生活场面、不同思想感情的对比，深刻揭露了封建社会尖锐的阶级矛盾。《水浒》中"赤日炎炎似火烧"那首著名的民歌与此诗在主题、手法上都十分接近，但二者也有所不同。民歌的语言明快泼辣，对比的方式较为直截了当；而此诗语言含蓄曲折，对比的手法比较委婉。

首句先写旱情，这是祈雨的原因。《水浒》民歌写的是夏旱，所以是"赤日炎炎似火烧，野田禾稻半枯焦"。此诗则紧紧抓住春旱特点。"桑条无叶"是写春旱毁了养蚕业，"土生烟"则写出春旱对农业的严重影响。因为庄稼枯死，便只能见"土"；树上无叶，只能见"条"。所以，这描写旱象的首句可谓形象、真切。"水庙"即龙王庙，是古时祈雨的场所。白居易就曾描写过求龙神降福的场面："丰凶水旱与疾疫。乡里皆言龙所为。家家养豚浇清酒，朝祈暮赛依巫口。"（《黑龙潭》）所谓"赛"，即迎龙娱神的仪式，此诗第二句所写"箫管迎龙"正是这种赛神场面。在箫管鸣奏声中，人们表演各种娱神的节目，看去煞是热闹。但是，祈雨群众只是强颜欢笑，内心是焦急的。这里虽不明说"农夫心内如汤煮"，而意思全有。相对于民歌的明快，此诗表现出含蓄的特色。

诗的后两句忽然撇开，写另一种场面，似乎离题，然而与题目却有着内在的联系,如果说前两句是正写"观祈雨"的题面,则后两句可以说是观祈雨的感想。前后两种场面,形成一组对照。水庙前是无数小百姓,箫管追随,恭迎龙神;而少数"几处"豪家,同时也在品味管弦,欣赏歌舞。一方是唯恐不雨,一方却"犹恐春阴",即生怕下雨。唯恐不雨者,是因生死攸关的生计问题;"犹恐春阴"者,则仅仅是怕丝竹受潮,声音哑咽而已。这样,一方是深重的殷忧与不幸,另一方却是荒嬉与闲愁。这样的对比,潜台词可以说是:世道竟然如此不平啊……这一点作者虽已说明却未说尽,仍给读者以广阔联想的空间。此诗对比手法不像"农夫心内如汤煮,公子王孙把扇摇"那样一目了然。因而它的讽刺更为曲折委婉,也更有回味。

│ 按语 │

　　对比、反衬是讽喻诗的常用手法。这样的诗容易找到比较的对象,两首诗通过比较,容易看出各自的特点。

柳枝词 (唐) 刘禹锡

清江一曲柳千条,二十年前旧板桥。
曾与美人桥上别,恨无消息到今朝。

　　这首《柳枝词》,明代杨慎、胡应麟誉之为神品。它有三妙。故地重游,怀念故人之意欲说还休,尽于言外传之,是此诗的含蓄之妙。首句描绘一曲清江,千条碧柳的清丽景象。"清"一作"春",两字音韵相近,而杨柳依依之景自含"春"意,"清"字更能写出水色澄碧,故作"清"字较好。"一曲"犹一湾。江流曲折,两岸杨柳沿江迤逦展开,着一"曲"字则画面生动有致。旧诗写杨柳多暗关别离,而清江又是水路,因而首句已展现一个典型的离别环境。次句撇景入事,点明过去的某个时间 (二十年前) 和地点 (旧板桥),暗示出曾经发生过的一桩旧事。"旧"字不但见年深岁久，而且兼有"故"字意味，略寓风景不殊人事已非的感慨。

前两句从眼前景进入回忆，引导读者在遥远的时间上展开联想。第三句只浅浅道出事实，但由于读者事先已有所猜测，有所期待，因而能用积极的想象丰富诗句的内涵，似乎看到这样一幅生动画面：杨柳岸边兰舟催发，送者与行者相随步过板桥，执手无语，充满依依惜别之情。末句"恨"字略见用意，"到今朝"三字倒装句末，意味深长。与"二十年前"照应，可见断绝消息之久，当然抱恨了。只说"恨"对方杳无音信，却流露出望穿秋水的无限情思。此诗首句写景，二句点时地，三四道事实，怀思故人之情欲说还休，"悲莫悲兮生别离"的深沉幽怨，尽于言外传之，真挚感人。可谓"用意十分，下语三分"，极尽含蓄之妙。

运用倒叙手法，首尾相衔，开阖尽变，是此诗的章法之妙。它与《题都城南庄》_{（崔护）}主题相近，都用倒叙手法。崔诗从"今日此门中"忆"去年"情事，此诗则由清江碧柳忆"二十年前"之事，这样开篇就能引人入胜。不过，崔诗以上下联划分自然段落，安排"昔——今"两个场面，好比两幕剧。而此诗首尾写今，中二句写昔，章法为"今——昔——今"，婉曲回环，与崔诗异趣。此诗篇法圆紧，可谓曲尽其妙。

白居易有《板桥路》云："梁苑城西二十里，一渠春水柳千条。若为此路今重过，十五年前旧板桥。曾共玉颜桥上别，恨无消息到今朝。"唐代歌曲常有节取长篇古诗入乐的情况，此《杨柳曲》可能系刘禹锡改白居易作付乐伎演唱。

诗歌对精练有特殊要求，往往"长篇约为短章，涵蓄有味；短章化为大篇，敷衍露骨"_{（明谢榛《四溟诗话》）}。《板桥路》前四句写故地重游，语多累赘。"梁苑"句指实地名，然而诗不同于游记，其中的指称、地名不必坐实。篇中既有"旧板桥"，又有"曾共玉颜桥上别"，则"此路今重过"的意思已显见，所以"若为"句就嫌重复。删此两句构成入手即倒叙的章法，改以写景起句，不但构思精巧而且用语精练。《柳枝词》词约义丰，结构严谨，比起《板桥路》可谓青出于蓝而胜于蓝。刘禹锡的绝句素有"小诗之圣证"（王夫之）之誉，《柳枝词》虽据白居易原作剪裁，却表现出独到的匠心。

| 按语 |

白居易原作并不出彩，刘禹锡删去两句，成为一首绝句，立刻精彩，由此可以看到改诗的诀窍。

赠刘景文 （宋）苏 轼

荷尽已无擎雨盖，菊残犹有傲霜枝。
一年好景君须记，正是橙黄橘绿时。

这首题为"赠刘景文"的诗，赠给另一个人也是可以的。因为它实在是一首写景诗，也可以题为"初冬"。作者只是自道所得，与赠给谁没有关系。诗中关键词是"一年好景"。如果搞一个问卷调查："你认为'一年好景'何在？a. 春，b. 夏，c. 秋，d. 冬。"统计结果不会出人意外：春季得票第一，秋季第二——"春秋多佳日"这个命题，自陶渊明以来，在世间已成定论。苏东坡这首诗却说一年好景正在初冬，令人耳目一新。

"荷尽已无擎雨盖，菊残犹有傲霜枝。"这两句用对仗的方式，写物候的变迁——荷、菊这两种在夏秋间最美的景物，入冬早已过气，而呈现出一派残败衰飒的景象，不免有煞风景。不过，诗人从中却领略到一种特殊的美感——通过"已无——犹有"的勾勒暗示出来。不仅"菊残"一句如此，就连"荷尽"一句，也能使人联想到李商隐的"留得枯荷听雨声"，而别饶意味。"傲霜枝"对"擎雨盖"，不但形象生动，对仗工稳，而且包含着对人格（坚忍独立）的标榜。对于"一年好景"，这是必不可少的铺垫和陪衬，能引起读者对下文的期待，好比打排球的一传。

"一年好景君须记，正是橙黄橘绿时。"这两句用唱答的方式，写初

300

冬之好景。"一年"句是提唱，作用在于引起注意，用祈使的语气（"君须记"），表明作者将自道所得，读者须洗耳恭听。好比打排球的二传，将球高高托起（钟振振之喻）。"正是"句是结穴，好比扣球得分，是曲径通到之幽处，是渐入之后之佳境——初冬有一段气温回升的小阳春天气，"橙黄橘绿"正在其时。"青黄杂糅，文章烂兮"（屈原《橘颂》）是其色彩美，硕果累累是其形容美（让人感到收获的喜悦），饱经风霜性格成熟是其内在美（人格美的象征），秀色可餐是其通感美（通感于味觉），可谓美不胜收。于是，你不得不佩服诗人对"一年美景"的这个发明，不得不承认这个案翻得有理。

这首诗在写作上是受到一首唐诗影响的，这首唐诗就是韩愈的《早春寄张水部》："天街小雨润如酥，草色遥看近却无。最是一年春好处，绝胜烟柳满皇都。"诗中说一春好景乃在早春，同样是自道所得，同样是美的发明。"寄张水部"还是寄李水部，同样无关紧要。而"最是一年春好处"，与"一年好景君须记"，连口吻都是一致的。

不过，苏诗之美又并不为韩诗所掩。"橙黄橘绿"所含的秀色可餐之意，就为韩诗所无，而这一点恰恰是苏诗写景的特色——"长江绕郭知鱼美，好竹连山觉笋香"（《初到黄州》）、"日啖荔枝三百颗，不辞长作岭南人"（《食荔枝》）、"蒌蒿满地芦芽短，正是河豚欲上时"（《惠崇春江晓景》）等，和"橙黄橘绿"的写景一样津津有味，句句不离美食家本色，饶有生活情趣。

这首诗后来入《千家诗》，影响长远。举今人绝句为例，"果州气馥水都香，橙橘漫山绿间黄。记得千家诗一首，一年好景在吾乡。"（杨析综《南充农家》）便是一个人看到家乡果园景色，记起儿时读过的这首诗，而兴不可遏的写照。足见一首好诗对读者在精神上可以有多么长远的影响。

| 按语 |

没有韩愈的那首诗，可能就没有苏轼的这首诗；没有苏轼的这首诗，就一定没有杨析综的那首诗。赏析中把它们联系起来，对于学习取法古代名篇，应有一定的启示。

葬花辞 (清) 曹雪芹

花谢花飞飞满天，红消香断有谁怜？游丝软系飘春榭，落絮轻沾扑绣帘。闺中女儿惜春暮，愁绪满怀无着处。手把花锄出绣帘，忍踏落花来复去？柳丝榆荚自芳菲，不管桃飘与李飞。桃李明年能再发，明年闺中知有谁？三月香巢初垒成，梁间燕子太无情！明年花发虽可啄，却不道人去梁空巢已倾。一年三百六十日，风刀霜剑严相逼；明媚鲜妍能几时，一朝飘泊难寻觅。花开易见落难寻，阶前愁杀葬花人；独把花锄偷洒泪，洒上空枝见血痕。杜鹃无语正黄昏，荷锄归去掩重门；青灯照壁人初睡，冷雨敲窗被未温。怪侬底事倍伤神，半为怜春半恼春。怜春忽至恼忽去，至又无言去不闻。昨宵庭外悲歌发，知是花魂与鸟魂？花魂鸟魂总难留，鸟自无言花自羞。愿侬此日生双翼，随花飞到天尽头。天尽头！何处有香丘？未若锦囊收艳骨，一抔净土掩风流。质本洁来还洁去，不教污淖陷渠沟。尔今死去侬收葬，未卜侬身何日丧。侬今葬花人笑痴，他年葬侬知是谁？试看春残花渐落，便是红颜老死时。一朝春尽红颜老，花落人亡两不知。

《红楼梦》中诗词曲极多，而以黛玉《葬花辞》为第一。这首歌辞在小说中，是完成黛玉这一人物形象的重要一笔。

黛玉早失父母，可谓薄命。她心性甚高，住在贾府，常有寄人篱下之感，所以小性儿。到了情窦初开的年龄，周围男性，除了一个宝玉，全是浊物。尽管彼此倾心，但由于种种原因，难于相互表白，只能不断试探，一会儿好了，一会儿又恼了。葬花的前一天，她到怡红院去，恰好晴雯和碧痕拌了嘴，听见敲门也不问是谁，硬是不开。善感的她在情感受到伤害，接下来就有葬花和《葬花辞》。歌辞的关键词是"孤"、"洁"二字。

从"花谢花飞飞满天，红消香断有谁怜"到"怜春忽至恼忽去，至又无言去不闻"三十二句写感春、惜花、自伤身世。诗中出现了暮春落花和少女葬花的感伤场面。这位少女望着满天白雪红雨般的飞花，十分痛心，她不禁手把花锄，想要收葬销香殒玉，徘徊久之，怆然泣下，然后回到冷冰冰的闺房中拥衾假寐。这幅图画虽然是曹雪芹构思的，但其语言材料和某些情节，却并非一空依傍。唐刘希夷《代悲白头翁》的绝妙好辞云："洛阳城东桃李花，飞来飞去落谁家？洛阳女儿惜颜色，行逢落花长叹息。今年落花颜色改，明年花开复谁在？……古人无复洛城东，今人还对落花风。年年岁岁花相似，岁岁年年人不同。"这些精髓，几乎都被曹雪芹吸收了，那文采，那句调真正像煞："花谢花飞飞满天，红消香断有谁怜？……闺中女儿惜春暮，愁绪满怀无着处。手把花锄出绣帘，忍踏落花来复去？柳丝榆荚自芳菲，不管桃飘与李飞。桃李明年能再发，明年闺中知有谁？"明代唐伯虎祖刘诗作《花下酌酒歌》："今日花开又一枝，明日来看知是谁？明年今日花开否？今日明年谁得知。"《一年歌》云："一年三百六十日，春夏秋冬各九十。冬寒夏热最难当，寒则如刀热如炙。"这些都可在本篇中看到影响。不同的是，这里的描写更细腻了（如"游丝软系飘春榭，落絮轻沾扑绣帘"），铺叙更恣肆汪洋了（如"独把花锄偷洒泪，洒上空枝见血痕"前后十余句），特别是有更多的情节性——主要是"葬花"这一构思，简直是绝妙的发明！

不过，真正全部地属于曹雪芹锦心绣口的，是从"昨宵庭外悲歌发，知是花魂与鸟魂"直至篇终二二句，即诗的后半部分。简直是翻空出奇！曹氏真不愧是伟大的小说家，他这里虚构了一个夜半歌声的细节，令人毛骨悚然。就像第七十五回"于夜宴异兆发悲声"所写的那从祠堂墙下传来的令宴会众人毛发倒竖的长叹之声。女主人公猜测，那悲歌不是出自花魂便是出自鸟魂，这猜想的奇妙，然而正合符她的心情和个性特点。

303

以下便从花魂鸟魄的难留突发异想，希望像鸟那样生出翅膀，好随落花远飞天涯，然后用短句作顿挫："天尽头，何处有香丘？"看来天边也找不到归宿安息的场所，还不若锦囊葬花的好。"未若锦囊收艳骨，一抔净土掩风流。质本洁来还洁去，不教污淖陷渠沟。"这几句将黛玉的洁癖真是写绝了。她就是那样一个"世外仙姝寂寞林"，为了保全芳洁，不惜求全之毁。这几句造境虽然很虚，但联系到她周围那姓贾姓薛的公子哥儿们组成的肮脏的男性世界，这"不教污淖陷渠沟"一句应有非常实在的内容。这一段写花写人，有时若即，有时若离，颇有"花面交相映"之妙。"尔今死去侬收葬，未卜侬身何日丧。侬今葬花人笑痴，他年葬侬知是谁？"便花自花、我自我，然而由惜花转入顾影自怜，最是黄绢幼妇，痴绝妙绝，十分传神地刻画出一个心地善良而身世不幸的，多愁多病的，美丽的少女形象，楚楚动人。从此黛玉的形象便深刻在读者的心目中，一辈子也忘不掉。"试看春残花渐落，便是红颜老死时。一朝春尽红颜老，花落人亡两不知。"这里又花人合一，陷入极度的感伤之中。这用血泪铸成的诗句，后来竟成了这位纯洁少女的诗谶。

"春尽"！"花落"！"人亡"！美好的事物不免遭受无情风雨的摧残，人间无法长保花好月圆。天道为什么这样无情？人间为什么这样冷酷！这就是作者通过黛玉这个少女之口发出的"天问"。全诗的中心形象是葬花的人——抒情女主人公黛玉，而陪衬的形象是被葬的花——暮春时节的落花，背景是即将消逝的春天。似乎这三者是各不相干的。然而"忽至忽去"的青春，容易飘零的桃李，对于红颜薄命的女主人公，无一不具象征的妙用。所以，春、花、人，在这个意义上又是三位一体的。这里读者又看到诗人善于造境的才能。《葬花辞》的韵度基本上属于"四杰体"变格，具有回环往复而又一气贯注之节奏旋律；而全诗的语言，是明转出天然，而又富于文采的，十分符合一个受过较高层次的教育的大家闺秀的身份。曹雪芹不愧为一代语言大师。

《葬花辞》借鉴了唐·刘希夷《代悲白头翁》及明·唐伯虎《花下酌酒歌》，指出哪些是化用，化用得如何；哪些是曹雪芹自己的创意，有多少创新，对于衡量一首诗歌的艺术价值至关重要。

沁园春·雪 （现代）毛泽东

北国风光，千里冰封，万里雪飘。望长城内外，惟余莽莽；大河上下，顿失滔滔。山舞银蛇，原驰蜡象，欲与天公试比高。须晴日，看红装素裹，分外妖娆。　　江山如此多娇，引无数英雄竞折腰。惜秦皇汉武，略输文采；唐宗宋祖，稍逊风骚。一代天骄，成吉思汗，只识弯弓射大雕。俱往矣，数风流人物，还看今朝。

1936年2月陕北观雪之作。一起椽笔驰骛，全景式描绘北国雪景，眼光所及几半中国，在"长城内外"、"大河上下"空间上大跨度地自由驰骋，真是前无古人了。此诗最出彩之处，还在上片煞拍："须晴日，看红装素裹，分外妖娆"，三句突发奇想，将壮丽河山比作妖娆的妇人。

自古以来，人们把统一中国的群雄角逐比作猎手角逐，"逐鹿中原"是流行的譬喻。可毛泽东却别出心裁，把它比作情场角逐。这个举措风流的比喻偏偏能不失于纤巧，其奥妙大可深究。原来在古人的观念中，江山与美人本是差距很大的对象，清人诗云"福王少小风流惯，不爱江山爱美人"就是具体的例证。而比喻之中，比体和本体的差异越大，效果越显著。描写男女情爱从来是词体所长，但毛泽东不是一个儿女情长的人，他是更多地钟于华夏山河，"江山如此多娇，引无数英雄尽折腰"，——这是他的"爱情"词！

下片大气盘旋，所谓一笔勾掉了五个皇帝——而且都是中国历史上完成过统一大业的雄主。虽然发绝大议论，却不流于叫嚣。承上片煞拍和过片的比喻，在品评历史人物时他只用"略输文采"、"稍逊风骚""只识弯弓射大雕"等形象化语言作轻描淡写，简明扼要而有分寸。又似乎是在替一位公主择婿，运用严格的眼光打量着秦皇、汉武、唐宗、宋祖、成吉思汗等，这些似乎次第而来的求婚者，结果都未入选。而白马王子的出现，已为期不远。"俱往矣"三字顶往前文，"数风流人物，还看今朝。"

此词在写作上有意无意间受到苏东坡《念奴娇》的影响。苏词整体豪放，但在提到"江山如画"时，忽然引出个绝代佳人——小乔，加入婉约的因子，使全词生色。毛泽东不但直接从苏词借用"风流人物"一语，亦以江山多娇，引英雄折腰，对应着苏词的"江山如画，一时多少豪杰。"以"红妆素裹，分外妖娆"，对应着苏词的"小乔初嫁了，雄姿英发。"于雄壮中寓风流妩媚之姿，故尤为动人。

这样霸气的诗是不可代作的，但作者从善如流，接受臧克家的意见，改了半个字。"原驰蜡象"的"蜡"初作"腊"，意为真腊（柬埔寨），有义可陈，但须加注；改作"蜡"，取其白色，更通俗易懂。

│ 按语 │

将毛泽东《沁园春》与苏轼《念奴娇》作一比较，可以帮助读者更好地理解这首词在艺术上的特色，以及豪放与婉约两种词风之间相辅相成的关系。